得好别人称赞我们，那仅仅是因为我们干得好，而不是因为我们事先已经有了被称赞的优势。我们希望真价实的工作赢得尊重，我们也不拒绝有别人的帮助。自尊不意味着拒绝别人的好意。只帮助别人而一概拒绝别人的帮助，那不是强者，那其实是一种心理的残疾，因为事实上世界上没有任何人不需要别人的帮助。

我们既不能忘记残疾朋友，又应该努力走出残疾人的小圈子，怀着博大的爱心，自由自主地走进全世界，这是克服残疾、超越局限

史铁生
作品全编
·增订版·

· 9 ·

扶轮问路
我,或者"我"

人民文学出版社

图书在版编目(CIP)数据

史铁生作品全编. 9,扶轮问路;我,或者"我" / 史铁生著. -- 增订版. -- 北京:人民文学出版社, 2025. -- ISBN 978-7-02-019083-6

Ⅰ. I217.2

中国国家版本馆 CIP 数据核字第 20241H3Z13 号

・史铁生像・

本 卷 说 明

本卷收入《扶轮问路》《我,或者"我"》。

《扶轮问路》,2011年6月人民文学出版社初版①。

《我,或者"我"》,初版书名《昼信基督夜信佛》,2012年7月北京十月文艺出版社出版。

---

① 此版本为2010年1月人民文学出版社出版的《扶轮问路》《妄想电影》的合编本。

目 录

扶轮问路

前言	3
太阳向上升起	5
花钱的事	9
智能设计	16
扶轮问路	21
老好人	28
放下与执着	37
人间智慧必在某处汇合	42
许三多的循环论证	50
文明：人类集体记忆	53
从"身外之物"说起	57
原生态	62
《立春》感想：价值双刃剑	67
种子与果实	71
乐观的根据	72
人的价值或神的标准	74
身与心	77

回归自然 …………………………………… 80

喜欢与爱 …………………………………… 83

看不见而信 ………………………………… 86

"自由平等"与"终极价值" ……………… 92

欲在 ………………………………………… 98

门外有问 …………………………………… 104

理想的危险 ………………………………… 111

诚实与善思 ………………………………… 121

地坛与往事 ………………………………… 133

　　附：想电影　　　　　　　　　　213

猎人 ………………………………………… 215

算命 ………………………………………… 217

为无名者传 ………………………………… 219

听妈妈讲那过去的事情 …………………… 221

何宅 ………………………………………… 223

历史 ………………………………………… 225

不治之症 …………………………………… 227

今晚我想坐到天明 ………………………… 229

另外的地方 ………………………………… 230

最后的练习 ………………………………… 232

节日 ………………………………………… 233

遗物 ………………………………………… 234

希米，希米 ………………………………… 236

永在 ………………………………………… 238

预言者 ……………………………………… 240

生辰 ………………………………………… 241

秋天的船 …………………………………… 244

鸽子……………………………………………… *247*

不实之真……………………………………… *250*

冬妮亚和尼采…………………………………… *252*

葛里戈拉………………………………………… *254*

我在……………………………………………… *256*

后记……………………………………………… *259*

我,或者"我"

昼信基督夜信佛………………………………… *263*

回忆与随想:我在史铁生………………………… *280*

恋人……………………………………………… *335*

猴群逸事………………………………………… *337*

借你一次午睡…………………………………… *339*

给王安忆的信…………………………………… *341*

给小水的三封信………………………………… *345*

给王朔的信……………………………………… *353*

扶轮问路

前　言

弱冠即扶轮,花甲犹问路。
锋芒钝而折,迷途深且固。
曾问生何来,又问终归处。
苍天不予答,顾自捉笔悟。
偶成篇与章,任凭退与录。
但得一二钱,隔街送药铺。
钱本不足惜,命亦如摆渡。
方信有神恩,游心需乘物。
修行复修行,永恒复返复。

太阳向上升起

当导演真是比当作家难。写作是个体经营,败了,顶多饿死一口儿。拍电影是集体项目,上千万的投资,数十人的生计,导演是集艺术与财政之责于一身。可艺术与财政从来就有冲突,前者强调个性,后者为求利润不得不迁就大众口味——这本身就像个悲剧:相互冲突的双方都值得同情。怕只怕一味求利,结果是火了一宗产业,灭了一门艺术。电影,尤其声色犬马、名利昭彰,不像写作,天生来的是一种寂寞勾当。然而大隐隐于市。在这汹涌的市场激流中,匹马单枪杀出个姜文来,直让人感叹造化不死。

姜文岂止是艺术家,更是位哲人。哲人,未必就要懂得多少哲学,或魔魔道道地只在逻辑中周旋。先哲有言:"哲学不意味着一套命题、一种教义,甚或一个体系,而是一种生活方式、一种为特殊的激情所激发的生活。"怎样的生活方式?善思考,或如柏拉图所说:爱智慧。怎样的激情呢?爱,或如艾略特所说:爱是一种折磨。折磨何来?不能容忍生活总就那么"白云千载空悠悠",而要探问那云空之处的悬难。张越说:能根据不同时期的作品,看出其心路历程的导演,在中国只有姜文一个。此即折磨的价值。

姜文的前两部作品,已见那折磨之于个例。这一回,折磨走向了形而上——《太阳照常升起》,实在是说:如《浮士德》般的生命困境,一向都在人间。

两个年轻女人,在一块指向"路尽头"的标牌前分手,一个去完婚,一个去为丈夫奔丧,一个以为从此幸福美满,一个不失浪漫地要孤守到白头。这应该是故事的开始,但姜文把它放在了影片的最后。而影片的开头,实际是故事的结尾:多年以后,以为幸福美满的一个,生活陷入了无聊与委琐;孤守白头的一位呢,竟至疯狂,后随一条"满载光荣历史的河流"不知去向。

如果一、二、三、四地平铺直叙,二〇〇七年只会像以往一样,在众多惨痛故事的旁边再添上一个。而现在,四、三、二、一,中国影坛随之有了一个真正的悲剧。

最后一幕,太阳照常升起。谁说那是光明的尾巴?那是故事的开始呀!这可不是简单的倒叙。结束,等于开始,那是说:生活,曾经是这样,将来未必就不是这样。"太阳底下本无新事",精神之路永远面临这样的悬难——尽头,或没有尽头,尽头必至无聊,没有尽头则难免疯掉。这也正是浮士德博士的困境:停下来,灵魂输给魔鬼;总就这么走下去呢,可到底是为了啥?然而,大地上或现实中,生活似乎只提供这两种可能;即便发疯,生命也还是去如逝水,空若荒云。

黑格尔给悲剧的定义是:相互冲突的两种精神,都值得我们同情。推演之:相互悖反的两种选择均属无奈,那才是悲剧。而来个清官即可化悲为喜的故事,乃愚昧的成果,只能算惨剧。悲剧,是任人多么聪明能干,也只能对之说"是"的处境。比如浮士德:你停下来,还是走下去?比如现在:飞速前进的利润与消费、飞速恶化的生态与道德,是可能停下来呢,还是可能永无止境?与黑格尔给出的境况相比,此一种两难,可谓悲之更甚——前者或仅及个案,后者却要我们大伙儿的命!《浮士德》的伟大由之可见。《太阳照常升起》的不同凡响,由之可见。

怎么回事,要命的倒是伟大、非凡?真这么回事,至少对艺术和艺术家来说是这样。艺术家若都在现实中活得流畅,不觉任何荒诞,停步的人间就全剩躯壳了。科学、商政,各得其所,艺术凭啥吃饭?艺术,当是人类精神最敏锐的一处觉察,若只为年节添些乐子,则近于玩忽职守。唯当见识了精神的悬难,以及现实不断更换着新装的无聊与无奈,人才可望成为如尼采所说的"超人"。"超人",并非是指才能盖世、法力无边,而是说,人要超越生理性存在,超越可口与可乐(譬如种种"大餐"),使精神不断升华。"好好学习,天天向上"也是这意思。学习,不见问题怎么行?精神升华,不识其困境怎么行?

可是,单识困境,就行了?但这是不可躲闪的第一步。比如对姜文这部影片,大可不必人云难懂,就看也不看地自认智商也属低下。又有先哲说过:"不是艺术模仿生活,是生活模仿艺术。"艺术,自有其引领欣赏和启发思向的职责,若一味讨好票房,品位势必持续走低。而后,再看那悬难是在呼唤什么吧。张辉在其《德意志精神漫游》一书中这样提醒我们:"向歌德学习:在一个绝大多数人信仰不断'向前走'的时代,如何同时关切永远'向上走'的问题。"——即"人如何向上再次拥有信仰的问题"。这便是悲剧的意义。悲剧,不等于眼泪,更非教人沮丧。悲剧,把现实中不解的悬难彰显在我们面前,意在逼迫着我们向上看——看那天天都在脱离地平线、向上升起的太阳,是一个根本性象征。

《太阳照常升起》与《浮士德》的异曲同工,未必是姜文的刻意所为。然而,一个诚实又善思的人,早晚会跟大师歌德想到一块儿去。姜文依靠其敏锐的觉察,在局部的历史中获取着生命的全息。唯此才有象征。象征不是比喻。比喻,是靠相似事物的简单互证,比如指桑骂槐。再引一位先哲的话吧:"象征是两个世界之间的联系,是另一个世界在这个世界上的标记。"另一世界,有吗?比如说就在你心里,在人们不息不止的盼念中。盼念,若旨在不断加强可口与可乐,就还是停留在此一世界。而姜文是以什么为比照,看穿了那无聊与无奈的呢?梦想,或向往。梦想或者向往,毫无疑问是指向着另一种生命状态。何东老兄有句极刻薄又极精辟的话:(在某些地方)总是没有梦想照进现实,常有的倒是妄想照进现实,或现实击穿梦想。

我妻子说,是"印象"二字,让她一下子看懂了《太阳照常升起》。诗,大都重视印象。诗性的根基是梦想。何谓梦想?恰如刘小枫的一个书题——《圣灵降临的叙事》。圣灵如何降临?简单说就是梦想照进现实。单靠记忆的回首,没有梦想插手,往事所以是死的。所谓永恒呢,即千变万化的当下,总与那梦想接通。这一接通,便不能满足于记忆的准确了,而是醉心于印象的天上地下,从而鲜活,从而全息,便有了象征的博大。姜文,固执地向那逝去的往事发问:这是怎么了,到底都是怎么了呀?幸好他不中理论的圈套,而靠自己的冥思苦想去解答。过士行说:《太阳照常升起》处处透露出神秘的力量。刘小枫是这样说:象征,是"无论你如何看,也看不够、看不全、看不尽其意味"的。

向上升起,是太阳给我们的永恒启示。再经时日,这个不屈不挠的姜文又将会怎样升起,尚未可知。或可更少些愤怒,更多些平静吧。我是指影片的开头,现代的疯狂就像那条照常流淌的河水,其实是波澜不惊的。无可挑剔的作品是没有的,但这不是本文所涉之题。

2007年10月16日

花 钱 的 事

据说,我家祖上若干代都是地主,典型的乡下土财主,其愚昧、吝啬全都跟我写过的我的那位太姥爷差不多:"一辈子守望着他的地,盼望年年都能收获很多粮食;很多粮食卖出很多钱,很多钱再买下很多地,很多地里再长出很多粮食……如此循环再循环,到底为了什么他不问。而他自己呢,最风光的时候,也不过是一个坐在自己的土地中央的邋里邋遢的瘦老头儿。"

据说,一代代瘦或不瘦的老头儿们,都还严格继承着另一项传统:不单要把粮食变成土地,还要变成金子和银子埋进地里,意图是留给子孙后代,为此宁可自己省吃俭用。那时候我父亲还小,他说他依稀还能记起一点那警惕的场面:晃动的油灯把几条挥汗掘土的人影映在窗上,忽觉外面有所动静,便一齐僵住,黑了灯问:"谁?"见是几个玩耍的孩子,才都透一口气,而后把孩子们一一骂回到各自的屋里去。

但随时代变迁,那些漂亮的贵金属终也不知都让谁给挖了去,反正我是没见过。我的父辈们,也只因此得到了一个坏出身。

我怀疑我身上还是遗传着土财主的心理,挣点儿钱愿意存起来,当然不是埋进土里,是存进银行,并很为那一点点利息所鼓舞。果然有人就挖苦我是"老鼠的儿子会打洞",进而问道:"要是以后非但没有利息,还得交管理费,你还存不?"我说不存咋办,搁哪儿?于是又惹得明智之士唏嘘嘲笑:"看你不傻嘛,不知道钱是干吗的？""干吗的？""花的！不懂吗？钱是为人服务的。普天之下从古至今，最愚蠢的东西莫过于守财奴。"接着，还搬出大哲学家西梅尔的思想来开导我：货币就好比筑路、搭桥，本不是目的，把钱当成目的就好比是把家安在了桥上。

倒是我把钱当成了目的？等着瞧吧，还不一定是谁把家安在了桥上呢。

明智之士的话听起来也都不错，但细想，就有问题。第一：钱，只是花着，才是为人服务吗？第二：任何情况下，都一定是人花着钱，就不可能是钱花着人？比如说你挣了好些钱又花了好些钱，一辈子就过去了，那是你花了一辈子钱呢，还是钱花了你一辈子？第三：设若银行里有些储备，从而后顾无忧，可以信马由缰地干些想干而不必盈利的事，钱是否也在为人服务呢？我的意思是：钱是为了能花的，并不都是为了花掉的。就好比桥是为了能过河的，总不至于有了桥你就来来回回地总去过河吧？

在我看，钱的最大用处是买心安。必须花时不必吝惜，无需它们骚扰时，就让它们都到隔壁的银行里去闹吧。你心安理得地干些你想干的事、做些你想做的梦，偶尔想起它们，知其"召之即来，来之能用"，便又多了一份气定神闲。这不是钱的最大好处吗？不是对它们最恰当的享用？就算它们孤身在外难免受些委屈——比如说贬一贬值，我看也值得；你咋就舍得让孩子到幼儿园里去哭呢？

贬值，只要不太过分就好，比如存一万，最后剩五千。剩多剩少，就看够不够吃上非吃不可的饭，和非吃不可的药，够，就让它贬去吧。到死，剩一万和剩五千并无本质不同。好比一桶水，桶上有个洞，漏，问题是漏多少？只要漏到人死，桶里还有水，就不怕。要是为了补足流失，就花一生精力去蓄水，情况跟渴死差不太多。

我肯定是有点儿老了。不过陈村兄教导我们说:"年轻算个什么鸟儿,谁没有年轻过呢?"听说最时髦的消费观是:不仅要花着现有的钱,还要花着将挣的钱,以及花着将来未必就能挣到的钱;还说这叫超前消费,算一种大智大勇。依我老朽之见,除非你不怕做成无赖——到死也还不完贷,谁还能把我咋样?否则可真是辛苦。守财者奴,还贷的就一定不是?我见过后一种奴——人称"按揭综合征",为住一所大宅,月以继月地省吃俭用不说,连自由和快乐都抵押进去;日出而作,日落而不敢息,夜深人静屈指一算,此心情结束之日便是此生命耗尽之时。这算不算是住在了桥上?抑或竟是桥下,桥墩也似的扛起着桥面?

但明智之士还是说我傻:"扛着咋啦?人家倒是住了一辈子好房子!你呢,倘若到死还有钱躺在银行里,哥们儿你冤不冤?"

这倒像是致命一击。

不过此题还有一解:倘若到死都还有钱躺在银行里,岂不是说我一生都很富足、从没为钱着过急吗?尤其,当钱在银行里饱受沉浮之苦时,我却享受着不以物喜、不为钱忧的轻松,想想都觉快慰,何奴之是?

我还是信着庄子的一句话:"乘物以游心。"器物之妙,终归是要落实于心的。什么是奴?一切违心之劳,皆属奴为。不过当然,活于斯世而彻底不付出奴般辛苦的,先是不可能,后是不应该——凭啥别人造物,单供你去游心呢?但是,若把做奴之得,继续打造成一副枷锁,一辈子可真就要以桥为居了。听说有一类股民,不管赚到多少,总还是连本带利都送回到股市去"再生产",名分上那些钱都是你的,但只在本利蚀尽的一天才真正没有了别人的事。

还有一事我曾经不懂:凭什么一套西装可以卖到几万块?我盯紧那玻璃钢模特之暗蓝色的面孔,心里问:"凭什么呀你?"一旁的售货小姐看不过了,细语莺声地点拨道:"牌子呀,先生!""牌子?就这么一小块儿织物?"小姐笑笑,语气中添了几分豪迈:"您可知道,这种牌子的西装,全世界才有几套吗?"

默然走出商场时我才有点儿明白了:那西装不单是一身衣裳,更是一面奖状!过去,比如说一位房管局长要是工作得好,会有上级给他发一面奖状。可现在,谁来表彰一位房产商呢?他要是也工作得好,靠啥来体现荣耀呢?于是乎应运而生,便有了这几万块钱一套的西装,或几万块钱的一小块儿著名标牌。应该说这是合理的,既是奖状自然价值无限,何况还贡献着高税。但若寻常之人也买一身那样的衣裳穿(当然你有权这么干),便形同盖一面伪奖状在桥头上做噩梦。

然而又有人说我了:都要像你这样,社会还怎么发展?

我阻碍社会发展了吗?我丰衣足食,我住行方便,我还有一辆无需别人帮助即可走到万寿山上去的电动轮椅……

是嘛!要是谁都不肯花大价钱买这轮椅,这么好的轮椅就发展不出来。

你是说,大家都该去买一辆这样的轮椅?

我是说大家要都把钱存着,就什么也不能发展。比如说都不买大宅世上就没有大宅,都不买豪车世上就没有豪车,都不买那样的西装,人类可能就还披着兽皮呢!

这话似也不无道理。比如说拉斯维加斯吧,真也令人赞叹,赞叹它极致的豪华,赞叹人之独具的想象力——把"大海"搬进沙漠,把"天空"搬进室内,把"古罗马街道"搬到今天……说真的,世上若完全没有这类尝试,好像也闷。我经历过那种崇拜统一、轻蔑个性的时代:人人都穿一样的蓝制服,戴一样的绿军帽,骑一样的自行车和住一样的两居室……可再怎么一样也一样不过动物们一式的皮毛和洞穴,不是吗?

我去过一趟那赌城。十年前,好友立哲自掏腰包,请了包括我在内的几个老同学去美国玩。(之所以选在那一年,我知道主要是为了我,立哲在电话里说:"你要再不来可就来不了啦!"果然,转年我就进了透析室。)在拉斯维加斯的赌场里,立哲先花十美金让我们试了几把轮盘赌,不料最后一码竟赢得四十倍,于是大家稀里哗啦地又玩了一阵子老虎机。我们都有理智,本利全光之后便告别了赌场,单靠眼睛去占那赌城的便宜。

于是就又明白了一件事:拉斯维加斯是个大玩具,开启想象力的玩具。跟孩子的玩具一个道理,没有的话,孩子容易傻;太多了呢,孩子也容易傻,还容易疯。高明的家长在于把握尺度。若是把买粮的钱,上学、治病和养老的钱都买成玩具,即可明确指出:这家里缺个称职的家长。

接下来必有一个问题等在这里:什么是发展?你原本是想发展到哪儿去?或者:人,终于怎样,才算是发展了和持续地发展着?

最简单的提问是:是财富增长得越快越持久,算发展呢?还是道德提高得越快越持久,算发展?

最有力的反问是:为什么不可以是财富与道德,同时提高并持久呢?

可明显的事实却是:财富指数的不断飙升,伴随的恰恰是道德水平的不断跌降。

是吗?

不是吗?

这可不是一两句话能说清楚的……不过,这跟你的存钱有啥关系?

有哇有哇,比如说《浮士德》,浮士德博士跟魔鬼打的那个赌……

靡非斯特毕竟高人一筹,我一直认为浮博士是输定了的。万物生于动,停下来岂非找死?在人类社会,这体现于种种竞争。霍金曾举一例:现而今,若把每天出版的新书一本一本挨着往前排,就是一辆八十迈飞奔的汽车也追不上。(霍大师客气了,倘若换成服装、化妆品之类一件件往前排,怕是飞机也追不上吧。)然后他问:人类是可能持续这样的加速飞奔呢,还是可能自觉放慢速度?霍大师有这样的猜测:照理说这宇宙中早该有比我们更聪明的生命,以及比我们更发达的科学,他们所以至今未能跟我们联系上,很可能是因为,在其科学发展到足以跟我们联系上之前,其道德的败坏已先行令其毁灭了。哎呀哎呀,看来浮士德——这浮世之德呀——怎么都是个输了,而且输掉的恰恰是叫作"灵魂"的那种东西!

赞叹着歌大师之远见的同时,我不免心存沮丧。

不过张辉教授在他的一本书中,为浮博士也为我们,提供了一个战胜靡非斯特的办法:"向歌德学习:在一个绝大多数人信仰不断'向前走'的时代,如何同时关切永远'向上走'的问题。"——即"人如何向上再次拥有信仰的问题"。真可谓是绝处逢生!可不是吗,动,凭啥要限定在二维方向?竞争,何苦一门儿心思单奔着物利?细思细想,这很可能就是歌大师的本意——人,压根儿就是上帝跟魔鬼打的一个赌。这一赌,是上帝赢呢,还是靡非斯特赢?歌大师有怀疑。霍大师也有怀疑。

有迹象表明,大师们的忧虑怕要成真。比如说,为什么在提倡"可持续发展"的今天,人类仍在为提高 GDP 和"促进消费"而倾注着几乎全部热情?有哪一国 GDP 和消费指数的增长,不是以加速榨取自然为代价的呢?不错,我们都曾受惠于这类增长,但我们是否也在受害于,并且越来越受害于这类增长呢?今人之时速千里的移位,当真就比古人的"朝闻道,夕死可也"更必要?今人之全球联通,就比古人的"心远地自偏"更惬意?今人之以孱弱之躯驾一辆四轮铁壳飞奔,就比古人的"竹杖芒鞋轻胜马……一蓑烟雨任平生"更自由?我忽然觉得,即便我祖上那些瘦与不瘦的老头,也比胖与特胖的今人明智,至少他们记挂着未来。

不过也有迹象表明,正因为大师们的提前忧虑,上帝仍然有赢得那一场赌局的希望。比如比尔·盖茨这位当今世界的首富,他不仅已为慈善事业捐出了二百多亿美元,还在其遗嘱中宣布,将把全部财产的百分之九十八做同样的捐赠。又比如钢铁巨头安德鲁·卡内基,他曾经说过这样的话(大意):贫富之差本是社会发展的副产品,富人若把其财富全部留给自己,那是一种耻辱。

看看他们是怎么花钱的吧。看看他们是怎么挣钱,又是怎么花钱的吧。看看他们是怎么把挣钱和花钱,一同转变成"向上去拥有信仰"之行动的吧。他们的钱不仅买到了自己的心安,还要去为大家买幸福。我一直以为有个不解的矛盾:不竞争则大家穷,竞争则必然贫富悬殊以至孕育仇恨。比先生和卡先生又让我看清了一件事:如果把占有财富的竞争转变为向善向爱的竞争,浮博士和我们大家就可以既不停步,又不必疯牛似的在一条老路上转个你死我活了。当然不是所有人都能像老比和老卡那样挣钱,但所有人都可以像他们那样花钱呀。这样我就又多了一份心安理得:设若我死后还有些钱躺在银行里,料它们在成全了我的一生心安之后,也不会作废。

2007 年 10 月 23 日

智 能 设 计

据说有一种"智能设计论"正悄然兴起，在美国某些州，已走进中学的生物课。此论的主要意思是说：人类是由比人类更高的智能所设计、制造的。此论一出，立刻引起多方反对。反对者的情绪支持是"无神论"，是呀，此论若属正当，岂非迷信抬头，又要回到"上帝造人"的神话？其理论支持是"进化论"，即坚信人是由低等生命历经亿万年物竞天择、优胜劣汰而偶然生成的。

"进化论"如今是常识。"上帝造人"曾经也是常识。

"智能设计论"者并非不懂科学，或不信科学，恰是根据了种种科学成就，他们宣称：构造如此精密的人类，仅靠物竞天择是不可能成就的。就是说，从RNA、DNA直至种种简单生命，单凭适者生存这么毫无目的地瞎蒙乱撞，就算用上地球的全部有生之年也是撞不成人的；哪怕只是一种器官，比如眼睛，也撞不出来。你能相信一块奇石是亿万年风雨的造化，可你能相信亿万年风雨能够磨砺出一块手表来吗？更何况，人体功能的设置周全，以及它的有目的性，又岂是手表可比！

上述逻辑应属有力。但反对者话锋一转，亮出一招更为有力的杀手锏：如果人是更高智能的造物，那请问，这更高的智能又是谁创造的？

是呀，问得好，问到了要害。不过，怎么好像忽然变了题意呢？——"进化论"者抛开进化不谈，转而对进化之前的事较起真儿来。

进化之前的什么事？顺理成章地理解，他们要问的显然是人，乃至一切生命的最初成因。比如说DNA、RNA乃至那个"大爆炸",究竟都是怎么来的?而你们——"智能设计论"者,若只告诉我们人是由更高智能所设计、制造的(先不追究证据充分与否),岂不等于在说"人是娘养的""鸡是蛋孵的",其实是什么也没说吗?

料必"智能设计论"者已经愉快地发现了:"进化论"者情急而生的这一刁钻追问,他们自己也回答不了。比如说,进化由之开始的地方,是谁预备下的?

进化,毫无疑问。生命的演变,毫无疑问。适者生存,故而今人与其祖先已有天壤之别。但是,人、DNA、RNA乃至宇宙的初始之因呢?对不起,"进化论"不负责回答这类问题。"进化论"是创世之后的一门学问,倘其试图代替"创世论",那一招杀手锏也就同时刺向了自己。被自己刺中,比被别人刺中会更绝望。

一说到创世,难免又牵扯到迷信。不过,这一回真是得迷而信之了——人类居于其中的这个世界确凿已被创造出来,由不得你不信;但,是谁创造的呢?是什么创造的呢?是怎样和为了什么创造的呢?却是谜。不管是说"智能设计",还是说"大爆炸",均难确证为最初之因。循着那一招杀手锏的思路,鸡生蛋,蛋生鸡,因因果果料难穷尽。这是人作为宇宙之一部分的永恒困境。这是有限面对无限的不解之题。这是知性所能知的永不可知。故而"名可名,非常名",先人谓之曰"第一推动",先人的先人称其为"上帝创造"。总之,创世之因对我们而言永远都是神秘。

为此你不痛快吗?愤怒、沮丧、抑郁、绝望?但这最多只能证明:那一创世之举,原就预设了此类项目。唯一的希望是,这些不可心的项目终于能够触发或惊醒另一项目:智慧。何谓智慧?四望迷茫,心中存信!

可为什么,人们很容易接受"大爆炸",却不愿接受"智能设计"?我猜,其实是个情绪问题,或者尊严问题,即不愿接受还有着高于人类的智能存在。换句话说:人不能容忍自己是次一等的智能。或直说吧：一向自信为万物之尊、万灵之长、世界之主宰的人类，怎能允许自己忽然变成了一群戏子、玩偶或角斗士？

至于"大爆炸"嘛——真也是没法儿了，总得给开端一个说头儿吧。不过，就算是"有生于无"，也还是可以追问：那个"无"是谁的遗弃物？西方的先哲说：无中生有是不可能的。东方的先哲却说：有生于无。不过东方先哲还有一说：万法皆空。空即有，有即空，所以我猜东哲的本意是：有生于空。空，并不等于一切皆无。而有，也不见得就是有物质。有什么呢？不知道。物理学家说：抽去封闭器皿中的一切物质，里面似乎还是有点儿什么的。有点儿什么呢？还是不知道。那咱就有权瞎猜了：有"空"！"万法皆空"而非万法皆无嘛，所以这个"空"绝非是说一切皆无。那么，这"空"又有什么呢？有着趋于无限强大的"势"，或"倾向"！——即强烈地要成为"有"的趋势，或倾向。——我想，真不如就称之为"欲望"吧，在现有的词汇中，没有比用"欲望"来表达它更恰当、更传神的了。

不过这都是题外话。除非你就是上帝，就是那个不小心弄出"大爆炸"来的肇事者，否则我们永远都是瞎猜，猜中了也没有标准答案供你对照。但这个世界真是设计得讲究：早在人成为人的时候，人就被输入了不可全知、全能的程序。这是要点，是高招，否则不好玩。任何好玩的游戏、热情不衰的游戏，必须都具备这一程序。

可又是为什么，人们不能容忍"智能设计"，却可以容忍和接受"上帝创世"呢？前者缺乏证据，后者可有什么证据吗？

"神证论"不一而足。但，凡是要弄清创世之因的，迄今没有不碰壁的——上帝的手艺岂是尔等凡夫俗子可以了然的！而碰壁回来，转而寻求拯救之神的，才可能从容镇定地走好人间这条路。诸多的"神证论"中，最让我心悦诚服的一种是这样说的：残缺，证明了圆满在；丑恶，证明了善美在……人之诸多的残缺与丑恶，证明了神在。神之在,即圆满与善美之在。或者是,人看那圆满与善美跟自己殊有距离,故称之为神。或者这样说吧:神即有别于人之实际的、一种人之心魂的向往;人一旦自知残缺与丑恶,便是向那圆满与善美之神性的皈依,因而神必定是在的。

但有一点:皈依,是走向,而非走到。"圆满"和"善美"对人而言,都是动词,且永远是现在进行时。人可能"向善向美",不可能"尽善尽美";你可以说"圆满着",谁敢说"圆满了"?

其实,"上帝造人"也好,"智能设计"也罢,还有"大爆炸",有啥不一样呢?我们总归是被创造了,因此总归会有个创造者或创造之因,但无论是创造者还是创造之因,对我们来说都是谜团。所以,真正的麻烦是:我们挺骄傲,挺自尊,不愿受愚弄,不愿做玩偶,不服气我们祖祖辈辈的勤劳勇敢早都有着剧本。可是!无论创世何因,只要我们不能彻底弄清它,宿命色彩即属难免。

我倾向,要在上述意义上承认宿命,接受这个不管是谁发明的烂摊子。宿命何因?只为局限。不敢承认自己的局限吗?我们生而为某一整体之局部、某一对峙着无限的有限,不是吗?因此,若向那冷漠的"造物主"讨要意义,你就永远都是个只会背台词的戏子,或被牵动着的玩偶。但一个有想象力的表演艺术家,是会让编导也吃惊的。譬如艺术,难道不是一种限制,或是由于某种限制吗?但其中却有着无限可能的路途。大凡存在者,都必有宿命为其前提。大凡自由,都是说,在某种局限下去做无限的寻求。尼采说,伟大的人是爱命运的。是呀,既不屈从它,也不怨恨它,把一条冷漠的宿命之途走得激情澎湃、妙趣横生,人才可能不是玩偶。那是什么?又如尼采所说:既是艺术品,又是能够创造并欣赏艺术品的艺术家。

所以,无论是"上帝造人",是"智能设计",是"大爆炸"还是"进化论",都不影响人要对创世之神(秘)说是,否则你坚强地撞墙,终还是你倒,而墙巍然矗立;也都不妨碍人向着救世之神(性)

的呼告与皈依,不然你就只在愤怒、沮丧、抑郁、绝望等子录目中选项吧——但要注意,其根目录是:愚蠢和仇恨。

因此可以这样说:"救世主"既存在于我们自己——永不熄灭地寻找着圆满与善美的心魂,又不是我们自己——即非那具被限定的肉身和偶然的姓名。拯救,即在有限向着无限的询问中、人向着神秘之因的谛听中;而大道不言,大道以其不言惊醒了人的智慧——唔,那原是一条无尽无休地铺向圆满与善美的神性之路!从而你接受宿命又不囿于宿命,从一个被动的玩偶转变成自由的艺术家,尊重原著又确信它提供了无限可能。圣灵即于此刻降临。所以,拯救必定是"道成肉身"。

这样,我就又看懂了一件事——说"上帝造人"跟说"大爆炸",真的没啥不一样吗?作为创世的最初之因,二者的证据同样不足,为什么有人宁可相信"上帝造人",而对"大爆炸"置若罔闻?另一些人则对"上帝造人"深存疑忌,却很容易就接受了"大爆炸"?是呀,看起来大家说的是一码事,其实呢,各存所念!后者必持无神论,相信宇宙的诞生不过是一次毫无道德倾向的物理事件,人呢,更是偶然生成,尤其是偶然生成的万物之主宰,于是乎人性便得其全面的自主和自由——但得强调:一不留神也就纵容了人性恶。前者当然是有神论,其根本在于相信人非万物之主宰,而是需要更高的精神引领。其愿望,尤其结果,是把问题引向了人的责任,引向了对人性恶的监督——譬如士兵再聪明也得服从命令,导演再先锋也要尊重原作精神,而造假的商家终也躲不过"3·15"这一天。

2007 年 11 月 17 日

扶 轮 问 路

坐轮椅竟已坐到了第三十三个年头,用过的轮椅也近两位数了,这实在是件没想到的事。一九八〇年秋天,"肾衰"初发,我问过柏大夫:"敝人刑期尚余几何?"她说:"阁下争取再活十年。"都是玩笑的口吻,但都明白这不是玩笑——问答就此打住,急忙转移了话题,便是证明。十年,如今已然大大超额了。

那时还不能预见到"透析"的未来。那时的北京城仅限三环路以内。

那时大导演田壮壮正忙于毕业作品,一干年轻人马加一个秃顶的林洪桐老师,选中了拙作《我们的角落》,要把它拍成电视剧。某日躺在病房,只见他们推来一辆崭新的手摇车,要换我那辆旧的,说是把这辆旧的开进电视剧那才真实。手摇车,轮椅之一种,结构近似三轮摩托,唯动力是靠手摇。一样的东西,换成新的,明显值得再活十年。只可惜,出院时新的又换回成旧的,那时的拍摄经费比不得现在。

不过呢,还是旧的好,那是我的二十位同学和朋友的合资馈赠。其实是二十位母亲的心血——儿女们都还在插队,哪儿来的钱?那轮椅我用了很多年,摇着它去街道工厂干活,去地坛里读书,去"知青办"申请正式工作,在大街小巷里风驰或鼠窜,到城郊的旷野上看日落星出……摇进过深夜,也摇进过黎明,以及摇进过爱情但很快又摇出来。

一九七九年春节,摇着它,柳青骑车助我一臂之力,乘一路北风,我们去《春雨》编辑部参加了一回作家们的聚会。在那儿,我的写作头一回得到认可。那是座古旧的小楼,又窄又陡的木楼梯踩上去"咚咚"作响,一代青年作家们喊着号子把我连人带车抬上了二楼。"斯是陋室"——脱了漆的木地板,受过潮的木墙围,几盏老式吊灯尚存几分贵族味道……大家或坐或站,一起吃饺子,读作品,高谈阔论或大放厥词,真正是一个激情燃烧的年代。

所以,这轮椅殊不可以"断有情",最终我把它送给了一位更不容易的残哥们儿。其时我已收获几笔稿酬,买了一辆更利远行的电动三轮车。

这电动三轮利于远行不假,也利于把人撂在半道儿。有两回,都是去赴苏炜家的聚会,走到半道儿,一回是链子断了,一回是轮胎扎了。那年代又没有手机,愣愣地坐着想了半晌,只好侧弯下身子去转动车轮,左轮转累了换只手再转右轮。回程时有了救兵,一次是陈建功,一次是郑万隆,骑车推着我走,到家已然半夜。

链子和轮胎的毛病自然好办,机电部分有了问题麻烦就大。幸有三位行家做我的专职维护,先是瑞虎,后是老鄂和徐杰。瑞虎出国走了,后二位接替上。直到现在,我座下这辆电动轮椅——此物之妙随后我会说到——出了毛病,也还是他们三位的事;瑞虎在国外找零件,老鄂和徐杰在国内施工,通过卫星或经由一条海底电缆,配合得无懈可击。

两腿初废时,我曾暗下决心:这辈子就在屋里看书,哪儿也不去了。可等到有一天,家人劝说着把我抬进院子,一见那青天朗照、杨柳和风,决心即刻动摇。又有同学和朋友们常来看我,带来那一个大世界里的种种消息,心就越发地活了,设想着,在那久别的世界里摇着轮椅走一走大约也算不得什么丑事。于是有了平生的第一辆轮椅。那是邻居朱二哥的设计,父亲捧了图纸,满城里跑着找人制作，跑了好些天，才有一家"黑白铁加工部"肯于接受。用材是两个自行车轮、两个万向轮并数根废弃的铁窗框。母亲为它缝制了坐垫和靠背。后又求人在其两侧装上支架，撑起一面木板，书桌、饭桌乃至吧台就都齐备。倒不单是图省钱。现在怕是没人会相信了，那年代连个像样的轮椅都没处买；偶见"医疗用品商店"里有一款，其昂贵与笨重都可谓无比。

我在一篇题为《看电影》的散文中，也说到过这辆轮椅："一夜大雪未停，事先已探知手摇车不准入场（电影院），母亲便推着那辆自制的轮椅送我去……雪花纷纷地还在飞舞，在昏黄的路灯下仿佛一群飞蛾。路上的雪冻成了一道道冰棱子，母亲推得沉重，但母亲心里快乐……母亲知道我正打算写点什么，又知道我跟长影的一位导演有着通信，所以她觉得推我去看这电影是非常必要的，是件大事。怎样的大事呢？我们一起在那条快乐的雪路上跋涉时，谁也没有把握，唯朦胧地都怀着希望。"

那一辆自制的轮椅，寄托了二老多少心愿！但是下一辆真正的轮椅来了，母亲却没能看到。

下一辆是《丑小鸭》杂志社送的，一辆正规并且做工精美的轮椅，全身的不锈钢，可折叠，可拆卸，两侧扶手下各有一金色的"福"字。

除了这辆轮椅，还有一件也是我多么希望母亲看见的事，她却没能看见：一九八三年，我的小说得了全国奖。

得了奖，像是有了点儿资本，这年夏天我被邀请参加了《丑小鸭》的"青岛笔会"。双腿瘫痪后，我才记起了立哲曾教我的"不要脸精神"，大意是：想干事你就别太要面子，就算不懂装懂，哥们儿你也得往行家堆儿里凑。立哲说这话时，我们都还在陕北，十八九岁。"文革"闹得我们都只上到初中，正是靠了此一"不要脸精神"，赤脚医生孙立哲的医道才得突飞猛进，在陕北的窑洞里做了不知多少手术，被全国顶尖的外科专家叹为奇迹。于是乎我便也给自己立个法：不管多么厚脸皮，也要多往作家堆儿里凑。幸而除了两腿不仁不义，其余的器官都还按部就班，便一闭眼，拖累着大伙儿去了趟青岛。

参照以往的经验，我执意要连人带那辆手摇车一起上行李车厢，理由是下了火车不也得靠它？其时全中国的出租车也未必能超过百辆。树生兄便一路陪伴。谁料此一回完全不似以往（上一次是去北戴河，下了火车由甘铁生骑车推我到宾馆），行李车厢内货品拥塞，密不透风，树生心脏本已脆弱，只好于一路挥汗谈笑之间频频吞服"速效救心"。

回程时我也怕了，托运了轮椅，随众人去坐硬座。进站口在车头，我们的车厢在车尾；身高马大的树纲兄背了我走，先还听他不紧不慢地安慰我，后便只闻其风箱也似的粗喘。待找到座位，偌大一个刘树纲竟似只剩下了一张煞白的脸。

《丑小鸭》不知现在还有没有？那辆"福字牌"轮椅，理应归功其首任社长胡石英。见我那手摇车抬上抬下着实不便，他自言自语道："有没有更轻便一点儿的？也许我们能送他一辆。"瞌睡中的刘树生急忙弄醒自己，接过话头儿："行啊，这事儿交给我啦，你只管报销就是。"胡石英欲言又止——那得多少钱呀，他心里也没底。那时铁良还在医疗设备厂工作，说正有一批中外合资的轮椅在试生产，好是好，就是贵。树生又是那句话："行啊，这事儿交给我啦，你去买来就是。"买来了，四百九十五块，八三年呀！据说胡社长盯着发票不断地咋舌。

这辆"福"字牌轮椅，开启了我走南闯北的历史。其实是众人推着、背着、抬着我，去看中国。先是北京作协的一群哥们儿送我回了趟陕北，见了久别的"清平湾"。后又有洪峰接我去长春领了个奖；父亲年轻时在东北林区待了好些年，所以沿途的大地名听着都耳熟。马原总想把我弄到西藏去看看，我说：下了飞机就有火葬场吗？吓得他只好请我去了趟沈阳。王安忆和姚育明推着我逛淮海路，是在一九八八年，那时她们还不知道，所谓"给我妹妹挑件羊毛衫"其实是借口，那时我又一次摇进了爱情，并且至今没再摇出来。少功、建功还有何立伟等等一大群人，更是把我抬上了南海舰队的鱼雷快艇。仅于近海小试风浪，已然触到了大海的威猛——那波涛看似柔软，一旦颠簸其间，竟是石头般的坚硬。又跟着郑义兄走了一回五台山，在"佛母洞"前汽车失控，就要撞下山崖时被一块巨石挡住。大家都说"这车上必有福将"，我心说是我呀，没见轮椅上那个"福"字？一九九六年迈平请我去斯德哥尔摩开会，算是头一回见了外国。飞机缓缓降落时，我心里油然地冒出句挺有学问的话：这世界上果真是有外国呀！转年立哲又带我走了差不多半个美国，那时双肾已然怠工，我一路挣扎着看：大沙漠、大峡谷、大瀑布、大赌城……立哲是学医的，笑嘻嘻地闻一闻我的尿说："不要紧，味儿挺大，还能排毒。"其实他心里全明白。他所以急着请我去，就是怕我一旦"透析"就去不成了。他的哲学一向是：命，干吗用的？单是为了活着？

说起那辆"福"字轮椅就要想起的那些人呢？如今都老了，有的已经过世。大伙儿推着、抬着、背着我走南闯北的日子，都是回忆了。这辆轮椅，仍然是不可"断有情"的印证。我说过，我的生命密码根本是两条：残疾与爱情。

如今我也是年近花甲了，手摇车是早就摇不动了，"透析"之后连一般的轮椅也用着吃力。上帝见我需要，就又把一种电动轮椅泊来眼前，临时寄存在王府井的医疗用品商店。妻子逛街时看见了，标价三万五。她找到代理商，砍价，不知跑了多少趟。两万九？两万七？两万六，不能再低啦小姐。好吧好吧，希米小姐偷着笑：你就是一分不降我也是要买的！这东西有趣，狗见了转着圈地冲它喊，孩子见了总要问身边的大人：它怎么自己会走呢？据说狗的智力相当于四五岁的孩子,他们都还不能把这椅子看成是一辆车。这东西才真正是给了我自由:居家可以乱窜,出门可以独自疯跑,跳舞也行,打球也行,给条坡道就能上山。舞我是从来不会跳。球呢,现在也打不好了,再说也没对手——会的嫌我烦,不会的我烦他。不过呢,时隔三十几年我居然上了山——昆明湖畔的万寿山。

谁能想到我又上了山呢!

谁能相信,是我自己爬上了山的呢!

坐在山上,看山下的路,看那浩瀚并喧嚣着的城市,想起凡·高给提奥的信中有这样的话:"我是地球上的陌生人,(这儿)隐藏了对我的很多要求","实际上我们穿越大地,我们只是经历生活","我们从遥远的地方来,到遥远的地方去……我们是地球上的朝拜者和陌生人"。

坐在山上,看远处天边的风起云涌,心里有了一句诗:嗨,希米,希米/我怕我是走错了地方呢/谁想却碰见了你!——若把凡·高的那些话加在后面,差不多就是一首完整的诗了。

坐在山上,眺望地坛的方向,想那园子里"有过我的车辙的地方也都有过母亲的脚印";想那些个"又是雾罩的清晨,又是骄阳高悬的白昼……"想那些个"在老柏树旁停下,在草地上在颓墙边停下,又是处处虫鸣的午后,又是鸟儿归巢的傍晚……"想我曾经的那些个想:"我用纸笔在报刊上碰撞开的一条路,并不就是母亲盼望我找到的那条路……母亲盼望我找到的那条路到底是什么?"

有个回答突然跳来眼前:扶轮问路。是呀,这五十七年我都干了些什么?——扶轮问路,扶轮问路啊!但这不仅仅是说,有个叫史铁生的家伙,扶着轮椅,在这颗星球上询问过究竟。也不只是说,史铁生——这一处陌生的地方,如今我已经弄懂了他多少。更是说,譬如"法轮常转",那"轮"与"转"明明是指示着一条无限的路途——无限的悲怆与"有情",无限的蛮荒与惊醒……以及靠着无限的思问与祈告,去应和那存在之轮的无限之转! 尼采说"要爱命运"。爱命运才是至爱的境界。"爱命运"即是爱上帝——上帝创造了无限种命运,要是你碰上的这一种不可心,你就恨他吗?"爱命运"也是爱众生——设若那一种不可心的命运轮在了别人,你就会松一口气怎的? 而凡·高所说的"经历生活",分明是在暗示:此一处陌生的地方,不过是心魂之旅中的一处景观、一次际遇,未来的路途一样还是无限之问。

2007 年 11 月 20 日

老 好 人

老好人,也叫滥好人,曾经是个温和的贬义词,如今偏向中性,但从来不是褒奖。温和,是说它并不直接表露敌意;曾经呢,则尤其让人想起那个阶级斗争大行其道的年代。

"好人"应属赞美,怎么加上个"老"字就变了味儿呢?其曲折的逻辑大概是这样的:在这个纷争不断的世界上,你可以一时一域被赞扬,怎么可能老被赞扬?可以被此一类人称道,怎会也被彼一类人称道?我就曾亲闻一老好人被温和地质问:怎么好人坏人都说你好呢?问得他只有施展其老好人的独门功夫——一脸的愧笑。因此有理由怀疑他善诡计。有理由,也有证据吗?人无完人便是证据。或者说,人无完人,所以证据是一定会有的。

一个人,所以做成了老好人,是经由了一条怎样的心理路径呢?我猜,人们从来都是知道的。为什么?因为几乎没人愿意去触动那一条路径上的迷障。比如我,我就是在敢于知道的那一刻才知道:其实我从来就是知道的。

忘记是在哪一处大雅之堂了,正中的匾额上四个大字:一团和气。一望之下竟让我悲喜交加:好哇好哇,原来这话不单可以用于讥讽、警告和批判,还可以是堂堂正正的倡导!于是我第一次敢于有了为老好人辩护的冲动:人们指责于老好人的,以及老好人从小到大的盼愿,不就是这个"一团和气"吗?不就是你好、我好、大家好吗?比如像儿时那样"排排坐,吃果果",人人对人人都怀有一份羡慕,并一份祝贺。为了一团和气,老好人是情愿于中出些拙力的——掩盖矛盾,粉饰太平,两头儿说好话,甚至于不惜替别人撒点儿谎、做点儿弊,又甚至于这谎与弊都不够周全,倒让自己一回回落得尴尬。比如说 S 吧,就曾把友人 A 对友人 B 的恶语改装成友人 A 给友人 B 的些许建议,而后转达。就我所知,B 听后火气顿减,S 就势再淋些水上去,虽不能彻底浇灭 B 的怒火,可待其反馈到 A 时,已是咝咝地释放着暖意了。然而,事后 A 与 B 难免碰面,你一言我一语终于发现情况并不似此前的转达与反馈,火气于是再度攀升,怒目便一齐瞄准了 S——这个倒霉的老好人。

老好人与谄媚者不同,虽说也难免行些逢迎之事,但都不是计谋,尤其没有对权力与物利的期寄,否则人们会直接叫他坏人的。老好人所以又不同于善诡计者,因其有着自守的道德底线:绝不存害人之心,即便逢迎,也只为营造一团和气,借以保护自己和亲人的一份幸福,或仅仅是平安。而这就造成他的一个致命缺点:软弱。进而又为他打造出一份劣迹:不敢坚持真理。至于那种"拔一毛利天下而不为"者,则只能算作极度的自私自利,并不在老好人的范围。

人们不直接说他们是坏人,又不直接说他们是好人,偏不嫌麻烦地创造出"老好人"一词来,想必多有深意。

首先,老好人之平生所愿,实在是平凡、平常、平庸之至,既无效圣贤之愿,又无做英雄之胆,当然也不存强梁、流寇之祸心。平凡若此,怎又会惹人注目起来呢——譬如那独享的称号竟广泛并恒久地传扬?想来原因约在:不知自何日始,众多人定的真理与正义纷纷强大并呈敌我之势,遂令胆识俱乏的凡夫俗子们常陷迷惘与惧怕,只好以屡弱的笑脸左右支撑(逢迎);这便惹得"好人"和"坏人"都看他们是另类,因而双方的意见于此竟难得地统一起来:加个"老"字给他们吧,以示区分。

至此有了三个问题:1.无论是"好人坏人都说你好",还是"好人坏人都看他们是另类",这"好人"与"坏人"先要由谁和根据什么来认定?2.那个"老"字,何故偏偏是加在了"好人"而不是"坏人"的头上呢——比如"老坏人"?3.老好人的愧笑,愧于何因?这些问题容后再想。

还有个问题:是软弱的本性使得老好人立场不明呢?还是生性不喜欢门门派派,更弄不大懂种种主义,才造成了老好人的软弱?这也先不管他吧,只问:老好人的信奉是什么?别说没有,任何引人注目的行径都必有其信奉的支撑。拨开重重迷障,或掘开层层愧笑去看其深处的埋藏,你会发现,老好人唯本能地倾向着一个自明的——但并非是说他自己早已明晰的——真理:爱。比如父母之爱,兄弟姐妹之爱,夫妻或恋人之爱,总之是亲人之爱。这样的爱狭隘吗?好吧,就算仍难免有些狭隘,可一切伟大的爱难道不是由此发生?"老吾老以及人之老,幼吾幼以及人之幼",此一圣贤之言不单道出了爱的博大,也道出了爱之涓细的源头。我不信,连至亲至爱都可以凛然弃之者,能有什么伟大的爱。

我屡屡设想过叛徒的处境与原由,有些比较容易甄辨曲直,从而取舍归弃也自明朗,但更多的却是迷蒙晦暗——观其情也真,察其心也善,然其处境却是进退维谷;即便让我这局外人冷静地选择——爱吾爱以及人之爱,危吾危以及人之危——也仍是百思难取所归。故常暗自谢天地——谢那个任谁也拿捏不准的偶然性,庆幸着危难未临于我,否则就怕于某史犹豫之际,这世上早又多出了一个叛徒。

唉唉,一切理论之于实际都太苍白,一切理性之于真正的疑难都太无奈,很多时候我们只有仰天祈祷,而难有实际作为。

祈祷什么呢？那就先得问：真正的疑难是什么？

比如《安提戈涅》。安提戈涅要违背国王"按律法与正义"所颁布的命令，去埋葬她的一个哥哥，但这样，她就会跟她这个哥哥一样成为城邦的叛徒。妹妹伊斯墨涅劝她："你这样大胆吗，在克瑞昂颁布禁令之后？"安提戈涅回答："他没有权力阻止我同我的亲人接近。"妹妹再次提醒姐姐这样做的可怕后果，而后说："我们处在强者的控制下，只好服从这道命令。"姐姐说："（那）你就藐视诸神所珍视的东西吧。"伊斯墨涅说："我并不藐视诸神所珍视的东西，只是没有力量和城邦对抗。"安提戈涅说："你可以这样推托……（但）我会恨你，死者也会恨你……让我和我的鲁莽为担当这件可怕的事而受苦吧，我不会遭受比卑贱的死更可怕的事情了。"最后，妹妹伊斯墨涅对姐姐安提戈涅说："如果你想去（做）的话就去（做）吧，你可以相信，你这一去虽是鲁莽，你的亲人却认为你是可爱的。"

一边是亲情，是神所珍视的东西，一边是人定的律法与正义，是成为叛徒的可怕后果，你怎样取舍？这样的疑难古今中外多有发生。

安提戈涅立场坚定，安提戈涅芳名千古。国王克瑞昂的立场也很坚定，并具正义之名。可伊斯墨涅怎么办？毫无疑问，她将遭受最可怕的事情——卑贱地死，并且卑贱地生。因为她既不像克瑞昂那样藐视诸神所珍视的东西，又没有力量像安提戈涅那样与城邦对抗，因而她要么是背叛城邦，要么是藐视诸神。我常想，如果伊斯墨涅仰天祈祷，她（以及老好人）会祈祷什么？咳，我自己就这样祈祷过呀——当我发现某史很可能为人间增加一个叛徒之时，我曾屡屡祈祷：让人人都对人人怀有爱意吧，让人人——包括那个克瑞昂——都能够珍视神所珍视的东西吧！那样，就既没有安提戈涅式的危险，也没有伊斯墨涅式的疑难了。

"《安提戈涅》是一部悲剧，并不是因为上帝的律法和凡人的律法之间产生的冲突。使这部戏成为悲剧的正是安提戈涅本人……真正的悲剧在于她的感受力。"(《希腊精神》)是呀,感受力!不被感受的东西等于没有,不被发现的冲突则不能进入灵魂的考问,而只有这样的感受力使悲剧诞生,使灵魂成长。

这样看,伊斯墨涅就更是悲剧。"黑格尔说,悲剧唯一的主题是精神斗争,而且斗争中的两种精神都引起我们的同情。"(《希腊精神》)伊斯墨涅的处境更加引发我们的这种同情,更能唤醒我们的感受力;或者说,伊斯墨涅才是这部戏中最具悲剧性的人物,她一生都将处在被撕裂的感受中。

这便使每一个诚实的人都要设身处地于一些严酷的选择,或令每一颗诚实的心都处在了伊斯墨涅的位置。譬如当神的珍爱与人的律法相悖之时,或爱与正义发生了冲突,你将怎样取舍?譬如一边是至爱亲朋的受苦,甚至惨死,一边是城邦(或组织)利益,以及叛徒的千古骂名,你怎样取舍?又譬如,在诺曼底登陆前夜,为使德军不知盟军已然破译了他们的密码,故当盟军获悉德军即将轰炸某城市时,却对那城市的居民隐瞒了消息,以致更多的人死于那次轰炸——对此,又当怎样评价?

我不知道。我说过了,如是疑难让我百思难取所归。譬如一场战争,一个平头百姓只可能判断其正义与非正义,断无就其战略、战术以及情报的可靠与否而做出支持或反对的能力。不过,话还是说大了——你真能判断出正义与非正义吗?若双方均称占有"真理"和"正义",并都拿出了缜密的理论支持或"神授"的证据,你将何弃何归?抑或,那就反对一切战争吗?可是,若一残暴势力(如法西斯)欲灭你的族群呢?唔,那当然不行!是呀,这一回我们可以毫不犹豫地说"不"了。但是,什么理由呢?理由就是那自明的真理,即神所珍视的东西:爱!

我终于知道我能够知道什么了。我终于确信我能够确信什么了。我终于看清,一个平头百姓,乃至一些自诩为"家"的人,能够辨认并确信的,只有那个自明的真理。新闻可以虚假,情报可有疏漏,理论尤其会仗势欺人,唯神所珍视的东西是牢靠的依凭。然后还要警惕:万勿在那"爱"字前后掺入自制的使用说明,相反,要以神所珍视的,去比照和监督人所制定的。

但这有用吗?人间的困苦与疑难,能因这爱的祈祷而消灭吗?但是,有和没有爱的祈祷,后果是大不一样的,尤其是那些人定的东西会随之大不一样。如果只有人定的真理与正义,则难免还是"真理战胜真理,子弹射中子弹"。

困苦使人祈祷。疑难使人求助于爱。而"果敢"的人们多是感受不到疑难的,故也无须这爱的祈祷,他们只要鲜明的立场就够了。譬如克瑞昂的城邦立场。也譬如安提戈涅的家族立场。安提戈涅一方面说"我的天性不喜欢跟着人恨,而更喜欢跟着人爱",一方面又对伊斯墨涅说"我会恨你,死者也会恨你"。什么原因使她前后矛盾?还是立场,鲜明的家族立场——她的诸神还远非博爱的基督。

"因为'神—人'钉在十字架上的事件,使基督教迈向了一种以爱和自由的神秘关联为核心的伦理宗教。上帝舍了自己的儿子,为世人开辟了成圣与称义的道路。"(李猛《爱与正义》)

但并不是说,种种人定的真理与正义就该废除,而是说所有这些东西,都要看它是否符合神的珍爱,是否符合那十字架上的启示。是呀,神子是犹豫的:"父啊!在你凡事都能,求你将这杯撤去,然而不要从我的意思,只要从你的意思。"(《圣经·马可福音14:36》)

倘若"正义"凛然却无怜爱之心,总是以"我的意思"来断人间的案,感受力必会遭受致命的损失。譬如《安提戈涅》式的事件,处处都有,却非处处都有悲剧或悲剧精神,原因何在?就在那感受

33

力的缺失。还是那句话:不被感受的东西等于从未发生,不被发现的冲突则不能进入灵魂的考问。但这感受力并非出自生理基因,而是出自文化结构——设若此一族群只信奉"君权神授",而从无"天赋人权"的信念,其结构便少了至关重要的一极。君、神等值,自然就只有人断人案了,进而是君断臣案,官断民案,以及自命的"好人"来断"坏人"与"老好人"的案。所以,大凡这样的地方,除了喜剧便只有惨剧,很少有悲剧。

悲剧,是任人多么聪明能干,也难免要陷入的疑难,尤其是对这疑难之敏锐的觉察。而这样的觉察,或这样的感受力,绝不因为疑难仍是疑难而无所作为;转而求教于神的珍爱,便使爱的天国有望,或已然使其诞生。而惨剧止于求助清官,就算清官总能够战胜赃官,灵魂也无望长大——转来转去还是那一个愚昧的圈圈。

"和能在生活中看到悲剧的那种心性相对(立)的不是看到欢乐的那种心性……(而)是认为生活是肮脏的看法。当人们看到人性中缺乏尊严和意义,人性是琐碎、卑贱的,而且陷入了凄凉无助的境地的时候,悲剧的精神就已经不存在了。"(《希腊精神》)

悲剧使灵魂成长,譬如那个克瑞昂最后也悔悟到:"一个人最好是一生遵守神定的律条。"而(尤其是中国式的)惨剧和喜剧,则是惨也归因于(赃)官,喜也归因于(清)官,说来说去,凡夫俗子的命运好歹都是捏在强人手里的,与神的珍爱无涉。于是"神"也就跟着变味儿——都成了强人的仆从。百姓无奈,有本事的便一天到晚去跑关系,往强人堆儿里挤;朝中无人而又胆大包天的,便去落草为寇;剩些自认的弱者,就只好凭那一副笑脸去左右支撑。

现在来看前面留下的三个问题。第一个问题应该已经有答案了:"好人"与"坏人",或是由强人指认,或就要以神的珍爱来比照,来甄别。

第二个问题要曲折并有趣得多:所以"好人"和"坏人"都看

"老好人"是另类,实在也是出于犹豫——显意识要求他们立场坚定,潜意识里却又知道什么是神的珍爱,以及那自明的真理。就是说,他们都知道老好人实在是好人——即"不喜欢跟着人恨,而更喜欢跟着人爱"的那种人,所以一致赞成:那一个"老"字,还是加在"好人"而非"坏人"的头上吧。有趣,有趣,"人类本性的哲学都清晰地表现在人类的语言之中。"(《希腊精神》)另一条思路是:众人或不识"爱"乃真理之最高,却本能地倾向它,或无能分辨某些人定真理与正义的不足或伪善,却本能地对之存疑并惧怕,所以想来想去,还是把"好人"二字留给这一"另类"吧。这既说明众人对爱的认同,又包含着某种愧对,更是要为大家保留下一处可避强权的、爱与自由的乐土。

第三个问题,即老好人的愧笑,愧于何因?很明显,是愧于软弱,愧于自己的不敢坚持真理。而这恰恰说明,凭其天赋的爱愿,他们并非看不清什么是真理,什么是正义;并非感受不到,种种人定的真理与正义是符合了还是违背着神的珍爱。而这又说明:即便是人定的真理和正义,也是多么必要,多么必要却又多么艰难,甚至多么严酷。

"可是神子最后是说'成了'……因为十字架事件正是以爱成全了律法,成全了将基督交在彼拉多手下的律法。"(李猛《爱与正义》)

这最是"十字架上的启示"堪称伟大之处。人类走出了伊甸园,人类社会要延续、要发展,不可以没有规则。而条条规则,难免都要由人来制定,但条条人定的规则,又必须要符合神的珍爱。这暗示着,人定的规则与神的珍爱,其间的差距甚至是经常的。但是,经常的并不等于是正当的,而只是表明了不得已。显然,"不得已"就更不能引为正当。但"不得已"的不正当,难道可以靠"子弹射中子弹"来纠正?换句话说,违背了神的珍爱的暴力,难道能够纠正违背了神的珍爱的规则或律法吗？不言而喻,那将使我们离神的珍爱愈行愈远。所以,"不得已"只应该意味着:必须要保持信仰的经常——即只有经常地以神的珍爱为比照、为要求,才可能纠正人的恶与疏失。理由很明确,也很简单:唯神的珍爱是一切规则或律法的正当性来源。

甚至,连爱也是这样。爱,谁不会说？但是,离开了神的珍爱的督察,人间的万事万物就没有什么不可能变成压迫力量的。比如,人不会在"爱"的名义下行其压迫吗？真是难了。不过识别的方法也简单,还是那样:看看这人的珍爱,是否符合或接近着神的珍爱吧。

2007 年 11 月 22 日

放下与执着

　　几位老友,不常见面,见了面总劝我"放下"。放下什么呢?没说,断续劝我:"把一切都放下,人就不会生病。"我发现我有点儿狡猾了,明知那是句佛家经常的教诲(比如"放下屠刀,立地成佛";"屠刀"也不专指索命的器具,是说一切迷执),却佯装不知。佯装不知,是因为我心里着实有些不快;可见嗔心确凿,是要放下的。何致不快呢?从那劝导中我听出了一个逆推理:你所以多病,就因为你没放下。逆推理中又含了一条暗示:我为什么身体好呢?全都放下了。

　　既知嗔心确在,就别较劲儿。坐下,喝茶,说点儿别的。可谁料,一晚上,主张放下的几位却始终没放下几十年前的"文革"旧怨,那时谁把谁怎样了吧,谁和谁是一派的吧,谁表面如何其实不然呀,等等。就不说这"谁"字具体是指谁了吧,总归不是"他"或"他们",就是"我"和"我们"。

　　所以,放下什么才是真问题。比如说:放下烦恼,也放下责任吗?放下怨恨,也放下爱愿吗?放下差别心,难道连美丑、善恶都不要分?放下一切,既不可能,也不应该。总不会指着什么都潇洒地说一声"放下",就算有了佛性吧?当然,万事都不往心里去可以是你的选择,你的自由,但人间的事绝不可以是这样,也从来没有这样过。举几个例子吧:是执着于教育的人教会了你读书,包括读经。是执着于种田的人保障着众人的温饱,你才有余力说"放下"。唯因有了执着于交通事业的人,老友们才得聚来一处喝茶。若无各门各类的执着者,咱这会儿还在钻木取火呢,还是连钻木取火也已经放下?

错的不是执着,是执迷,有些谈佛论道的书中将这两个词混用,窃以为十分不妥。"执迷"的意思,差不多是指异化、僵化、故步自封、知错不改。何致如此呢?无非"名利"二字。但谋生,从而谋利,只要合法,就不是迷途。名却厉害;温饱甚至富足之后,价值感,常把人弄得颠三倒四。谋利谋到不知所归,其实也是在谋名了——优越感,或价值感。价值感错了吗?人要活得有价值,不对吗?问题是,在这个一切都可以卖的时代,价值的解释权通常是属于价格的,价值感自也是亦步亦趋。

价值和价格的差距本属正当。但这差距却无从固定,可以很大,也可以很小,当然这并非坏事,这正是经济学所赞美的那只市场的无形之手。可这只手,一旦显形为铺天盖地的广告,一旦与认钱不认货的媒体相得益彰,事情就不一样了。怎么不一样?只要广告深入人心,东西好坏倒不要紧了——好也未必就卖得好,不好也未必就卖不好。媒体和广告沆瀣一气,大约是经济学未及引入的一个——几乎没有底线的——参数。是呀,倘那无形或有形的手也成了商品,又靠谁来调节它呢?价格既已不认价值这门亲,价值感孤苦无靠去拜倒在价格门下,也就不是什么难解的题。而这逻辑,一旦以"更快、更高、更强"的气势,超越经济,走进社会各个领域,耳边常闻的关键词就只有利润、码洋、票房和收视率了。另有四个词在悄声附和:房子、车子、股市、化疗。此即执迷。

而"执着"与"执迷"不分,本身就是迷途。这世界上有爱财的,有恋权的,有图名的,有什么都不为单是争强好胜的。人们常管这叫欲壑难填,叫执迷不悟,都是贬义。但爱财的也有比尔·盖茨,他既能聚财也能理财,更懂得财为何用,不好吗?恋权的嘛,也有毛遂自荐的敢于担当,也有种种"举贤不避亲"的言与行,不对吗?图名的呢?雷锋,雷锋及一切好人!他们不图名?愿意谁说他们没干好事,不是好人?不过是不图虚名、假名。争强好胜也未必就不对,阿姆斯特朗怎么样,那个身患癌症还六次夺得环法自行车赛冠军的人?对这些人,大家怎么说?会说他执迷?会请他放下吗?当然不,相反人们会赞美他们的执着——坚持不懈、百折不挠、矢志不渝,都是褒奖。

主张"一切都放下",或"执着"与"执迷"分不清,是否正应了佛家的另一个关键词——"无明"呢?

"无明"就是糊涂。但糊涂分两种。一种叫顽固不化,朽木难雕,不可教也,"无明"应该是指这一种。另一种,比如少小无知,或"山重水复疑无路",这不能算"无明",这是"柳暗花明又一村"的前奏,是成长壮大的起点。而郑板桥的"难得糊涂"已然是大智慧了。

后一种糊涂,是错误吗?执着地想弄明白某些尚且糊涂着的事物,不应该吗?比如一件尚未理清的案件,一处尚未探明的矿藏,一项尚未完善的技术、对策或理论。这正是坚持不懈者施才展志的时候呀,怎倒要知难而退者来劝导他呢?严格说,我们的每一步其实都在不完善中,都在不甚明了中,甚至是巨大的迷茫之中,因而每时每刻都可能走对了,也都可能走错了。问题是人没有预知一切的能力,那么,是应该就此放下呢,还是要坚持下去?设想,对此,佛祖会取何态度?干脆"把一切都放下"吗?那就要问了:他压根儿干吗要站出来讲经传道?他看得那么深、那么透,干吗不统统放下?他曾经糊涂,曾经烦恼,但他放得下王子之位却放不下生命的意义,所以才有那锲而不舍的苦行,才有那菩提树下的冥思苦想。难道他就是为了让后人把一切都放下,没病没灾然后啥都无所谓?该想的佛都想了各位就甭想了,该受的佛都受了各位就甭再受了,该干的佛也都干了各位啥心也甭操了——有这事儿?恐怕,盼望这事儿的,倒是执迷不悟。

可是,哪能谁都有佛祖一样的智慧呢?我等凡人,弄不好一错再错,苦累终生,倒不如尘缘尽弃,早得自在吧。可是,怕错,就不是执着?怕苦,就不是执着?一身享用着别人执着的成果,却一心只图自在,不是执着?不是执着,是执迷!佛祖要是这般明哲保身,犯得上去那菩提树下饱经折磨吗?偷懒的人说一句"放下"多么轻松,又似多么明达,甚至还有一份额外的"光荣"——价值感,却不去想那菩提树下的所思所想,却不去辨别什么要放下、什么是不可以放下的,结果是弄一个价值虚无来骗自己,蒙大家。

老实说,我——此一姓史名铁生的有限之在,确是个贪心充沛的家伙,天底下的美名、美物、美事没有他没想(要)过的,虽然我并不认为这是他多病的原因。不过,此一史铁生确曾因病得福。二十一岁那年,命运让这家伙不得不把那些充沛的东西——绝不敢说都放下了,只敢说——暂时都放一放。特别要强调的是,这"暂时都放一放",绝非觉悟使然,实在是不得已而为之。先哲有言:"愿意的,命运领着你走;不愿意的,命运拖着你走。"我就是那"不愿意"而被"拖着走"的。被拖着走了二十几年,一日忽有所悟:那二十一岁的遭遇以及其后的三十几年的被拖,未必不是神恩——此一铁生并未经受多少选择之苦,便被放在了"不得不放一放"的地位,真是何等幸运的事情!虽则此一铁生生性愚顽,放一放又拿起来,拿起来又不得不再放一放,至今也不能了断尘根,也还是得了一些恩宠的。我把这感想说给某位朋友,那朋友忒善良,只说我是谦虚。我谦虚?更有位智慧的朋友说我:他谦虚?他骨子里了不得!这"了不得",估计也是"贪心充沛"的意思。前一位是爱我者,后一位是知我者。不过,从那时起,我有点儿被"领着走"的意思了。

如今已是年近花甲。也读了些书,也想了些事,由衷感到,尼采那一句"爱命运"真是对人生态度之最英明的指引。当然不是说仅仅爱好的命运,而是说对一切命运都要持爱的态度。爱,再一次表明与"喜欢"不同,谁能喜欢坏运气呢?但是你要爱它。就好比抓了一手坏牌,你骂它?恨它?耍着赖要重新发牌?当然你不喜欢它,但你要镇静,对它说"是",而后看你如何能把这一手坏牌打得精彩。

大凡能人,都嫌弃宿命,反对宿命。可有谁是能力无限的人吗?那你就得承认局限。承认局限,大家都不反对,但那就是承认宿命啊。承认它,并不等于放弃你的自由意志。浪漫点儿说就是:对舞蹈说是,然后自由地跳。这逻辑可以引申到一切领域。

所以,既得有所"放下",又得有所"执着"——放下占有的欲望,执着于行走的努力。放不下前者的,必至贪、嗔、痴。连后者也放下的,难免还是贪、嗔、痴。看一切都是无意义的人,怎么可能会爱命运?不爱命运,必是心中多怨。怨,涉及人即是嗔——他人不合我意;涉及物即是痴——世界不可我心,仔细想来都是一条贪根使然。

2007 年 11 月 27 日

人间智慧必在某处汇合

——斯坦哈特的《尼采》读后

凡说生命是没有意义的人,都要准备好一份回答:你是怎么弄清楚生命是没有意义的?你是对照了怎么一个意义样本,而后确定生命中是没有它的?或者,您干脆告诉我们,在那个样本中,意义是被怎样描述的?

这确实是老生常谈了。难道有谁能把制作好的意义,夹在出生证里一并送给你?出生一事,原就是向出生者要求意义的,要你去寻找或建立意义,就好比一份预支了稿酬的出版合同,期限是一辈子。当然,你不是债权人你是负债者,是生命向你讨要意义,轮不上你来抱怨谁。到期还不上账,你可以找些别的理由,就是不能以"生命根本就是没有意义的"来搪塞。否则,迷茫、郁闷、荒诞一齐找上门来,弄不好是要——像靡菲斯特对待浮士德那样——拿你的灵魂做抵押的。

幸好,这合同还附带了一条保证:意义,一经你寻找它,它就已经有了,一旦你对之存疑,它就以样本的形式显现。

生命有没有意义,实在已无须多问。要问的是:生命如果有意义,如果我们勤劳、勇敢并且智慧,为它建立了意义,这意义随着生命的结束是否将变得毫无意义?可不是吗,要是我们千辛万苦地建立了意义,甚至果真建成了天堂,忽然间死神挺胸叠肚地就来了,把不管什么都一掠而光,一切还有什么意义呢?当然,你可以说天堂并不位于某一时空,天堂是在行走中、在道路上,可道路要是也没了,也断了呢?

所以还得费些思索,想想死后的事——死亡将会带给我们什么?果真是一掠而光的话,至少我们就很难反驳享乐主义,逍遥的主张也就有了一副明智的面孔。尤其当死亡不仅指向个体,并且指向我们大家的时候——比如说北大西洋暖流一旦消失,南北两极忽然颠倒,艾滋病一直猖狂下去,或莽撞的小行星即兴来访,灿烂的太阳终于走到了安息日……总之如果人类毁灭,谁来偿还"生命的意义"这一本烂账?

于是乎,关怀意义和怀疑意义的人们,势必都要凝神于一个问题了:生命之路终于会不会断绝?对此你无论是猜测,是祈祷,还是寻求安慰,心底必都存着一份盼愿:供我们行走的道路是永远都不会断绝的。是呀,也只有这样,意义才能得到拯救。

感谢"造物主"或"大爆炸"吧,他为我们安排的似乎正是这样一条永不断绝的路。

虽然尼采说"上帝死了",但他却发现,这样一条路已被安排妥当:"权力意志说的是,为什么有一个世界而不是什么都没有;永恒回归说的是,为什么在这世界中有秩序。因为权力意志重复它自己,所以现实有秩序。……权力意志和永恒再现一起形成绝对肯定。"[1]

就是说,所以有这么个世界,是因为:这个世界原就包含着对这个世界的观察。或者说:这个世界,是被这个世界所包含的"权力意志"和"永恒再现"所肯定的。"权力意志"也有译为"强力意志""绝对意志"的,意思是:意志是创生的而非派生的,是它使"有"或"存在"成为可能。这与物理学中的"人择原理"不谋而合。而"权力意志"又是"永恒回归"的。"永恒回归"又译为"永恒再现"或"永恒复返",意思是:"一切事物一遍又一遍地发生,"②"像你现在正生活着的或已经生活过的生活,你将不得不再生活一次,再生活无数次。而且其中没有任何事物是新的。"③正如《旧约·传道书》中所言:"已有的事后必再有;已行的事后必再行。太阳底下并无新事。有哪件事人能说'看吧,这是新的'?"④就这样,"权力意志"孕生了存在,"永恒回归"又使存在绵绵不绝,因而它们一起保证了"有"或"在"的绝对地位。

尼采对于"永恒回归"的证明,或可简略地表述如下:生命的前赴后继是无穷无尽的。但生命的内容,或生命中的事件,无论怎样繁杂多变也是有限的。有限对峙于无限,致使回归(复返、再现)必定发生。休谟说:"任何一个对于无限和有限比较起来所具有的力量有所认识的人,将绝不怀疑这种必然性。"⑤

这很像我写过的那群徘徊于楼峰厦谷间的鸽子:不注意,你会觉得从来就是那么一群在那儿飞着,细一想,噢,它们生生相继已不知转换了多少回肉身!一群和一群,传达的仍然是同样的消息,继续的仍然是同样的路途,克服的仍然是同样的坎坷,期盼的仍然是同样的团聚,凭什么说那不是鸽魂的一次次转世呢?

不过,尼采接下来说:"在你人生中的任何痛苦和高兴和叹息,和不可言表的细小或重大的一切事情将不得不重新光临你,而且都是以同样的先后顺序和序列。"⑥——对此我看不必太较真儿,因为任何不断细分的序列也都是无限的。彻底一模一样的再现不大可能,也不重要。"永恒回归"指的是生命的主旋律,精神的大曲线。"天不变,道亦不变"。比如文学、戏剧,何以会有不朽之作?就因为,那是出于人的根本处境,或生命中不可消灭的疑难。就像那群鸽子,根本的路途、困境与期盼是不变的,根本的喜悦、哀伤和思索也不变。怎么会是这样呢?就因为它们的由来与去向,根本都是一样的。人也如此。人的由来与去向,以及人的残缺与阻障,就其本质而言都是一样的。人都不可能成神。人皆为有限之在，都是以其有限的地位，来面对着无限的。所以，只要勤劳勇敢地向那迷茫之域进发，人间智慧难免也要在某一处汇合。唯懒惰者看破红尘。懒惰者与懒惰者，于懒惰中爆发一致的宣称：生命是没有意义的。

可就算是这样吧，断路的危险也并没有解除呀？如果生命——不论是鸽子，是人，还是恐龙——毁灭了，还谈什么"生生相继"和"永恒回归"？

但请注意"权力意志和永恒再现一起形成绝对肯定"这句话。"绝对肯定"是指什么？是指"有"或"在"的绝对性。就连"无"，也是"有"的一种状态，或一种观察。因为"权力意志"是创生的。这个在创生之际就已然包含了对自身观察的世界，是不会突然丢失其一部分的。减掉其一部分——比如说观察，是不可能还剩下一个全世界的。就好比拆除了摄像头，还会剩下一个摄像机吗？所以不必杞人忧天，不必担心"有"忽然可以"无"，或者"绝对的无"居然又是"有"的。

凭什么说"权力意志"是创生的？当然，这绝不是说整个宇宙乃是观察的产物，而是说，只有一个限于观察——用尼采的话说就是限于"内部透视"或"人性投射"——的世界，是我们能够谈论的。即我们从始至终所知、所言与所思的那个"有"或"在"，都是它，都只能是它；就连对观察不及之域的猜想，也是源于人的"内部透视"，也一样逃不出"人性投射"的知与觉。正如大物理学家玻尔所说："物理学并不能告诉我们这个世界到底是怎样的，而只能告诉我们，关于这个世界我们可以怎样说。"也就是老子所说的"知不知"吧。

知亦知所为，不知亦知所为，故你只能拥有一个"内部透视"或"人性投射"的世界。此外一切免谈。此外万古空荒，甭谈存在，也甭谈创生；一谈，知就在了，观察就在了，所以"权力意志"是创生的。

不过,"知不知"并不顺理成章地导致虚无与悲观。尽管"内部透视"注定了"测不准原理"的正确,人也还是要以肯定的态度来对待生命。虚无和悲观所以是站不住脚的,因为,生命之生生不息即是有力的证明。比如,问虚无与悲观:既如此,您为啥还要活下去？料其难有所答,进而就会发现,原来心底一直都是有着某种憧憬和希望的。

你只能拥有一个"内部透视"或"人性投射"的世界——可是,这样的话,上帝将被置于何位？这岂非等于还是说,世界是人——"权力意志"——所创造的吗？很可能,"超人"的问题就出在这儿。人,一种有限之在,一种有限的观察或意志,你确实应该不断地超越自己,但别忘了,你所面对的是"无限"他老人家！"权力意志"给出了"有",同时,"权力意志"之所不及——即所谓"知不知"——给出了"无"。然而,这个"无"却并不因为你的不及就放过你,它将无视你的"权力意志"而肆无忌惮地影响你——而这恰是"无也是有的一种状态"之证明。孙悟空跳不出如来佛的手心,"超人"无论怎样超越也不可能成为神。所以,人又要随时警醒:无论怎样超越自我,你终不过是个神通有限的孙猴子。

好像出了问题。既然"无"乃"权力意志"之不及,怎么"无"又会影响到"权力意志"呢？不过问题不大,比如说:我知道我摸不到你,但我也知道,我摸不到的你未必不能摸到我——这逻辑不成立吗？换句话说:无,即是我感受得到却把握不了的那种存在。这便又道出了"权力意志"的有限性,同时把全知全能还给了上帝,还给了神秘和无限。

这样看,"权力意志"的不及,或"内部透视"与"人性投射"之外,也是可以谈论、可以猜想的(唯休想掌控)。那万古空荒,尤其是需要谈论和猜想的——信仰正是由此起步。故先哲有言:神不是被证实的,而是被相信的。

可是,"权力意志"是有限的,并且是"永恒回归"的,这岂不等于是说:人只能在一条狭窄的道路上转圈吗?转圈比断绝,又强了多少呢?莫急,莫慌,人家说的是"权力意志和永恒再现一起形成绝对肯定",又没说"权力意志"和"永恒回归"仅限于人这样一种生命样式。"权力意志"是创生而非派生的,而人呢,明明是历经种种磨难和进化,而后才有的。这一种直立行走的哺乳动物,除了比其所知的一切动物都能耐大,未必还比谁能耐大。其缺陷多多即是证明,比如自大和武断:凭什么说,生命的用料仅限于蛋白质,生命的形式仅限于拟人的种种规格?而另一项坏毛病是掩耳盗铃:对不知之物说"没有",对不懂之事说"没用"。可是,人类又挖空心思在寻找外星智能,而且是按照自己的大模样找,或用另外的物质制造另外的智能,造得自己都心惊肉跳。

很可能,跟人一模一样的生命仅此一家。而其实呢,比人高明的也有,比人低劣的也有,模样不同,形式不一,人却又赌咒发誓地说那不能也算生命。"生命"一词固可专用于蛋白质的铸造物,但"权力意志"却未必仅属一家。据说,"大爆炸"于一瞬间创造了无限可能,那就是说,种种智能形式也有着无限的可能,种种包含着对自身观察的世界也会是无限多,唯其载体多种多样罢了。我们不知是否还有知者,我们不知另外的知者是否知我们,我们凭什么认定智能生命或"权力意志"仅此一家?

不过我猜,无论是怎样的生命形式,其根本的处境,恐怕都跑不出去跟人的大同小异。为什么?大凡"有"者皆必有限,同为有限之在,其处境料不会有什么本质不同。

有限并埋头于有限的,譬如草木鱼虫,依目前的所知来判断,是不具"权力意志"的。唯有限眺望着无限的,譬如人,或一切具"我"之概念的族类,方可歌而舞之、言而论之,绵绵不绝地延续着"权力意志"。这样来看,"权力意志"以及种种类似人的处境,不单会有纵向的无限延续,还会有横向的无限扩展。

"无"这玩意儿奇妙无比,它永远不能自立门户,总得靠着"有"来显现自己。"有"就能自立门户吗?一样不行,得由"无"来出面界定。而这两家又都得靠着观察来得其确认。"权力意志"就这么得逞了——有也安营,无也扎寨,吃定你们这两家的饭了。

哈,这岂不是好吗?不管你说无说有,说死说活,"权力意志"都是要在的。路还能断吗?干吗死着心眼儿非做那地球上某种直立行走的动物不可?甚至心眼儿死到,竟舍不得一具短暂的肉身和一个偶然的姓名。永恒回归的回路或短或长,或此或彼,但有限对峙于无限这一点是没有疑问的。甚至可以这样说:有=有限,无=无限,二者的存在赖于二者的互证,而这一个"证"字=观察=一条无穷的道路。

如果一条无穷的道路已被证明,你不得给它点儿意义吗?暂时不给也行,但它无穷无尽,总有一天"权力意志"会发现不给它点儿意义是自取无聊。无聊就无聊,咋啦?那你就接近草木鱼虫了呗,接近奇石怪兽了呗,爱护环境的人当然还是要爱护你,但没法儿跟你说话。

不过问题好像还是没有解决。尽管生命形式多多,与我何干?凡具"我"之概念者,还不是都得在一条狭窄的道路上做无限的行走?可是总这么走,总这么走,总这么"永恒回归",是不是更无聊呢?

嚯,靡菲斯特来了。浮士德先生,你是走、是不走吧?不走啦,就这么灯红酒绿地乐不思蜀吧!可这等于被有限圈定,灵魂即刻被魔鬼拿去。那就走,继续走!可是,走成个圈儿还不等于是被有限圈定,魔鬼还不是要偷着乐?那可咋办,终于走到哪儿才算个头呢?别说"终于",也别说"走到",更别说"到头","永恒回归"是无穷路,没头。"永恒回归完全发生在这个世界中:没有另一个世界,没有一个更好的世界(天堂),也没有一个更坏的世界(地狱)。这个世界就是全部。"[7]就是说:你跑到哪儿去,也是这样一个有限与无限相对峙的世界。所以,就断掉"无苦无忧"和"极乐之地"这类执迷吧,压根儿就没那号事!可这样不好吗?无穷路,只能是无穷地与困苦相伴的路,走着走着忽然圆满了,岂不等于说路又断了?半截子断了,和走到了头,有啥两样吗?

终于痛而思"蜀"了。好事!这才不至成为草木鱼虫、奇石怪兽。但"蜀"在何方?"蜀道之难,难于上青天!"它不在人们惯行的前后左右,它的所在要人仰望——上帝在那儿期待着你!某种看不见却要你信的东西,在那儿期待着你!期待着人不要在魔障般的红尘中输掉灵魂,而要在永恒的路上把灵魂锤炼得美丽,听懂那慈爱的天音,并以你稚拙的演奏加入其中。静下心来,仔细听吧,人间智慧都在那儿汇合——尼采、玻尔、老子、爱因斯坦、歌德……他们既知虚无之苦,又懂得怎样应对一条永无终止的路。勤劳勇敢的人正在那儿挥汗如雨,热情并庄严地演奏,召唤着每一个人去加入。幸好,任何有限的两个数字间都有着无穷序列,那便是换一个(非物质的)方向——去追求善与美的无限之途。

---

[1][2][6][7]　斯坦哈特《尼采》P115、P114、P114、P115。
[3]　尼采《快乐的科学》P341。
[4]　《旧约·传道书 1:9》。
[5]　大卫·休谟《自然宗教对话录》第八部分。

2007 年 12 月 1 日

许三多的循环论证

《士兵突击》正在热播,剧中多有妙语。尤其士兵许三多那两句憨话,常令人忍俊不禁。他说:"人要做有意义的事。"可什么是有意义呢?他说:"有意义就是要好好活。"可怎样才算是好好活呢?他说:"好好活就是要做很多有意义的事。"这看似可笑的循环论证,却着实道出了一个朴素的真理。

不管是谁,什么人,一定都是想"好好活"的,不可能有相反的态度;可终于活没活好,又一定是要据自己所确认的"有意义"来断定。就是说,活没活好并没有一个外在标准,而只能由自己来认定它是否"有意义"。

但是,没有谁是不想好好活的,却不是人人都能活得好,这为什么?就因为不是谁都能为自己确立一种意义,并永"不放弃"地走向它。原因是,人很容易把外在的成功视为"有意义"——比如士兵成才。可是,首先,面对无限的外在,走到哪一步才算是成功呢?其次,外在的成功也可以靠不良手段去获取,但这还能算是"好好活"吗?

"有意义"是个善美的方向,"好好活"就是朝那儿走。这不能算是循环论证。

但是有个问题:如果"有意义"仅止于自己的确认,岂不是说谁想怎样就怎样、谁说怎样好怎样就是好了吗?善恶美丑,可还有个分辨没有?当然有。比如说,为什么是"好好活"而非"随便活",为什么是"有意义"而非"无意义"。其实,对善恶美丑,人人心里都有分辨,从来就有。再比如,为什么有些成功人士会认为自己活得并不好?为什么有些人会强言成功,心里却不落稳?"强言"二字已是证明——既知何为"有意义",又知外在的成功并不等于"有意义"。

什么是好,什么是善、是美,乃自明真理,不用教,谁心里都明白。否则也就不能教,不能讨论,如果没有一个共通的价值标准,人跟人压根儿是没法说话的。有人以此来证明神在——即那善恶美丑的标准,一向是深植于人们心中的。那标准,原本非常简单,非常朴素,很可能倒是比声色犬马还要迷人的种种"主义"把人给领瞎了——比如成才当兵之前的那一通豪言壮语。而"龟儿子"许三多则压根儿就没想过那些事。"主义"一词,打小我就觉着怪,为啥是"主义"而不是"主意"呢?看那种种主义,明明都是些不同的主意或主张嘛。这样琢磨了几十年,才有了新思路:主义,原是指"正义之本"的,或是说"舍此则正义难得伸张"。真若这样,比如说"唯物主义"就有点讲不通,能仅靠"物"来"主持正义"?至少是境界不高。"民族主义"怎样?也不太好。民族与民族之间咋办?互相打?唯"因信称义""因爱称义"无论如何是顺理成章的。听说,近来,某些地方兴起了一种"低消费主义",明显靠谱,主多主少吧它毕竟主的是义!

看《艺术人生》的采访,兰编剧说(大意)"在现实生活中最可能成功的是许三多",还说他自己"周围尽是许三多","《士兵突击》组里的很多人都是许三多"。这话着实让我诧异。也许他想说的是,人人身上都有许三多,或都埋藏着许三多吧?但要说生活中尽是许三多,并且是最可能成功的一类,我就不信;真若那样的话,不说别的,《士兵突击》一剧就不可能如此火爆。《士兵突击》恰是在"成才们"纷纷成功又多有迷茫之际火爆的,是在"许三多们"屡败屡战,从而激起了人们对生命之内在意义的询问与向往之际走红的。

也许兰编剧意在鼓舞士气,就像有那么一句话说的:好孩子是夸出来的。但我更倾向康导演的话:成才与许三多是人之两面。一面是外在生活之难免,一面是内在生活之必要——"生活"二字确有此两解。但外在的成功,无疑是"成才们"的机会更多;内在的成长呢,则不可脱离"许三多们"的质朴信奉。艺术,其实是不要写外在成功的,把一路心想事成的成才当第一主角写,保证你写不下去。艺术的题目始终是:外在不成功的"许三多们"之内在的成长。

剧中的许三多当算是外也成功、内也成长了,实属不易。但明显还有一问:还是这个许三多,不成功将如何？其内心的成长——"不抛弃,不放弃"——是否还能在？这要求是太高了。那样的话怕是这戏拍也拍不成了。当然了,艺术不该照搬现实,更不必按真实的比例去调制,如果"成才们"过于强大,为了坚定人们心里的"许三多",让结局更接近理想当属明智之举。不过呢,不宜公开谈论的事,大可以私下里多思多想。陈村曾说,如果写小说嫌累,那就想小说。真是好主意:想小说,想电影,想一种可能的生活,以及想一些不可能实现的想。

早年我看过一部外国电影,内容早记不清了,但标题却一直不忘:《理想的继续》。这标题,我先后读出了好多种意思：1.理想必然要步入现实。2.现实绝不如理想那般美好。3.理想实现之后的理想是什么呢？4.总也不能实现的理想。5.随后的一切都很可心。6.继续本身就很好、很合乎理想。还有很多,但总之,关键词是两个:"理想"和"继续"——其间虚实并在,所以还得好好想。

2007 年 12 月 20 日

文明：人类集体记忆

——张文涛的《尼采六论》读后

对于"永恒复返"，《尼采六论》中提出了这样的问题：人都是会死的，永恒对个体生命的拯救不过是一种意愿，而意愿并非事实，甚至也不能算是信仰。"个体通过永恒获得意义，永恒却需要个体去意愿"，这便是尼采的困境。再说了，就算生活在复返，可我自己怎么能知道这一点呢？"除非我还记得上一次生活，我就不会意识到自己是在第二次过同样的生活。"如果一次次生活之间并无记忆关联，则每一次都仅仅是这一次，"永恒"岂非自我欺骗？

但是，人有两种独具的能力：记忆和联想。人的记忆又分两种：个体记忆和集体记忆。死亡中断了个体记忆，使生命意义面临危机。但集体记忆——文化或文明的积累——使个体生命经由联想而继承和传扬着意义。因而，从来就不是"个体通过（假想的）永恒获得意义"，而是：个体通过真确的意义而获得永恒。

为什么爱是美好的，恨是丑恶的？就因为爱意味着寻找他者，这寻找，必然要建构并接续起意义；而恨是拒斥他者，拒斥的同时必然割断并丢弃了意义——正如被分离的音符使音乐破碎成无意义的噪音。而音乐却整合起相互隔裂的音符，从而构成意义，并使每一个音符都有了意义。所以，是音乐拯救了音符，是意义拯救了当下，是文明这一集体记忆拯救了个体生命。因而，个体的从生到死仅仅意味着"永恒复返"的一个个环节。此外没有永恒。这样看,死将会是多么的不再可怕——每一个音符都因自身的展现而获得意义,都以自身的被度过而构造着永恒。

关键是要意识到这一点。否则没有永恒,也没有当下。永恒和当下,都是由于对意义的认知与联想。所谓"肯定当下",可当下是多久呢?一分还是一秒?当下,其实是:构造意义所需的最短过程。意义,使你意识到一刹那,否则千年万年也是不存在。当然,也会意识到无意义,但这不等于是意识到了意义吗?

这就又说到了"权力意志"。本人除了懂北京话,还懂陕北话,再没有了。可我总以为"权力意志"不如译为"绝对意志"的好,否则很容易被误认为,仅仅是对他人的强权。"绝对意志",什么意思?——离开它咱啥也别谈!故还是要援引玻尔那句名言:"物理学并不能告诉我们世界是怎样的,只能告诉我们关于世界我们可以怎样说。"

但《六论》中又谈到:如果"意志的创造除了自身,没有其他标准,这难道不会导致意志创造的随意性?相对性?"于是"本来意欲克服相对主义的尼采,最终却让自己陷入了难以摆脱相对主义的麻烦"。是呀,这也是"超人"的麻烦,也是"权力意志""人性投射"和"内部透视"的麻烦。因为"意志"这一有限之在,必然意味着"意志"之所不及的无限之在。而"内部"和"人性"则想必会有"外部"和"神性"与之对应。这样一想倒很有趣了:自身在创造自身之时,必不可免地也指出了他者;有限在确认了有限的同时,必不可免地也感到了无限。再想下去就更好了:人,看到了自身局限——"内部透视"或"人性投射"——的同时,终于相信了神在。所以,人是绝对地成不了神的;而"超人",则仅仅意味着人之不断的自我超越。如果你看见了一个有形的神,那一定是冒充的。

神的事,人不知(其所以),只能听(或不听),只能想(或不想),只能信(或不信),只能跟随(或背离)。那不是音乐吗,对音符来说？那是天籁之音，无限之谜，无限对有限的围困，或上帝之严厉而温柔的命令。音乐即音符之全知全能的上帝，他既是造物主——安排并限定了音符的位置，也是救世主——倘若音符能够谛听并跟随那不息不懈的奏响。

音符是有限的，音乐的横向构成与纵向延续都是无限，这使得任何一个音符都必然会"永恒复返"，但非绝对重复。生命的困境，就其本质而言是必然要重复的，但人的突围行动却是"条条大路通罗马"。就是说，音符的困境和音乐的本质，是难免重复的，但那充天盈地的大音或委婉，或悲怆，或平稳流淌，或激流涌荡……盘盘绕绕，万转千回，却不重复，也使得每一个音符都有其"柳暗花明又一村"之感受。或可这样理解死亡的好意：那是一段段乐章间的歇息，以利乐手们重整旗鼓，以无限的曲式去表达其不变的投奔吧。

还要说"个体看似获得了意义，但是，单一个体生命的虚无性实际上是被掩盖、隐藏了起来"，就有点矫情了。什么是"个体生命"？如果说，个体的必然死亡即是生命之必然的虚无性，岂不等于把生命仅仅限定为生理的肉身了？人都是要死的，这谁不知道？但这是拯救的前提，否则拯救无从谈起。拯救，难道不是指生命的意义，而是说生理的肉身？难道不是要使一个个盲目的音符——被抛到这个世界上来的生命，融入一曲永恒的音乐中去从而获得意义，而是要炼一粒长生不老的灵丹？"永恒复返"莫非一定要靠这粒灵丹来证明，才不是谎言？

尼采曾想用科学来证明"永恒复返"，这算得上是糊涂，因为科学早把精神一维悬置起来了。我常想，如若科学能够引入精神，或许倒能拿出"永恒复返"的实据。但就算这不是"巴别塔"的续集，果真成功了，那么拯救一事也就不用再提。所以，拯救还是要回到其固有的前提：人都是要死的，或每一个音符都将被度过。

尼采的麻烦，在于他把人所面对的"无限"也给虚无掉了。咱是有限,他是无限,咱是人,他是谁?只要诚实,只要思考,只要问到底,你不可能不碰上他。你又诚实,又思考,又问到底,可又否定他,说他死了,能不出毛病?他是谁?他就是那个被称之为上帝的无限之在!你愿意给他别的名字也行,但他绝不因为你看不见他、弄不清他甚至于否定他,他就不在,就不难为你。从这个意义上说,哲人是立法者和发布命令的人吗?他可命令得了"权力意志"所不及的无限吗?他只可能是,被围困之生命的侦察者和指引者。指引,也仅仅是把那包围圈不断地扩大,原因很简单:你不可能不在那包围圈的前沿,因此不可能不碰上他。

尼采从日神走向酒神,分明是说已经碰见他了,已经碰见了又说没碰见,说没碰见吧又明显是个瞎话儿。尼采是不是把我们领到了门口,存心要留一个悬念?那层窗户纸马上就要捅破了嘛!所谓"高贵的虚无主义",与其他虚无主义有何区别?酒神!酒神的步履明明是有了信念的步履,明明是在那无限围困之下的步履,围困之下却坚拒虚无的步履——这岂不是已经证明了上帝,证明了神圣,证明了生命在"永恒复返"地创造着意义吗?何虚无之有?神的事,人不知;人的事,就是在命运的围困中——也可以说是无奈地——构造并接续起意义,从而拯救了当下也拯救了永恒。所以"永恒复返"绝不是"对大地生活的全面肯定",而仅仅是说:人不可能逃避大地生活,死都不能。至于肯定,则是指向着永恒的追寻与超越,即大地对天穹的仰望——那一曲博大的音乐从来就是充天盈地。

楷体字引文均出自张文涛的《尼采六论》。

2007年12月22日

从"身外之物"说起

常言道"常言道",其实"常言道"并不都高明。比如"身外之物",多指名利,或对名利之争的轻蔑,此外还有什么吗?问题是何为"身内之物"?"身内"未定,"身外"难免疏漏。这让我想起一位国人对幸福的总结:"高知不如高官,高官不如高薪,高薪不如高寿,高寿不如舒服。"真可谓步步进取,直指"身内"。便又让我想到国人多忌谈死,你一说死,立刻引来劝慰:"哎呀哎呀,您千万可别这么想。"怎么想呢?死,难道可以因为不说它,它就终于不来?渐渐有点明白了:"身外"既已摒弃,"身内"若再有失,后果自不堪言。好了,"身内"已辨,"身外"也就有些轮廓了。但"身内之物"迟早是要玩儿完的,靠些迟早要玩儿完的东西来鼓舞自己和祝福别人,总归不妥。故"身外之物"切不可一律轻视。习惯中,"心"与"身"、"灵"与"肉"常相对立,故可推想,"身内之物"即一副肉身的圈定,而"身外之物"自然就还包括心灵,或者说精神。试想,以此类"身外之物"去祝福别人,不好吗?相当于说您灵魂不死,精神永在——就像媒体上常常颂扬的那些伟人。

又比如有人曾跟我说,那常见的祝福之词——"身体健康,精神快乐",不如颠倒过来,这样说:"祝您精神健康,身体快乐。"是呀,精神的境界,怎么能仅仅是快乐呢?记得有人就曾赞美过"平静的坏心情"。止于快乐的精神,难说不够狭隘,就算是幸运吧,也得有迟钝来配合。精神又迟钝,身体又健康,这哪里是祝福?分明是嘲讽了。而精神又健康,身体又快乐,才是最佳配置。身体无

57

论强弱,快乐都是目标。而健康的精神,则不仅可以享受快乐,更能够应对苦难。徐悲鸿有一副座右铭式的对联:"独执偏见,一意孤行",可见其精神是何等健康,而这绝不会是说,因此身体可得其何等的舒适与保养。

还有两个常用的词,也该就其不同的底蕴较个真儿——"爱"和"喜欢"。比如恋爱,"爱上了"和"喜欢上了",现在就弄得很没有区分。然而不幸的婚姻常是两类:1.爱,但不够喜欢,或后来发现根本就不喜欢;2.喜欢,但很少爱情,或后来发现根本就不是爱情。怎么讲?喜欢,多是对其容貌、体魄、健康、能力等等——即"身内之物"——而言。爱情呢,则不拘"身内",更是强调于"身外"的汇合了,那当然就只有凭据心灵或者精神。不好说缺了哪一项更易忍受,唯当祝愿所有恋人们都能"鱼与熊掌得兼"。但在某种时候,"爱"与"喜欢"的不同就会鲜明。什么时候?当你喜欢上了另一位!不可能吗?若不可能,爱人就无需选择,你或者打一辈子光棍,或者就有美满的婚姻按时向你扑来。喜欢,肯定是多向的;正如性,若非多向,进化一事即告拉倒。但,爱情就不是多向的?若不是,博爱也得拉倒。这问题我在《丁一》中掂量过,简要的认识是:爱情的本质,乃心灵战争中的一方平安之地,乃重重围困下的一处自由之乡,乃人心隔肚皮时的一份两心互信之约。只能是两心吗?不不,博爱从来都是理想。但正如施米特所说:三人成政。只要有三个人,就难免敌我之虑,就有了政治。因此又可以说:爱情,甚至是从政治中独立出来的信仰。它既希望不受政治的伤害——比如罗密欧与朱丽叶,比如白娘子和许仙;又希望得到政治的支援——比如自由恋爱曾经冲破包办婚姻,比如同性恋者正在争取着合法权利,比如"愿天下有情人终成眷属"。但后者常会处在愿而不达的境地,而前者的醒目标题是现实。因而婚姻是现实,更像政治,当事人必须遵守一种广泛承认的规则;爱情却是信仰,个人自由,别人最好不插嘴。

但就像早年一部电影《流浪者》中说的,"法律不承认良心,良心也不承认法律",婚姻和爱情也常常互不承认——比如你不承认第三者的爱情,第三者也挑战你的婚姻。不管具体何因吧,挑头作乱的都是欲望。欲望都要谴责吗?其实它是动力,原动力。不信消灭掉欲望你试试,一切都要拉倒。爱欲的最初表现是喜欢。喜欢,常常已经有了性因素。接下来呢,传统的话,法律只承认婚姻;先锋的话,爱情不承认法律。无论你是传统还是先锋吧(现在好像没人管了),麻烦都在于另一种情况:你已经有了婚姻,甚至这婚姻中也有爱情,传说中的第三者却来显形成真。当然了,要是他/她跟你"性"一下之后明确表示瞧不上你,谢天谢地事情就好办多了,然而他/她"喜欢"你,甚至还"爱情"着你,这就麻烦。只拣三种情况来研究:1.老婆或丈夫并未发现你的出轨,而你却发现"喜欢"远远抵消不了说谎的痛苦,便了结掉这一不轨情缘,自行回归。2.你不仅了结了这一不轨情缘,还向老婆或丈夫做了坦白和忏悔,但不被原谅。3.坦白之后,老婆或丈夫原谅了你,可第三者却纠缠不休。

先说 1.出轨毕竟是错误,但若爱情依旧,错误可以原谅,谎言则不可。谎言是爱情的头号敌人(或"喜欢"的潜在盟友),因为爱情的根本,就是要在心灵争战的大环境中建设一处自由、互信的乐土。如果,你曾出轨,却因为不能忍受谎言之苦而自行回归,则表明这是一次真正的爱情事件,是一个爱情重于喜欢的突出例证;因而你绝不是传说中那种不懂爱情的人。相反 2.这样的老婆或丈夫不懂爱情,更不懂你的坦白之于爱情的价值,他们只懂婚姻。那么 3.这样的老婆或丈夫才是伟大的老婆或丈夫,才是真正的爱人;而那位第三者却是只懂得喜欢,或还懂得那句错位的祝福——"身体健康,精神快乐",但无论怎样都只针对自己。只针对自己的事,一般与爱情无关。

我是在为出轨者开脱吗？有可能。以己度人，我以为人人都会因"喜欢"而在心里有所出轨，没有相应的行动就好，但也可能是没有相应的机会。但若认为出轨即是爱情的失败，就把爱情看得太简单了。

出轨，其实只是对婚姻而言。至于爱情，却谈不上轨不轨——婚外之爱也仍在爱的轨中，婚内无爱也仍在爱的轨外；而婚外的喜欢，并且有所行动，也只是出了婚姻之轨。

所以，出轨应属一次法律性错误，而回归与否，却是一次面神的抉择。因为，婚姻是人约——由司法部门出具证明，而爱情，却属神约。"你愿意他/她做你的丈夫/妻子吗？"——此乃神问，超越法律，要你用灵魂来回答。这样想，倒是不能以回归与否来判定你是否违背神约了——回归，是爱情战胜了喜欢；不回归呢，却也可能是爱情冲破了婚姻。关键在于：人约可变，神约莫违——如果你把爱情看作信仰，而不仅仅是法律的话。因而，如果婚姻中没有爱情，离婚也就正当。但若婚姻中没有的爱情，第三者那儿却有，该怎样评价"出轨"呢？当然，出轨仍需承担法律责任，但它却并不违背信仰，所以再婚亦属妥善之策。可是，如果第二者死活不跟你离，第三者又誓言死等，可咋办呢？唯一的希望是大家都能懂得：婚姻即法律，不可以不尊重，但爱情即信仰，毕竟是根本。也就是说，你先得守法，否则淫乱滋生，连神圣的爱情也将被混淆得面目全非；然后，何去何从，终归还是得面神而问——以你的诚实之心，看你的爱情何在。

于是有了一个总结：法律先于信仰，信仰高于法律。这差不多是和谐社会的特征。

这就又让我想起不久前广为争论的一件事：人权高于主权，还是主权高于人权？争论得热烈而且糊涂。说人权高于主权吧，先就会给些不轨之谋以借口。其次,难道不是主权为着人权,倒会是相反吗?如果相反,则想必慈禧太后也会喜欢——无论她是在保卫主权,还是在出卖主权。

大凡局面两难,就当另辟思路。既有了前述那一总结,想来就应该是:主权先于人权,人权高于主权。凭什么呢?很明显,主权在法律的范畴,人权则属于信仰。

法律是怎么来的?为使不同信仰的人群都能享有同等权利,大家协商,互有妥协,制定出一套共同遵守的行为准则,便有了法律。所以,一旦人们有了矛盾,就该先去问问法律,看自己是否履行着当初的承诺。可是,法律乃人智的产物,不可能面面俱到,如果发生了法律也不知所措的事情,又该去问谁呢?当然了,要完善和不断地完善法律!可完善它的根据是什么呢?曾经制定它的根据是什么,现在完善它的根据就应该还是什么。曾经你问的是谁,现在就还问谁去。这样,料必你就会问到"天赋人权"那儿。天赋的,即人所固有的、没人愿意失去的。比如说,谁不想活吗?谁不想幸福吗?谁愿意让别人掐着自己的脖子活?天赋的,就是最高的;不可违背也无法再问的,即是神说。难道有谁会问"您为什么想活、想幸福、想不让自己的脖子给人掐"吗?所以说人权高于主权,正如信仰是法律的根据。主权原本是为了维护人权的,否则它的责任又是什么?如果主权就是主权,并不对另外的事情负责,那么,要留要卖就都是它自己的事了。反对出卖主权,说到底,是不能容忍它损害了大家的人权。如果损害了,就应当改善它。改善的根据,前面说过了,去问那个不可再行追问的最高者。至于改善是否合时宜,够策略,则另当别论。

2008年1月5日

原 生 态

　　大家争论问题,有一位,坏毛病,总要从对手群中挑出个厚道的来斥问:"读过几本书呀,你就说话!"这世上有些话,似乎谁先抢到嘴里谁就占了优势,比如"您这是诡辩""您这人虚伪""你们这些知识分子呀"——不说理,先定性,置人于越反驳越要得其印证的地位,此谓"强人"。问题是,读过几本书才能说话呢?有标准没有?一百本还是一万本?厚道的人不善反诘,强人于是屡战屡"胜"。其实呢,谁心里都明白,这叫虚张声势,还叫自以为得计。孔子和老子读过几本书呢?苏格拉底和亚里士多德读过几本书呢?那年月统共也没有多少书吧。人类的发言,尤其发问,是在有书之前。先哲们先于书看见了生命的疑难,思之不解或知有不足,这才写书、读书,为的是交流而非战胜,这就叫"原生态"。原生态的持疑与解疑,原生态的写书与读书,原生态的讨论或争论,以及原生态的歌与舞。先哲们断不会因为谁能列出一份书单就信服谁。

　　随着原生态的歌舞被推上大雅之堂,原生态又要变味儿似的。一说原生态,想到的就是穷乡僻壤,尤其少数民族。好像只有那儿来的东西才是原生态,只要是那儿来的东西就是原生态。原生态似要由土特产公司专购专销。自认为"主流话语"的文化人,便也都寻宝般地挤上了西去的列车。这算不算政治不正确?人家的"边缘"凭啥要由你这"主流"来鉴定?"原生态"凭啥要由"现代"和"后现代"来表彰?再问:你是怎样发现了原生态的呢?根据你的"没有",还是根据你的"曾有"和"想有"?若非曾有,便不可能认出那是什么;认不出那是什么,就不会想有;若断定咱自己不可能有,千里迢迢把它们弄来都市,莫非只看那是文明遗漏的稀罕物儿?打小没吃过的东西你不会想吃它,都市人若命定与原生态无关,大家也就不会为之感动。原生态,其实什么地方都曾有,什么时候也都能有,倒是让种种"文化"给弄乱了——此也文化,彼也文化,书读得太多倒说昏话;东也来风,西也来风,风追得太紧即近发疯。有次开会,一位青年作家担忧地问我:"您这身体,还怎么去农村呢?"我说是呀,去不成了。他沉默了又沉默,终于还是忍不住说:"那您以后还怎么写作?"

原生态,啥意思?原——最初的;生——生命,或对于生命的;态——态度,心态乃至神态。不能是状态。"最初的状态"容易让人想起野生物种,想起 DNA、RNA,甚至于"平等的物质"。想到"平等的物质",倒像是一种原生态思考——要问问人压根儿是打哪儿来的,历尽艰辛又终于能到哪儿去。当然了,想没想错要另说。可要是一上来想的就是:不想当元帅的士兵就不是好士兵,没得过奖的作家就不是好作家,因而要掌握种种奖项——尤其那个顶尖的"诺奖"——的配方,比如说一要有民族特色,二要是边缘话语,三还得原生态……可这还能是原生态吗?原生态,跟"零度写作"是一码事。零度,既指向生命之初——人一落生就要有的那种处境,也指向生命终点——一直到死,人都无法脱离的那个地位。比如你以个体落生于群体时的恐慌,你以有限面对无限时的孤弱,你满怀梦想而步入现实时的谨慎,甚至是沮丧……还有对死亡的猜想,以及你终会发现,一切死亡猜想都不过是生者的一段鲜活时光。此类事项若不及问津,只怕是"上天入地求之遍"也难得原生态。这世上谜题千万,有一道值六十分,其余的分数你全拿满也还是不及格,士兵许三多给出了此题的圆满答案。

许三多和成才同出一乡,前者是原生的心态——"要好好活","要做有意义的事",后者却不知跳到几度去了——"不想当元帅的士兵就不是好士兵"。几百年来,拿破仑的这句话好像成了无可置疑的真理,其实未必。比如说人,人是由脑袋瓜子和脚巴丫子等等各司其职的一个整体,要是脚巴丫子总想当脑袋瓜子,或者脑袋瓜子看不起脚巴丫子,这人一准生病。史铁生的病就是这么来的,脚巴丫子不听脑袋瓜子的,还欺骗脑袋瓜子,致使其肌肉萎缩并骨质疏松;幸好它还没犯上到去代替脑袋瓜子,否则其人必将进而痴呆。脑袋瓜子要当好脑袋瓜子,比如说爱护脚巴丫子;脚巴丫子要当好脚巴丫子,比如说要听命于脑袋瓜子,同时将真实信息——是疼,是痒,是累——反馈给脑袋瓜子,这才能活蹦乱跳地是个健康人。

可照这么说就有个问题了:元帅生下来就是元帅吗?哪个元帅不曾是士兵?那就还有一问:你是只想当元帅呢,还是自信雄才大略,能打胜仗,才想当元帅的?倘是后者,雄才中必有一才:能够号令千万士兵协同作战——仗从来是要这么打的;大略中当含一略:先让那不想当士兵的士兵回家——不懂得当好士兵的士兵,怎能当好元帅?战争中的元帅,先要看自己是个士兵。可见,许三多的质朴信奉,既适用于士兵也适用于元帅。尤当战争结束,士兵和元帅携手回乡,就都能够继续活得好了。

"好好活"并"做有意义的事",正是不可再有删减的原生态。比如是一条河的、从发源到入海都不可须臾有失的保养。元帅不是生命的根本,元帅也有想不开跳楼的。当然了,十度、百度、千万度,于这复杂纷繁的人间都可能是必要的,但别忘记零度,别忘记生命的原生态。一个人,有八十件羊绒衫,您说这是为了上哪儿去呢?一个人,把"读了多少书"当成一件暗器,您说他还能记得自己是打哪儿来的吗?比如唱歌,"大青石上卧白云,难活莫过是人想人"——没问题,原生态!"无论是东南风还是西北风,都是我的歌"呢,黄土地上的"许三多们"恐怕从未想到过这样的炫耀,也从不需要这样的"乐观"教育。比如画画,据说凡·高并未研究过多少画作,他说"实际上我们穿越大地,我们只是经历生活","我们从遥远的地方来,到遥远的地方去……我们是地球上的朝拜者和陌生人","(这儿)隐藏了对我的很多要求",于是他笔下的草木发出着焦灼的呼喊,动荡的天空也便响彻了应答。而模仿他的,多只是模仿了他的奇诡笔触;收藏他的,则主要看那是一件值钱的东西。又比如政治,为了人民(安居乐业)的是原生态——政治压根儿就是为了办好这件事的,但也有些仅仅是为了赢得人民,他们要办的事情好像要更多些。再比如信仰,为了使自己的灵魂得其指点和拯救的,是原生态,为了去指挥别人的,就必须得编瞎话儿、弄光环了。比如婚姻,"父母之命、媒妁之言"似乎更古老,但那是原生态吗?爱情,才是原生态。爱情,最与写作相近,因而"时尚之命、评论家之言"断不可以为写作的根据,写作的根据是你自己的迷茫和迷恋、心愿与疑难。写作所以也叫创作,是说它轻视模仿和帮腔,看重的是无中生有,也叫想象力,即生命的无限可能性。以有限的生命,眺望无限的路途,说到底,还是我们从哪儿来,要到哪儿去。回到这生命的原生态,你会发现:爱情呀,信仰呀,政治呀……以及元帅和"诺奖"呀——的根,其实都在那儿,在同一个地方,或者说在同一种对生命的态度里。它们并不都在历史里,并不都在古老的风俗中,更不会拘于一时一域。果真是人的原生态,那就只能在人的心里,无论其何许人也。

有个人,整理好行装,带足了干粮和水,在早春出发,据说是要去南方找他的爱人,可结果,人们却在北方深冬的旷野里发现了他的尸体。要去南方却死在了北方,这期间发生了什么没人知道。(就像海明威猜不透那头豹子到雪线以上的山顶上去究竟是要干吗。)据此可以写一部长篇小说,不去农村也可以。对那段漫长或短暂的空白,你怎么猜想都行,怎么填写也都不会再得罪谁,但大方向无非两种:一是他忘记了原本是要去哪儿,一是他的爱人已移居北方。

2008年1月26日

《立春》感想：价值双刃剑

　　立春了,万物苏醒,熬过冬天的人们欣喜若狂了一阵子,缓口气,是得想想人到底应该怎样活着了。近来的几部重要影片——《太阳照常升起》《士兵突击》和即将公映的《立春》,不约而同都把观众带进了这样的问题。

　　这问题太过老生常谈吗?《立春》中的人物却为之提供了一个个鲜活的样本。或是因为,那头人面兽身的斯芬克斯千古不死,一直还在看守着这一永恒谜题。生命早晚是要向人要求意义的,不能总靠些古代服饰逃避今天,或借助种种飞天遁地的"神功"超越现实。什么现实?比如说抑郁症,正以空前规模在蔓延。原因你去调查吧,十有八九是价值感的失落。春天不似冬天的沉寂,生不会像死一样平等,尤其商业大潮来势凶猛,价值感随之难守于心,而要包装成价格获取市场承认,中间一道自由浮动的差价常弄得人不知所归。欲被承认,或曰价值感,据说是人不可或缺的生存要素之一。但这是一柄双刃剑,人的心灵成长有赖于它,把人心"搅得周天寒彻"的也是它。

　　就说孙悟空吧,原本在花果山活得惬意无比,忽一日却深感无聊——价值感脱颖而出,这猴子才真算是演化成人。于是他远离家乡,历尽艰辛,顶住歧视,终于学成了一身好本事;可他却等不得进一步了悟生命真谛,急于炫技,遂被大道除名。而后,在众猢狲的拥戴下他自树一面大旗,眼见得虚名齐天,谁料却不被天庭承认,这才演出一个大闹天宫的造反故事。这故事单凭唯物主义恐怕解释不了,那不是因为经济剥削,是由于价值歧视——什么"齐天大圣"呀你,顶多一个弼马温!这事儿好像搁谁也会郁闷。这事儿好像一直激励着种种斗志。啥意思?凡人就不配有个更高的价值期求?没这意思。但问题就怕不这简单。那猴儿把天庭打了个稀里哗啦,郁闷一时宣泄,价值似得补偿,却又冒出个佛法来跟他作对。"金猴奋起千钧棒,玉宇澄清万里埃",可此番情况特别:对手不再是有限的天庭,而是无边的佛法——无边,意思是任你千里万里也还是个零!那猢狲一个斤斗接一个斤斗地不服气,结果却仍在如来的掌心,后被拘押在五行山下。最终谁来救他?一位得道高僧。但信仰绝非自由就够,唯在那条危难频频的西行路上方可了悟。

扯远了,这跟《立春》有关系吗?有哇。《立春》中人,多也是像西游之前的孙大圣,追求还仅限于外在的成功。就连那位着笔不多的女邻居,也是本能地把一个更弱者作为衬比,来支撑自己的优越感。那柄价值之剑的凶险一刃正在这里:不求完美自身,用心全在与他人相比的强势。再譬如那习歌者和习画者,真像常有人标榜的那样"艺术是我生命的需要"吗?理想谁都有过,奋斗也不稀缺,春天的力量更足够鼓舞起一时的特立独行,但如果仅仅是渴慕虚荣,虚荣一旦落空,抑郁自会袭来。虚荣之错,错不在人有荣耀之心,而在那荣耀总是趋同于外在的优越。人真是还不够"自私",宁可豪居豪车地去美化别处,却置自家心灵的修善于不顾。

那习舞者,倒像是个以艺术为生命的人。不过,艺术又是为着什么呢?以艺术为生命,以生命为艺术,画了个圈儿,结果更像自恋。《托斯卡》中是怎么唱的?"为艺术而生,为爱而生"。艺术和爱,天生来是不能分开的,那习舞者所以离王彩玲还远。在那座灰暗的城市里,王彩玲可谓是孤身奋战,她靠着什么?一个高贵的梦想。所以高贵,是因为她的梦里不光有艺术,更有执着的爱。她不能容忍那习画者的醉生梦死,不能容忍那习歌者的随波逐流,更不能容忍那习舞者装点门面的假爱情。孤苦至极,王彩玲也曾有过一回酒吧中荒唐的夜宿,但心中的梦想唤醒她时,她几近落荒而逃。艺术和爱情,都是她心中不可舍弃、不可贬值的东西。但这两样东西她似乎都没能得到。不过,爱着,不是爱的得到吗?渴望爱,不就是爱着?而真正的歌者,并不都要票房来支持,唱在心里才是艺术的原生态。

立春过了,王彩玲镇静下来——注意:不是平静,平静容易让人想到心如死灰,镇静则是让激情固守于心,让价值自信于心,看它渡过激流已呈一派深稳之势,这才是那柄双刃剑之高贵而优美的一刃。什么意思,平平常常才是真吗?不过,那也可能是放弃人生追求和价值持信的一类借口。在这话语泛滥的时代,人总能找到说词来自我称赞,什么"大家都是第一名"呀,"我虽被淘汰但我仍然是最好的"呀,"好孩子都是夸出来的"呀……生命力已衰微到如此不堪失败,正是尼采所谓"末人"的显像吧。王彩玲的回归,当然也有无奈。大凡价值定向于外在成功者,世界为他准备的就多是无奈。但无奈正是艺术的本职面对,是信仰的起点;信仰恰是要对此类无奈说"是",而后向内寻求,为心灵开辟新路。直至看到王彩玲领养了一个残疾女孩儿,喂她吃喝,为她治病,带她到北京去,在天安门前唱着家乡的歌谣,听那辉煌的女高音依旧响在心中这永远的圣殿……这时你才能看出,王彩玲的艺术跟虚荣心和优越感有什么不同,虽然她也曾于外在成功的旋流中颠簸、沉浮、受伤。尼采说:伟大的人是爱命运的。意思是:无论命运如何,爱都不可以泯灭,这才是人的伟大之处。

《士兵突击》中的许三多,其意义绝不在他的终成兵王,而在其内心的价值坚守。看过媒体对《士兵突击》剧组的多种采访,我有一点儿建议:似不应由 CEO 们来考察许三多的才能与业绩,倒是该以危难与失败来考问每个人的内心持信,否则就怕中国信仰又错过一次"立春"的机会。现在《立春》剧刚好提供了另面一例,上述话题值得继续下去了。大艺术家凡·高有句话,很像对我们的提醒:"我们从遥远的地方来,到遥远的地方去……是地球上的朝拜者和陌生人。"为什么是陌生人?我猜,他看那些被外在成败所扭曲的心灵,实在很是陌生吧。

《立春》中人,无不是在那柄双刃剑上艰难地行走,看了让人心酸,甚至不由得要问:这到底是为了什么?或进而感叹:这真也是何苦!但世间所有的心灵都难免要这样行走。这也是一条西行的路吧,你一出生就已经在这条路上了。而且,有幸圆了梦想的人永远是少数,或者,其实是没有——梦想的前头又是什么呢?《西游记》的缺憾是:为一条无限的朝圣路画了个终点,所以结尾又落入了外在价值(价格)的评定,以致郁闷如猪八戒者终难开悟。朝圣的路怎会有个完呢?而且是,管你愿不愿意,那路上都有一柄价值双刃剑始终相伴。

2008 年 3 月 22 日

种子与果实

一粒种子,即一份计划,或一个剧本。其作者无论叫"上帝"还是叫"大爆炸",一样都是永不可及的谜。

这剧作不断上演,不断更新着舞台、布景、灯光、道具和演员——这取决于"热力学第二原理",即生而必死的铁律;但剧程或戏魂永远不变——正如尼采所说的:永恒复返。

种子发芽、破土,有如戏剧拉开大幕。萌芽成长,壮大,直至根深叶茂,一直充斥着躁动与挫折,譬如对风雨的抵抗;充斥着残忍甚至阴谋,譬如与另类或同类争夺雨露阳光——这是这戏剧的铺陈与展开,是计划中的开发与创造,激情澎湃有如人类历史的英雄时代。而后开花、结果,是为戏剧的高潮,雄心勃勃,捷报频传,预示着光荣与梦想的即将实现。最后果实成熟,计划成功,辉煌灿烂恰似一种文明的顶峰。

但成熟或顶峰之后呢?溃败必然开始。你能够预见溃败,但不能阻挡它。你可以找出溃败的原因,乃至延缓它的办法,却不可能改变这一方向。你见过一颗果实由灿烂而至溃败的过程,你见过一颗果实由溃败重又灿烂的实例吗?这也取决于"热力学第二原理"。

这时怎么办?这剧本,这计划,接下来的要求是什么?维护好种子,维护好未来,为下一场悲壮的戏剧做好准备。

又一粒种子,又一份计划,又一个剧本,大幕再次拉开,周而复始——此即那位永不可及者给出的:生的启示,或死的寓言。

2008 年 3 月 26 日

乐观的根据

有位西方艺术家说：生活分为两种，一种叫作悲惨的生活，另一种叫作非常悲惨的生活。怎么办呢？他说：艺术可使我们避开后一种。东方思想更是有这样的意思：生即是苦，苦即是生。总之人只要活着，困苦就是逃不脱的。东方、西方本处同一星球，于此不谋而合当在情理之中。

那么死呢？死，能否逃脱这苦难的处境？比如说，给它来个"白茫茫大地真干净"行不？说说行，想想更行，但你信不信，其实不行？除非你能从"生"逃进"死"，从"有"进入"无"。

什么，这简单？那你就先说说怎么从"有"进入"无"吧。"无"在哪儿？"无"即没有，你可怎么进入一个没有的地方呢？好吧，就算你真的进入了，可随之那儿就不再是"无"了，而必呈现为另一种状态的"有"。所以，出生入死也就无望——"死"要么是另一种形式的"生"，要么就得是"无"，而"无"我们已经说过了是没有的。

这便是人的处境，在苦逃！问题在于：面对一条难逃之路，是歌而舞之、思而问之地走好呢，还是浑浑噩噩、骂骂咧咧地走好？

无论怎么走吧，似乎都还有着无奈的成分。是呀，即便大哲尼采的"酒神精神"，其中也可见此无奈。不过，为啥无奈你可想过？想想吧。一定还是有个企盼不肯放弃：终点。一定还是有种疑虑不能消除：走到哪儿算个头儿呢？这可真是此在生命的逻辑给我们留下的顽固遗产。其实呢，有谁看见过"头儿"吗？终点，若非无,就不能算是终点;若是无,那就还是没有的呀,兄弟!放弃你那顽固的遗产吧,或把它再扩展一步:永远的道路,难道不比走到了头儿好得多?

所以生命也分为两种:一种叫作有限的身在,一种叫作无限的行魂。聪明人已经看见了乐观的根据。

2008 年 4 月 17 日

人的价值或神的标准

有回在外吃饭,餐厅里人不多,忽一个清晰的女声传来:"人的价值不就是社会价值吗?"很是突兀,也不知此前是何铺陈。环顾四周,只见不远处坐了一对中年男女,男人仪表平平,女人着装时尚却似不够协调。见我注意他们,声音于是低下去,但我的听力却随之灵敏了许多。男的接着说:"不一样,我跟你说真的是不一样。"女的说:"怎么不一样?"男的抽烟,呆望着飘摇的烟缕。女的慢慢咀嚼,似胸有成竹。半天,男的又说:"你认为人的价值,仅仅是社会认定吗?"女的紧跟着问:"那你倒是说说,还有什么?"男的反问:"那你也说说,你所谓的社会价值都指什么?"这下轮到女的语塞了。很久,可能是发现有人仍在偷听,他们起身换了个座位;女的走过我身旁时不轻不重地扫了我一眼。

我当然不能跟过去,但天生的毛病——我开始在心里替那个女人问,然后帮那个男人答。那女人的问题简单说是这样:除了社会价值,莫非人还有什么单独的价值?也就是说:离开社会谈人的价值,是不是一句空话?但正如那男人所问,社会价值又是指什么呢?我想来想去,觉得只能是指社会贡献。故那女人的问题可以总结为:除了以社会贡献来衡量人的价值,不可能还有什么其他标准。是呀,人除了是社会的人,就剩下生理的人,总不会说还有个生理价值吧?

这么一绕可真是有点儿晕。不以社会贡献而论的"人的价值",可有吗?是什么?这样一想还真是有点儿空。

那女人的声音忽又大起来:"那好,你举个例子!"

举个例子?什么例子?唔,我想我可以帮帮那个男人了。

透析,听说过吗?一种疗法。比如说你得了尿毒症,要死,有种疗法叫"透析",透了你就能活,不透你很快就死。但这疗法价格昂贵,十几年前我开始透析的时候,人分两类——有公费医疗的和没有公费医疗的,后者若非"大款",肯定是负担不起每年十几万的透析费。这就有问题了:假定公费医疗确实体现了社会贡献,那么没有公费医疗或尚无社会贡献的人,就该死吗?我曾亲眼见一农村青年,跟着他憔悴的母亲来透了几次,就打算结账回家了。那一刻透析室里一无声息,所有的人都知道这意味着什么。那时人们都在想什么?社会贡献,还是人的价值?(谢天谢地,据说就要实行"全民医保"了,但愿它能成功。)再譬如这次汶川大地震,救人时,料也不会有谁去想,压在废墟下的人社会价值如何吧。事实上,即便在那个阶级斗争最为疯狂的年代,在人们心底,人的价值也是独立于社会价值的——雷锋在帮助陌生人时,可曾想过他的社会贡献吗?

人的价值是神定的标准,即人一落生就已被认定的价值。想来,神的标准也有上下线之分,即"下要保底"——平等的人权,"上不封顶"——理想或信仰的无限追求。所以,人除了是社会的人,并不只剩下生理的人,人还是享有人权的人、追求理想和信仰的人。

而社会价值是人定的标准,是针对人性的缺憾而设的奖惩措施,想来实为无奈之举。譬如多劳多得,根本还是名与利的鼓舞。譬如种种名或利的排行榜,就像股市大盘;据说在股市中,投资与投机皆属必要,二者协同而成一双看不见的手,推动着我们丰衣足食。其实还有第三只手,即操纵股市的人——造假象以乱规则,伺机猎取暴利;这真与弄排行榜者同心同"德"——设虚衔以惑人心,从中收获权名。

有位大慈善家说过:富人之富(也可引申到名人之名),是社会发展的副产品,独占之是不道德的行为。我理解这意思是说:社会发展不可不赖于竞争,而竞争必致人分贫富,所以竞争乃富人与穷人的合作,合作的副产品岂可归一方享有？换个角度,穷人之穷也是这合作的副产品,自然也不该由一方承担。隐隐地我们听到上帝的声音了。

或许可以这样说吧:人的价值即神的标准。社会价值是人的弱点使然。对社会价值斤斤计较或耿耿于怀,是不道德的行为。慈善事业,是以神的标准来弥补人的缺陷。而第三只手,从来就是偷儿的别名。

2008 年 5 月 27 日

身 与 心

若把人仅仅视为肉身,余者不过其功能种种,当然就会看人生是一场偶然的戏剧,"死去原知万事空",及时行乐最是明智之举。可不是吗,既然人曾经是、终归仍不过是一堆平等的物质,又何必去问什么意义。尤其这戏剧不单偶然,而且注定是苦难重重,又何苦对之抱以太多热情,莫如把希望寄于死后或来生———一处清静无忧的所在。这差不多是一类信仰的根源。问题是它把生命看得太过直观,多有思问者怕不会满足;比如说吧,谁知道死后会是啥样?凭什么我要相信你的描述?

若把人生看作精神之旅,肉身不过一具临时载体,好比一驾车马,"乘物以游心",你还会贬低意义,轻视热情,宁愿生命仅仅是一次按部就班的生理消费吗?这是另一类信仰的起点。但这类信仰,至少有三个问题需要解决。

一是要证明精神的永恒,即精神并不随着肉身的死亡而告消灭,否则热情和意义便失根基。此题其实并不难解,因为证据一向都不隐蔽:人类生生死死已历多少世代,但毁灭的全是肉身,精神何曾有过须臾止息!

二是要证明,困苦之于人生,是死也难逃的宿命,否则就会助长以死来赴极乐的期冀。此题的解法也不复杂:除非死等于无,否则你逃到哪儿去也还是一种生的状态;而死若等于无呢,无的意思是不存在,你又怎能逃到一处并不存在的地方去呢?

三,于是有人要强调"我"了——我的精神,我的精神难道不会随着我的死亡而消散吗？可事实上，"我的精神"若不融入"类的精神"，就不能算是精神，而仅仅还是肉身，或某一肉身顺便携带的一点点自行封闭和断绝的消息。有谁会认为一己私欲也算得一种精神吗？比如一块瓷片，所以被珍重，是因为它与一具完整的瓷器相关，故可传达某种审美精神；倘其太过破碎，除了是块碎片跟谁也挨不上，确实它就不必热情，也无须意义，它已然是回归了清静无忧的所在。

相信人即精神之旅者，必会关心生命的意义，唯意义能够连接起部分和整体，连接起暂时与永恒。而相信人即肉身者，关心意义可不是累、抱紧热情可不是傻吗？但其行为常又乖张：只因不见意义，便说没有意义，而"没有意义"却又被强调成一种意义，甚至信仰。

我是说，这两类信仰的根源和取向大相径庭，并无取消一种的意思。譬如我，早晨一睁眼便相信后一种，晚上一上床，自然而然地也赞成前者。后一种让我满怀热情地走进生活，在寻求意义的过程中享受欢乐，而前者是最好的心理医生，或安眠曲。怎么回事？我这人太没主张，一会儿把人视为精神，一会儿又看人只是肉身？可不就这么回事！我既是我，我又是史铁生，既然身心兼备，自当各派其用。早晨一睁眼，身助心愿，心就像个孩子，驾驶着身之车只争朝夕；晚上一上床，心随身安，身就像辆破车，心再不要打扰它，只要维护它、安慰它：睡你的觉吧，万法皆空。其实呢，无论何时何地，人生之事莫非身、心两类，怕只怕弄颠倒了。比如名，实为身所有，即那史之牵挂，或那偶然车马之悲欢；"轻轻地我来了"，我跟着沾点儿光和累，"轻轻地我走"后呢，谁还管他是谁——弄得好了是某种思问之标识，弄不好唯一缕烟尘！但写作，那可是我的事，我从中成长，苦乐兼得，由个傻小子渐渐长得像个明白人了。待某日那史一闭眼走了，车毁马亡，但愿助我成长的事情仍可借另一驾车马助我成长。当然了，卸磨杀驴极不道德，故也该对那史抱以谢忱:为了我的游历和成长,哥们儿你受累了、受苦了、尽力了,多谢多谢了。还能怎样? 我还嫌他生前腿也敷衍、肾也塞责,弄得我苦不堪言呢! 就像民歌中唱的:"灰毛驴驴地上唻,灰毛驴驴地下,一辈子也没坐过好车马……"

2008 年 6 月 1 日

回 归 自 然

所谓"回归自然",到底什么意思?尤其涉及精神或心性,"自然"究竟是指怎样一种状态?是说"人一思考上帝就发笑",唯无思无念、随遇而安才算自然吗?可人生来就有其代谢机制,又有其感知系统,既是一套生理结构,又是一种精神存在,启动一半关闭一半,难道不是违背自然,倒算回归?

"人一思考上帝就发笑",怎么不好?设若人不思考,上帝也不发笑,这茫茫宇宙可还有什么活气儿?或者是人在思考,上帝那边毫无动静,难道不扫兴?再或者,人不思考,唯上帝独自发笑,那岂不更吓人?在我想,人一思考上帝就发笑,上帝一发笑人便继续思考,于是乎宇宙生气勃勃,一条人生路也才趣味盎然,这有多好!上帝的笑绝无恶意,那既是欣慰于人类的不屈不挠,又是对其难免的幼稚忍俊不禁。

上帝是怎样创造世界的?先是分开光明与黑暗,然后分开天地,分开日月星辰,分开植物与动物,最后分离出人……这样一步一步分开,明显是促成着观察与思考:先是廓清视野——给出相对的确定性;然后拓展时空——保证恒久的延续性;再使物种丰繁——有足够的复杂度;继而推出能够迁移的物类——使复杂保持动态;最后是人——不单能够迁移,还能够观察、思考,不单观察和思考他者,还要自我反观与反省。想来,"回归自然"绝不是说一步步再倒退回去吧。

那么,违背自然者何?真可谓千姿百态,不胜枚举。比如说,清晨,一半裸女子瑟缩于敞开的衣柜前,长吁短叹,愁眉不展,几十套衣裙中竟挑不出一件让她满意的——这如果是一幅摄影作品,标题就叫作《后现代匮乏》吧。再比如一头牛,在遥远的乡间长大,被健硕的屠夫宰割,空运海运地来城市,请衣冠楚楚的官员检疫,由四季冬装的工人冷藏,再经一灰头土脸的司机运到餐馆,便有技艺非凡的厨师把它变成佳肴,又有优雅的侍者把它送上餐桌,于鲜花美酒间听些闲话,而后"咣嚓"一声原封不动地就进了垃圾箱……这事儿我总琢磨,外星人会怎样理解——地球人就这么个玩法?还有抑郁症,古人或看那是天赋异禀吧:没人招他没人惹他也没人帮他,不会儿工夫他就能把自己弄得面目全非——面色青苍,呼吸紧促,神情恍而惚之,周身僵且硬也。检查吧,没毛病;谈谈吧,啥也懂。这对唯物主义是个打击,单凭某种"意念"就能做这么大的功。再说装修,劳心劳力的总该是为了住得更舒适吧,倒有人把家改建成了"毒气室"。还有防盗门和护窗栏,以往都是把贼人投入牢笼,怎么现在好人倒坐进了铁门和铁窗?科学发达、经济发展、文明进步,原都是为人谋幸福的,结果怎会这样?水也不够用了,空气也不可靠了,土地也板结了、沙化了,虽说处处都已机械化、电器化、信息化了,怎么人倒弄得更紧张、更焦灼、更抑郁了?若仅从结果推断动机,你肯定不会想到自虐狂吗?

也甭说哪国哪民,整个人类都像是走错了道儿,是得想想如何回归自然了。但人是在哪一步上开始背离自然的呢?

还说那句话吧——"人一思考上帝就发笑",这是劝人不要思考,还是抱怨上帝不该发笑?是说上帝一发笑人就该闹情绪呢,还是说人一思考,上帝就得"啦啦队"似的为他叫好?人真是得不断温习上帝对约伯说过的那个意思:我创造世界的时候你在哪儿?看来人的背离自然,起因就在信仰的两路歧途:一是执迷于无苦无忧,一是妄想着全知全能。

细细想来,"无苦无忧"的极致莫过于一块无知无觉的石头,而欲"全知全能"者则难免弄些偶像出来,甚至自命为神。要做石头的就让他做石头去吧,只要不强迫别人也做石头。要做神明的可不敢就让他做了神明,他要把人人都当石头来安排。人,永远是这星球(或宇宙)的一部分,局部的无限扩张能是什么结果?癌变而已。癌,即局部不可阻挡的扩张,看样子也是想全知全能,结果办不到,却扰乱了内分泌——有点儿像生态系统——的平衡,破坏了五脏六腑——有点儿像社会结构——的和谐,最终毁灭了整体顺带也毁灭了自己。

或许,上帝正是以其笑声告诉我们何为"回归自然"吧:既知自己乃上帝全部作品之一微弱局部,永远别指望全知全能;又不可放弃思考,尤其是要思考:这一微弱的局部,如何在一条永恒的路上行走。

2008 年 6 月 5 日

喜 欢 与 爱

说真的,我并不喜欢我的家乡,可扪心而问,我的确又是爱它的。但愿前者不是罪行,后者也并非荣耀。大哲有言,"人是被抛到世界上来的",故有权不喜欢某一处"被抛到"的地方。可我真又是多么希望家乡能变得让人喜欢呀,并为此愿付绵薄之力。

不过,我的确喜欢家乡的美食,可细想,我又真是不爱它。喜欢它,一是习惯了,二是它确实色香味俱佳。不爱它,是说我实在不想再为它做什么贡献;原因之一是它已然耗费了吾土吾民太多的财源和心力,二是它还破坏生态,甚至灭绝某些物种。

喜欢但是不爱,爱却又并不喜欢,可见喜欢与爱并不是一码事。喜欢,是看某物好甚至极好,随之而来的念头是:欲占有。爱,则多是看某物不好或还不够好,其实是盼望它好以至非常好,随之而得的激励是:愿付出。

尼采的"爱命运"也暗示了上述二者的不同。你一定喜欢你的命运吗?但无论如何你要爱它;既要以爱的态度对待你所喜欢的事物,也要以同样的态度对待你不喜欢的事物。大凡现实,总不会都让人喜欢,所以会有理想。爱是理想,是要使不好或不够好的事物好起来,便有"超人"的色彩。喜欢是满意、满足,甚至再无更高的期盼,一味地满意或满足者若非傻瓜,便是"末人"的征兆。

把喜欢当成爱,易使贪贼冒充爱者。以为爱你就不可以指责你,不能反对你,则会把爱者误认为敌人。所以,万不可将喜欢和爱强绑一处。对于高举爱旗——大到爱国,小到爱情——而一味颂扬和自吹自擂的人,凝神细看,定能见其贪图。

爱情也会有贪图吗?譬如傍大款的,哪个不自称是"爱情"?爱国者也可能有什么贪图吗?从古到今的贪官,有谁不说自己是"爱国者"?上述两类都不是爱而仅仅是喜欢,都没有"愿付出"而仅仅是"欲占有"。喜欢什么和占有什么呢?前者指向物利,后者还要美名。

爱情,追求喜欢与爱二者兼备。二者兼备实为难得的理想状态,爱情所以是一种理想。而婚姻,有互相的喜欢就行,喜欢淡去的日子则凭一纸契约来维系,故其已从理想的追求降格为法律的监管。美满家庭,一方面需要务实的家政——不容侵犯的二人体制,和柴米油盐的经济管理,倘其乱套,家庭即告落魄,遂有解体之危;另一方面又要有务虚的理想或信仰——爱情,倘其削弱、消失或从来没有,家庭即告失魂,即便维持也是同床异梦。爱国的事呢,是否与此颇为相似?

不过,爱情的理想仅仅是两个人的理想吗?压根儿就生在孤岛上的一对男女,谈什么爱情呢?最多是相依为命。孤岛上的爱情,必有大陆或人群做背景——他们或者是一心渴望回归大陆,或者原就是为躲避人群的伤害。总之,唯在人群中,或有人群为其背景,爱情才能诞生,理想才能不死。仅有男女而无人群,就像只有种子而无阳光和土地。爱情,所以是博爱的象征,是大同的火种,是于不理想的现实中一次理想的实现,是"通天塔"的一次局部成功。爱情正如艺术,是"黑夜的孩子",是"清晨的严寒",是"深渊上的阶梯",是"黑暗之子,等待太阳";爱情如此,爱国也是这样啊,堂堂人类怎可让一条条国境线给搞糊涂呢!

良善家庭的儿女,从小就得到这样的教育:要关爱他人,要真诚对待他人,要善解人意,要虚心向别人学习……怎么长大了,一见国、族,倒常有相反的态度在大张旗鼓?还是没看懂"喜欢"与

"爱"的区别吧。不爱人,只爱国,料也只是贪图其名,更实在的目的不便猜想。爱人,所以爱国,那也就不会借贬低邻人来张扬自己了——是这么个理儿吧?

2008 年 6 月 15 日

看不见而信

科学之要在于"识",其全部心愿都在弄清楚这个世界,把握它,甚至改造它。信仰之要在于"信",即认为世界的神秘是人永难知尽的,一代代行走其间,必要有一份可以信赖的引领。

一位朋友跟我说起信仰,有句话令我长思,他说:佛所以比其他信仰更高明,因为佛更究竟。何为更究竟?即更清楚,更彻底。怎么讲?他说:佛已彻底弄清了这个世界的真相。说说看?但这不是能说的,甚至不是由思考得来。那是怎么弄清的呢?成佛者,靠修行修到了那儿,一览无余,亲证了一切。你修到那儿了?我当然还没有。那你是怎么知道的?佛就是这么说的。你就信了?是的,我信。

说了归齐还是个"信"哪!否则咋办?你既未亲证,又未亲证那亲证者的亲证。所以"看不见而信的人有福了",但这是基督信仰的见地。一定要看得见才信呢,那便是科学了,或与科学殊途同归。一件事,能够重复,科学才相信它;一种猜想,能被证实,科学才承认它。那么,是否顺理成章地可以这样认为呢——更究竟,就科学而言是更高明,对信仰来说却未必?

要把世界——地球,宇宙,生命——的来龙去脉弄个底儿掉,是人类伊始就有的愿望,但一向的问题还是:弄不弄得清楚?不过,永远弄不清楚,是否也可以算终于弄清楚了呢?比如说:我们终于弄清楚了,那是永远弄不清楚的。这有点儿矫情吗?但迄今为止这是实情。这没什么意义吗?但若因此,人类信仰有了一个全新的转向呢？基督信仰便是做了这样的转向，当然不是转向无神论。人类信仰的早期，应该说，无一例外都是向那神秘的创世者祈求好处的：风调雨顺、族群兴旺、国泰民安……总之是消灾免祸，多利多福。唯十字架上的耶稣，使人类信仰迈出了全新的一步，即不再是向神祈求优惠，而是转而要求自己跟从神的引领：人要互爱。这是一次伟大的转变，从此神不再只是高高在上、冷若冰霜的创世之神了，创世之神派来了他的儿子，与人同苦，教人互爱——救世之神于是诞生了。

救世之神诞生在人的心中，圣灵从而降临人间。创世之神当然还在，当然还是一如既往地——比如说不把约伯的委屈放在心上。但我们却不能不把创世之神放在心上，为什么呢？并不是因为他的儿子来了，与人同苦，人就可以走走他的后门儿，求得优待。不，他从不干这类只有人才会干的事；神的职权包罗万象，怎能为了局部而乱了整体？直到他的儿子来了，直到耶稣被钉上了十字架，人这才明白，若非他恪尽职守、严格拒斥人的贪心，人也就不会相信他的儿子——救世之神的倡导了。所以，基督信仰并不是以弄清世界的真相为要点，而是要把一条困苦频仍的人生（真）路，转变成一条爱愿常存的人生（善）路；把一条无尽无休、颇具荒诞的人生（实）路，转变成热情浪漫、可歌可泣的人生（美）路。这是否"更究竟"呢？就看你是"看不见而信"，还是看得见才信了。

至于世界的真相，或可听听数学家的意见：部分是不可能弄清楚整体的（哥德尔）。也可以听听物理学家的意见：物理学并不能告诉我们世界是怎样的，只能告诉我们，关于这个世界我们可以怎样说（玻尔）。是呀，科学好像也不再那么物我分明，也正在转而审视自己——"识"之本身的谜团了。

人在谜团中。我们确定是这个不确定世界的一部分。可这样，生活的苦难将求救于谁？生命的荒诞将求救于谁？求救于创世之神的，你想吧，不可能不是求其优惠——或今生提取，或来世补偿。而求救于救世之神的,十字架上的启示已然明确——整体必置局部于疑难,无限必置有限于迷茫,生之困苦已定,拯救之路在哪儿就自己想吧。

所谓"基督之外无救恩",常被受够了"顺我者昌,逆我者亡"的人们误解为某方霸权。实则不然。实际上"基督"并不单指一门宗教,而是不分国、族的灵魂拯救方略,这方略没有别的立场,唯立足于"生即是苦"的场中。因为"生即是苦",所以请"无苦之生"来救,这也算是方略?这只能算是愿望,且已取消了拯救的前提。拯救,必是基于苦难和苦难的不可穷尽。穷尽了还谈什么拯救?穷尽了则只谈福乐,便又激发起人的贪心。所以基督的方略是:愿善美的天国降临人心。而此外的期求多是:请福乐的天堂落实我身。后者,你以为可能吗?真若可能,争先恐后,则刚好又是这豪夺迭起、巧取频出的人间了。"基督之外无救恩"其实是说:只有跟从神的爱愿者,可得救恩。此外何以为救?尤其那些冒充神的全知、指使神的全能者,细看,又与"挟天子以令诸侯"有何不同?

佛学的博大精深,确可令科学感叹一声"更究竟",所以现代物理学常引用佛学思想。比如"唯识"一论,便与"量子"之学不谋而合,但却早出后者上千年。"量子"目光,已与传统科学的雄心渐行渐远,而与信仰的谦恭越走越近。怎么回事?要是找不到绝对的客观,势必就会转向相对的主观,于是一切探索呀、考证呀、试验和思辨呀……就都更多地指向自己,便看清了人的永恒地位:不过是整体中的局部,无限中的有限,神秘莫测之下的一知半解……呜呼,"何处是归程,长亭更短亭",谈何究竟!真倒是应了那句话了:"在改造客观世界的同时,也改造自己的主观世界。"也只有这样了。但想想,这不是目的吗?这不是目的还能有什么目的?你上了月球了,上了火星了,就算你终于探明了黑洞、捕捉到了暗物质,人就无忧无虑了?生命就告别苦难了?只怕弄清了世界的真相,却还是没弄清世界的真意。佛的更究竟,是指真相,还是指真意?成佛者的"亲证了一切",想必正是在这流变不居的"量子世界"面前,究竟着人生的处境与人生的态度吧。若非如此,或像哥伦布亲证了新大陆那样,事情倒很容易了,凭借现代的航海技术,十天半月就让你也亲证一回。事实上,佛尤其是这样的思想:并没有一个纯客观的世界让你弄得清或弄不清,要紧的是,一个主观世界看你弄得好还是弄不好。从"弄得清或弄不清"到"弄得好还是弄不好",已然是从"识"转向"信"了。识,凭借的是脑;信,指向的是心;倘若心性不乱,自然就会从创世之神的优惠,转向救世之神的爱愿了。

基督,并不等于基督教。故在基督教外,却完全可以是在基督之中。基不基督,切不可仿效"法利赛人"的狭窄心胸。佛门有位大菩萨——地藏,他说:"我不下地狱谁下地狱?""地狱不空誓不成佛!"岂不与耶稣殊言同义,爱愿同归?但我猜地藏菩萨也是有点儿情绪的,对那些置地狱于不顾、一心只想自己成佛——跳出六道呀、无苦无忧呀、担心又掉回到什么地方去呀——的同事有意见。有意见而不嗔,便立行为言。立行为言恰如"因信称义",早都把信仰定位于心,并无哪宗哪教之忌,更别说哪方与哪国了。

还有,地藏不说"地狱空时我即成佛",而言"地狱不空"云云,窃以为意蕴深厚。所谓地狱,或心之无明,或天之不测,何时可空可灭?故那地藏其实是说:成佛一路,是人永行不尽的恒途。这菩萨绝不像他的某位"远亲"那样,故弄玄虚,说什么"本来无一物,何处染尘埃"。是呀是呀,玄思玄想要是过了头,演成话语圈套的比拼,价值虚无即告袭来——比如把"万法皆空"理解为一切都是扯淡,什么价值呀、意义呀、高尚呀、卑鄙呀……到头来全是一场空,或不过都是些同样的物质,譬如"干屎橛子"。价值既然虚无,你还谈的什么信仰!什么都是一场空,及时行乐便有理有据。既是一场空,何以"一场空"们却坐上了一把把空出来的交椅?"本来无一物"者又何苦为一套衣钵星夜出逃？物极必反处处应验。说什么都没有的，抱紧衣钵；说一切都是扯淡的，著书立说；就好比，越是计划经济就越是没有计划——好端端一条马路，挖了填，填了挖。而张扬"集体主义"的呢，就说体育吧，人数越多的项目越是玩儿完——双打不如单打，排球不及篮球，人数最多的足球慢慢就垫了底。据一位永远振振有词的教练说："这回是一定要反弹了。"股票吗？天哪，咱已然是全世界最烂的球队啦还往哪儿烂？外星人踢得比咱不如？不过，"排球不及篮球"这话得冠一个"男"字才对。进而再看，不管啥项目，男多不及女。中国男人不如女人吗？像！啥原因？索洛维耶夫说信仰也有天赋，信仰的天赋是谦卑。女人更谦卑，所以女人更知虔敬；女人不是更究竟，而是更重信念；女人踏实，心无旁骛者多，日进斗金者少；女人更近神秀的诚实——"时时勤拂拭，莫使染尘埃。"为男足挑教练挑遍了全世界，就没想到请个女人来试试？

　　既是信仰，佛门所重当也在"信"字，却不知怎样一来，滚滚潮流竟抬高了相反的东西。曾有国人对西人说："还是我们的佛厉害，看你们那上帝，连亲儿子的事儿都管不了。"亲儿子的啥事儿？利乎？义乎？我以为地藏菩萨应该坦率表达他的意见——他的某些同事对此是有责任的，他们许诺了太多的福乐。几千年来，基督信仰一直没有断了言说与思考，所以大师辈出，引领潮流。而佛门——尤其在中国——冷落得已经太久，一旦热起来又在那利欲的潮流中滚得面目不清。"更究竟"究竟是要究竟什么？信仰的谦卑一旦变成掌管世界的雄心，"更究竟"就离更福乐越近了——爱愿改为成功，道路换作目的，忏悔总是弄错人称，而"我不下地狱谁下地狱"竟变成了：天堂的门票已经不多，兄弟你还不赶紧？

　　不过……可能……也许……大概还是我等俗人听差了？但不管怎样吧，信仰的问题，一向还如刘小枫的书中所说，"人而神，还是神而人？"即：是人升天享受神的待遇，还是圣灵降临，建天国于人的心中。这一上一下,殊见旨趣大异。

　　信仰的歧途,根源就在求实利而忘虚心。实利至极,莫过于上天堂;虚心所在,圣灵才可以降临。求实利者皆强大其表,忘虚心者盖脆弱其中,一旦"壮志"难酬,有幸不抑郁的,便抱一个"空"字溜进"佛门",形同自慰;"一切都是扯淡"的思想即由之发扬光大。佛法之"空"可是这样的解法吗?其实,佛的告诫从来都不含糊:那人为的差别、荣辱才是幻景,这世间的名利、权谋才是虚妄,一副人形皮囊才是流变不居的分子、原子……但被福乐的期许惯坏的人,恰不认此为空,倒看灵魂才是虚拟,爱愿不过煽情,梦想尤其是"不打粮食",得不到实实在在的社会承认则简直是人生失败。

　　所以你看咱那男足,上场前信誓旦旦,比赛中神不守舍,下场后永远是一句"交了学费"。这学费倒是为什么交的呢,未必明白。是巴西的艺术激情?是荷兰的游戏心态?是德国的整体配合?是非洲的个性张扬?是土耳其的坚持到底?还是——最不济的——像韩国那样玩儿命?所有这些,岂是皮毛之学?内里都有着深厚的文化积淀,或潜移默化的信仰支撑。为什么"神不守舍"?"失魂落魄"又是啥意思?还是前述那位教练的话:"咱们踢球就是为了踢败外国人。"这叫体育精神吗?奥林匹克的圣火中可有这一说?失其神者,安能不落其魄!单拿一副躯壳去比赛的,早已经败了;只看赢得漂亮,却不知输也可以美丽的,早已经败了;以为神是站在国境线上,而不是立于人的心中者,早已经败了;指望场上的胜利带来场下诸多的福利者,一败涂地。这又让我想起一位俄国诗人的诗句,大意是:我们向上帝要求的只有两样,为了战胜命运,给我们信心和力量!——显然,这与求神办事相去甚远。

2008 年 7 月 12 日

"自由平等"与"终极价值"

一个"自由平等",一个"终极价值",最是容易让人糊涂的两件事——说一说似乎都明白,来回一问,又绕进糊涂里去。是呀,单从字面看,二者就有冲突——"终极"意味着"唯一",意味着"最高",可你让"唯一"去跟谁"平等"呢?而"最高"已然到顶,又如何还能"自由"?

确实如此。"自由平等"在现今大众的理解中是说:人的价值取向并无高低之分,完全是个人的自由选择,种种理想、信仰都有其平等存在的权利。而"终极价值"却是说:人的价值取向千差万别,高低难免,终有其极,所以一切善恶、美丑、正义和非正义,都有其最终或最高的判断。可真若这样,平等岂非虚置,自由不也就等于瞎说了?

但自由平等是人们热爱的东西,据说比生命和爱情还重要。这便如何是好?办法当然有:取消终极价值就是,既然它不动声色地与平等为敌,进而又成了自由的障碍。

行是行,但是得弄明白:凭什么自由平等就具如此权威?光说热爱还不够,得说说理由。理由听起来似无可非议:天赋人权,自然正确,人生来就是自由的、平等的,由不得谁来指引和操控。但是且慢。首先,这怎么听着倒像是"终极价值"在说话呢?其次,地球就像宇宙中的一粒尘埃,人不过是无限可能中的一种有限之在,因而人生来就不大自由,就有强弱之分、愚智之别,优胜劣汰曾经也是人类的处境。只不过几百年前,文明之风吹来,人才要从生理性的束缚中开辟出精神性的自由,才要推翻兽性的弱肉强食,举一面人性的平等之旗。

这面旗,是不是就比较高些呢?倘有人仍坚持弱肉强食的主张,你怎么说?还是并无高低之分、都有平等存在的权利吗?

于是问题就来了:两面敌对的旗,如何平等存在?强权(比如纳粹),能与自由平等相安无事吗?局面明显两难:倘若一切自由平等,强权也就有了存在的根据;可强权所以是强权,就在它视自己的理念为最高,要所有的人都听命于他呀!如此,是为了自由平等的无懈可击,而容忍强权呢?还是驱逐强权,而使自由平等不够完全?好像都不惬意。可麻烦到底出在哪儿呢?便有人给出了一个无奈的总结:最高真理,就是没有最高的真理。看来"最高"才是祸根。是呀,如果我们相信确有最高,则难保强权不会有一天改头换面,卷土重来。这是不是说,只有铲除最高、从众人心中消除掉最高的可能,自由平等才有牢固的保障?

瞧着吧,这就快绕糊涂了。

干吗不换个角度想呢?比如说,为什么不是因为纳粹违背了某种最高,才使人类陷入了一场灾难?为什么不是因为人们相信没有最高,才促成了强权者的肆无忌惮呢?或许有人就要说了:即便有最高,也只能是选择生活的绝对自由、价值取向的彻底平等,纳粹之流所违背的也正是这一条;其实还是那句话:最高真理就是没有最高的真理。

好了,不管怎么说,"最高"总算得到承认,尽管其面目还很模糊。

接下来的问题是:自由平等的反对者,都是直言不讳吗?迄今的强权,哪个不自称是平等的推行者,是自由的卫道士?自命最高者可行强权,标榜自由平等的,未必就不能干同样的事。可我们将据何辨别其真伪、揭露其谎言呢?也就是说,我们总得有些措施,有项原则,有条信念……总之得有个颠扑不破的真理,或无可置疑的根据,来为平等撑腰,以使自由得其捍卫吧。这才是问题之关键。要么没有这样的根据,只好任由强权去指鹿为马;要么就得有个根深据固的最高判断,令强权无论怎样改头换面都有天敌。

但明显,自由不能是自由的根据,平等不能请平等来捍卫。可这一逻辑,又是根据何在?总不会说,"不自由"和"不平等"才是其合法性根据吧?

为什么就不会呢?其实,不小心前面已经透露了这一根源——一句人人都会说,而且常说的话:天赋人权,自然正确!"天赋"者何?"自然"又是啥意思?都是指那人力所不能为、人智所不能与之辩者呀——你叫它"天命"也行,你称之"神在"也可,即绝不是人的自由,也绝不能与人平等。所以说,不自由、不平等,才是自由平等的最高判断,才能为其提供合法性根据。曾有先哲说过这样的意思:护法,主要不是捍卫既定法律的严格,而是要捍卫法律本身的合法性根源,使之不容侵犯,不得篡改。于是有人贬低甚至轻蔑地说,这哪里还是什么科学,简直是神学。谁料那先哲竟欣然接受了这一命名:政治神学。是呀,人怎能捍卫得了人写的法律?人怎能确保人订的规则不被篡改?唯在人之上,才有法律的合法性根据,才有强权的制约,才能比照出何为神命、何为人说。

如果相信,必得有一种最高判断,否则各执一词,莫衷一是,这人间难免自由到你死我活。那么,这最高判断当然就要高于人的判断;这就是为什么要请"不平等"来为平等撑腰的理由。而这最高判断,当然就不会顺着人的性子来——否则公一理,婆一理,打到衙门去又要养育贪官;这就是为什么要请"不自由"来捍卫自由的原因。这是一条神画的线:线上是神命的不可违背,线下才有人的自由平等。你反感所有的权威和命令吗?那好,您自己玩儿,无非是"真理战胜真理,子弹射中子弹",不玩儿成冷战、热战那就怪了!凭什么这样说?凭的咱们是人,是些能力有限、心性不一而又欲望无边的家伙。所幸,尽管咱们都是人,可在这群直立行走、能说会道的哺乳动物中,真也有些明事理的家伙,或曰伟大的人,他们居然认出了神。

料必早又有人不爱听了,什么神不神的,还不都是人的巧舌如簧?强权者皆善此道,从来都好装神弄鬼!

对呀,人,才要装神弄鬼。故此,强权的天敌先就不能是人,其次还得是人不能装也不能弄的——什么呢?"名可名,非常名",姑且称之为"神"吧;当然也可另赋其名,比如"道"。但无论何名,意思还是那个意思,即存在的最初之因,道德的最高判断。莫争,莫辩,上帝对约伯说过:我创造世界的时候你在哪儿!

请问:神在哪儿?说好听点儿,您这是开玩笑,说不好听的——您现在就是装神弄鬼!

所以嘛,人既要放弃好听的,又要放弃不好听的,然后看看——那不装不弄的神到底在哪儿。

在哪儿呢?几千年前有些伟大的人就已经看明白了,故将人力永不可及的无限之在,称为神;将不分国族的灵魂拯救方略,称为神。前者可称之为"造物主",造物主不由分说地给人以困阻与苦难;后者则被信为"救世主",救世主不容置疑地教人以不屈与互爱。这些伟大的人自认是受救者,担当不了最高的判断者,唯望圣灵能够降临人心。

为什么选定一个"神"字呢?一是因为,他神秘莫测地已然把人的处境安排停当;二是因为,他高不可攀到人休想与他讨价还价;三是因为,人类心中,早已先验地埋下了神命的受体,或对善爱的响应——宗教信仰的长盛不衰、历久弥坚即是证明。因而,神,意味着不容漠视,不可违背,不由分说,却又随时与人接近;这与装神弄鬼的强权,或骗吃骗喝的迷信,完全两样。

怎么两样?问题还是:如何区分!

最要紧的一点是:别让人——不管谁——从中插一杠子。神,拒绝中介,拒绝人写的"使用说明"。

那您现在的勾当算怎么回事？一切神说难道不是都由人传？那么，凭什么来辨认这是神的原著，那是人的改编？

凭的是：人说与不说，都是人躲不开的那些处境，比如生与死。凭的是：人再怎么智慧，也有其无可设问的那些事物，比如有与无。凭的是：无论谁心里都有的价值本能，比如相应于善与恶的爱与怕。

后一条缺乏证据吗？证据之一是：任何人干了坏事心里都不自在，尽管显意识可以掩盖它，甚至掩盖到只在梦里莫名其妙地显现；而相反的行为则会让人心安理得，甚至引以为荣耀。证据之二是：素不相识者，只要语言相通，都可以毫无障碍地讨论善恶，无须先做界定；否则，没有价值标准，人与人之间其实不能说话。

既如此，神不多余吗？

但是，人会掩盖罪恶、夸大光荣、模仿激情、假冒真诚……神将揭穿这一切丑行。这揭穿，即证明神在，因为这揭穿的胆识不可能不是经由信念，而信念并不都由理性推出，而是站在理性尽头的那些伟大者，凭其眺望、凭其谛听、凭其感悟……总之，是凭其茫茫无路时对人类的一份执着的热爱所揭示的。人的躯体中，或灵魂里，确如浮士德博士一般，是一场魔鬼与上帝的赌局——或是善本能得到响应，或是恶本能日趋强化。

所以拒绝中介，要每个人直接与神对话，听到神的声音。上哪儿听去呢？不是上哪儿去听的问题，而是用什么去听——用心，而不是用耳。平心静气地听，谁都听得见——心底一直都在的那些正念，望眼欲穿，跃跃欲试，只等神子来把它点燃。不是脑袋发热，是心的照亮，一切真呀、善呀、美呀、公正呀、爱愿呀……被照亮的心都能立刻认出它们。不可能认不出。那不是智力的事。你凭什么说你认不出？你说你认不出什么呢？所以你已经认出了。

我们所以在"自由平等"与"终极价值"之间常绕得糊涂，并非因为二者有着非此即彼的冲突，而是因为我们受了"中介"的诱骗——比如诱骗亚当和夏娃的那条蛇,倒把气撒到了"终极价值"身上。

有理有据地取消了最高的中介,而非最高本身,人才能不受强权之害,而使自由平等得其保障。但自由平等却是底限,仅仅是底限,一个"限"字说明它是要确保的,比如说,即便是个游手好闲的家伙,你也得让他有个活路——而这却是出自最高判断,即神命,没人可以对此讨价还价。上线则不同。上"线"而不是上"限",是说人对善与美的追求,对神秘事物的追问,是不受限制的——人的残缺令人无权去限制,而神的无限表明神不会去限制。上线不断被超越,正是神的期待,人的希望,是一曲演奏不完也欣赏不尽的天籁之音。

所以"上线"一定是高于"底限"的,但他们不是轻蔑与被轻蔑的关系,而是存在的必然,是保持存在的动态与和谐的必要。这个必然与必要,是不可以在其任何一点上被破坏的;而破坏,从来都在两个方向上显示:一是"上线"对"底限"的轻蔑,甚至打击,即精英主义的过度;二是"底限"对"上线"的抹杀,甚至敌视,通常是价值虚无的泛滥。

2008 年 8 月 5 日

欲　在

　　信者境界,或可一字概括:爱。思者境界呢,三个字:为什么?

　　一说到爱,人生之荒诞便似得到拯救,存在之虚无也似有了反驳。但是为什么呢?为什么偏偏是爱而非其他,比如说为什么不能是恨?

　　若把迁延漫展的人类历史比作一部交响曲,每个人就都是一个音符;音符一个接一个地前赴后继,才有了音乐。这比喻若无不当,恨就是必遭淘汰的。恨意味着拒斥他者,是自行封闭、相互断裂的音符,结果是噪音。噪音占了上风,音乐势必中断,意义难免消解。爱却不同,爱是对他者的渴望,对意义的构筑。爱,既坦然于自己的度过,又欣然于他者的取而代之,音乐由之恒久,意义才不泯灭。

　　当薄弱的音符跟随了丰饶的音乐,或遥远的梦想召唤起孤单的脚步,生命便摆脱了不知所求的荒诞,存在便跳出了不知所从的虚无。所以爱是拯救,她既拯救了音符又成就了音乐,既拯救了当下又成就着永恒。再要问为什么,那就只能是问:我们为什么要音乐而不仅仅是音符,为什么要意义、要永恒而不仅仅是活在当下了。回答是:欲在——人类要生存下去,世界要存在下去。

　　至此就不能再问为什么了,这是上帝的意图。所谓上帝的意图,是说,此人力所不可抗拒的处境、人智所无能更改的事实。创世之因众说纷纭,后果却是一样——不容分说地都要由人来承担。为什么要承担呢?回答还是:欲在——世界要存在下去,人类要生存下去。

至于创世之法,无论专利何属,都是两条:一是分离,即从无限的混沌中分离出鲜明的有限之在;二是感知,即人对世界的感知,或有限与无限的互证。而前者是亲和的势能——爱欲由之诞生;后者则注定了迷茫——困苦因而必然。对此也要问个为什么的话,回答可以相当严厉:否则一切都不存在;也可以比较浪漫:创造要存在下去,存在要创造下去,上帝乐此不疲,结果还是那两个字:欲在。

好吧,欲在,可这有什么意义吗?有哇!一是警告轻狂:生命是一出时时更新的戏剧,但却有其不容篡改的剧本。二是鼓舞乐观:每一个被限定的角色,都可以成就一位自由的艺术家。

爱,所以不是一件卿卿我我的小事,更不止于族群繁衍的一道必要程序。爱是受命于上帝的一份责任,是据其丰饶乐谱的一次次沉着的演奏。既要丰饶,则必水复山重、起伏跌宕,则必奇诡不羁、始料未及,或庄严沉重,或诙谐恣肆,甚至于迷茫困顿、荒诞不经……总之,丰饶的收益是驱除了寂寞,代价是困苦的永恒伴随。爱,所以又不是命运的插曲,不是装饰音,是主旋律——所有的乐段中都有她的影子,时而明朗,时而隐约,昂扬高亢或沉吟低回。

所以,尼采说伟大的人是爱命运的。爱命运才是爱的根本含义,才是爱的至高境界。并非所有的命运都会让人喜欢,但不管什么样的命运你都要以爱的态度来对待,这不单是受造者(局部或当下)对创造者(整体或永恒)的承诺,更是上帝(音乐)拯救人(音符)于魔掌(噪音)的根本方略。魔掌者何?佛家有很好的总结:贪、嗔、痴。

借助上帝的创造,魔鬼也诞生了。魔鬼必然诞生,否则神圣何为?或者竟是,为了遏制魔鬼的统治,上帝才开始其创造的吧:"太初,上帝创造宇宙,大地混沌,没有秩序。怒涛澎湃的海洋被黑暗笼罩着。上帝的灵运行在水面上。上帝命令:'要有光',光就出现。上帝看光很好,就把光和暗隔开……"上帝以其丰饶的音乐照亮了黑暗,以其鲜明的有形拓开了混沌,以其悲壮的戏剧匡正了无序。所以人不该埋怨命运。人埋怨命运,就像果实埋怨种子,就像春风埋怨寒冬、有序埋怨混沌、戏剧埋怨冲突……但照此逻辑推演下去,必致问题的不可收拾:是否光明也要喜欢黑暗,美好也要喜欢丑恶,智慧也要喜欢愚蠢……最终上帝也要喜欢魔鬼呢?麻烦了,麻烦的是这逻辑不无道理。

看来上帝应该是喜欢魔鬼的,否则他让我们喜欢存在即属无理。这推论很是诚实,而诚实,难免会引出进一步的问题——

上帝你不喜欢魔鬼,为什么要造出魔鬼?——这是对上帝的价值追问。上帝他并不喜欢魔鬼,但要创造一切就不得不放出魔鬼。——这是对上帝能力的质疑。上帝我喜不喜欢魔鬼,与你(们人类)何干?——这差不多就是上帝给约伯的回答。

听明白了吗?对人来说,这是一位冷漠的上帝。但对宇宙来说,这是一位负责任的上帝。正如对戏剧来说,这是一位明智的编导。但是对角色和演员——尤其是一个卑下的角色,或一位拙劣的演员来说,怎样呢?难道为了排遣上帝的寂寞,就得有那么多无辜的生命去忍受那么多悲惨的命运?《卡拉玛佐夫兄弟》中有一句严厉的抱怨,大意是:这戏剧的代价我们付不起!

不过约伯却非如此。听罢上帝的回答,约伯不再委屈,反而坚定了信念。约伯听懂了什么?想必就是尼采的那句话:爱命运。

爱命运,不等于喜欢命运。喜欢,意味着欲占有;爱,则是愿付出。躲避疑难的戏剧,就像酒肉朋友的闲聊,或相互吹捧的研讨会,有意煽情,无心付出。记得有人说过,"煽动家的秘诀就是表现得像其听众一样愚蠢,以便听众觉得自己像他一样聪明"。套用一下就是:煽情者的秘诀是表现得像听众一样脆弱,以便听众感觉自己像他一样多情。而付出,或疑难,却不单是角色和演员的事,也是观众的事;或者说,在生命的戏剧中并没有纯粹的观众。

所以,上帝并非是让你喜欢存在,而是要你热爱存在。他也并非是喜欢魔鬼,而是以其不惧魔鬼的创世勇气,来启发人们不避疑难的爱的能力。

要紧的是,得分清上帝的三重含义,或基督信仰的"三位一体"——圣父、圣子、圣灵。圣父即创造了世界万物的那一位,故名创世主。圣子即来到人间与人同苦、教人互爱的那一位,故名救世主。圣灵呢,则是指一种时刻、一种状态——即那神圣的爱愿降临人间的时刻、落实于人之内心或监督于人之左右的状态。所以伟大的戏剧,刘小枫说,皆为圣灵降临的叙事。

说神,道主,怕又要惹人疑忌。其实呢,"名可名,非常名","姑且名之"罢了。比如前一位,你叫它"大爆炸"也行,谓之"太初有道"或"第一推动"也可;名者,不过为着言说之便。关键在于,无论何名,人也弄不清那创世之因到底是咋回事——比如"第一推动"是谁在推动?最初的有——比如进化的起点,是怎么有的?然而,我们处身其中的这个世界确已从无到有,那就必具其因。而这因,却是神秘无比,人类现在不能、将来也未必就能了然其究竟。于是乎,神秘使之得名为"神",人类与之相比的无知无能的地位,使之得名为"主"。任何人,不管是有神论者还是无神论者,都会在人力无能把握的危难面前祷告一声:上帝(或老天爷)保佑吧!——那就是他。

所以创世主当然是高高在上,当然是高不可攀,唯敬畏之而不可企及的。因而他常是一副冷漠无情的面孔,正所谓"天地不仁,以万物为刍狗",你可以向他祷告、向他申诉,但除非运气好得过分,多半是要碰壁的。约伯的经验给人启发:上帝创造了世界,却不单是为某一个人创造的,也不单是为某一类叫作"人"的生命而创造的。譬如那轰然一响瞬间成就了无限可能的"大爆炸"吧,可理会你约伯或史铁生因之会有什么难处吗?就好比球赛,唯其公允方可开展,那就只有听凭无情的规则了,再大的球星也休想求其优惠。否则神将不神，人情的"后门"一开，或育贪官，或养黑哨。

能向他诉说和讨教的是后一位：救世主。虽然他也是前一位的作品，但若没有立于迷茫之中的人的探问与呼告，他便隐身于前者而永不诞生。所以也要感谢前一位，正是他的冷漠，为人启示了一条并不能根据物（质）而是要赖于（精）神的道路；正是他的无情，迫使人去为心魂另寻救路——而这正是救世主诞生的时刻！在人孤苦无告而不断询问与呼唤之时，他以其多情脱颖于无情；在人四顾迷茫而不见归途之际，他以其爱愿，温暖了这宇宙无边的冷漠。

是呀，命途无常，我们难免会向前一位祈求好运，此人情之常，无可厚非。只要记得：真正的神恩，恰是那冷漠的物界为生命开启的善美之门，是那无限时空为精神铺筑的一条永不衰减的热情之路。

先哲有言：神不是被证实的，而是被相信的。"看不见而信的人有福了"，并不是说盲从就好，而是说再精明的理性也是有限之在，难免会在与无限的交接部触及盲区，陷入疑难，对此你必须，或必然要为自己树立一个非理性的信念。比如在死亡面前，愚弱者选择颤抖——幸好这恐惧并不长久；勇猛者选择闭目——肚里咬牙，心中没底，纵身跳向混沌；而信者坦然，并劝那一躯肉身——比如史铁生——也要镇定，以便看那永恒的"欲在"将展开怎样的另段路程。

但信者中还有一路，欢欣鼓舞于即将上天堂——这也不坏，尤其是为此他们做了许多好事作为铺垫。但依思者来看，除了降临于心的圣灵或天国，哪儿有什么"无苦而极乐"的所在？不过这问题倒不太大，倘其真的抵达天堂，虽不能闻，我们也还是要向他们发出祝贺。若其终未找到那样的终点呢，则愿他们"心若在，梦就在，只不过是从头再来"。这样，料必就会合情合理地磨炼成一种信念：心与梦一直都在那丰饶的音乐中，一次次沉着的演奏即是天堂,哪有什么终点?

　　但问题好像还没有完:神是被相信的,可人是如何相信的,又是为什么要相信呢? 欲在——最简单的回答还是这两个字。但是,为什么一定是"欲在",就不能是"不在"或"欲不在"吗? 先说"欲不在"吧——欲不在的前提是在,而真正的欲不在者早已经不在了,可你为什么还在? 再说"不在"——不在者不思不问、无知无觉,对它们取一份"爱护自然"的态度也就够了,无须理睬。

2008 年 8 月 30 日

门 外 有 问

玻尔说:"物理学并不能告诉我们世界是怎样的,只能告诉我们关于世界我们可以怎样说。"据此当可相信,世界自有其——"是怎样的"——面目,只是我们不可能知道,即无论我们怎样观察和描述它,都注定是片面的,甚至是歪曲。而且,这片面与歪曲,并非是由于我们的观察或描述的尚不完善。

"测不准原理"也有这意思:世界原本是有准的,唯因"测"的干扰,"准"便隐藏起来。若非如此那倒怪了——如果世界压根儿就没准,又谈什么测不准呢?

可能是出此考虑,"测不准原理"被纠正为"不确定性原理",意在强调:(微观)世界的不确定性,并非是由于"测"的无能,而是由于其本身就变化无常。无常即无规律,可你是怎么知道那变化是无规律的呢?你已经把世界观测完了吗?还是说,那变化绝对地超出了人的跟踪能力,所以你摸不住它的脉搏,也就看不出它有没有规律?前者明显是不可信,后者则是说它也可能有规律。故而严峻的问题是:如果有规律,所谓"不确定性"就还是要归咎于"测",否则问题就更要刁钻些——是谁,凭什么,有权断定人找不到的东西就等于根本没有?

或许,"意义"二字有此权力。人找不到的东西,即属对人没有意义的东西,更是人无法谈论的东西,对相信"人是万物的尺度"的实证主义者而言就等于根本没有。比如规律,也不过一种人为的尺度。

《上帝掷骰子吗》一书中说:"不存在一个客观、绝对的世界。唯一存在的,就是我们能够观测到的世界……测量行为创造了整个世界。"这让我——一个物理学的门外汉,不免深陷迷茫。

首先,"我们能够观测到的世界"一语,已然暗示了还有我们观测不及的世界,或拒绝被我们观测的世界。

那么其次,"测量行为"又怎么会"创造了**整个世界**"呢?最多只能说它创造了一个人的世界,即被人的观测半径所限定的世界,或是人可赖以建立意义的世界,因而它当然还是主观或相对的世界;为示区分,则不得不称那"整个世界"为"一个客观、绝对的世界"。

第三,"一个客观、绝对的世界"之确在的证明是:它并不因为我们的观测不及,就满怀善意地也不影响我们,甚至伤害我们。当然了,我们无法谈论不可知的事物,但这不等于它因此就不给我们小鞋穿。

因而你可以说,一件不可证实也不可证伪的事是没有意义的,但不能说那是根本没有的。意义,是基于人的感受而为人确立的价值取向。用柏拉图的话说,就是囿于洞穴的认识,而为洞穴生命所相信的真。用尼采的话说则是,唯限于"内部透视"或"人性投射"的世界,是我们能够谈论的。这样看,"测量行为创造了整个世界"就不过是洞穴中的认识,所谓"整个世界"就仅仅还是个"人性投射"的世界。

所以,爱因斯坦认为上帝从来不掷骰子,在我们的"视野之外有一个广阔的世界,它独立于我们人类而存在,如同一个伟大而永恒的谜摆在我们面前,然而至少能被我们的观测和思维部分地理解"。[1]

他与玻尔的争执,想必主要是因为,他不仅不信这世界是没准的,而且不信它是"测不准"的。但量子力学的屡屡胜出,证明了伟人也是人,不管上帝掷不掷骰子,人也不可能看清上帝的底牌。但看不清上帝的底牌,不等于上帝就没有底牌。你可以说,我们只能靠手中这把牌为人的生命建立意义,却不能说这便是上帝手中全部的牌。

但是别急,事情料必没这么简单。事情也许是这样的:只有我们观测可及的事物,才能影响到我们。换句话说:凡是能够影响到我们的东西,必也是我们能够观测到的东西。因而,就算洞穴之外别有天地,但它对我们既无意义,也无影响,于此前提下讨论其有与无,实属无聊之举。是呀,似乎也只有这样,才能拯救"测量行为创造了整个世界"这一思想。

可是,果真如此的话岂不等于是说:观测不及等于不受影响,观测不及等于影响不到吗?天哪,掩耳盗铃可还有什么错误呢?

错误在于,有人把"影响"完全等同于"观测"了。然而"影响"完全可以在"观测"之外,不是吗?就连都有什么在影响我们、在怎样影响我们,我们还不清楚呀!比如说人是怎么来的?太阳终于毁灭之后人会怎样?比如说我们是这个世界的主宰,还是我们被什么所主宰?如是者数不胜数,怎么就敢把"观测"等同于"影响"呢?

观测是主动的——**要观测**,影响是被动的——**被影响**,而"**要观测**"是否多少包含着"**欲把握**"一类的念头呢?很可能,正是这"**欲把握**"的潜意识,将"观测"与"影响"混为一谈了,这才有了"不存在一个客观、绝对的世界"和"唯一存在的,就是我们能够观测到的世界"这样的疏忽,或这样的雄心壮志。

但有一点要说明:"存在"一词,若仅仅意味着被人意识到或观测到的事物,那么以上文字全算瞎说,而引导这瞎说的文字则属矫情。

开篇所引玻尔的那句话——"物理学并不能告诉我们世界是怎样的……"应该还有一种暗示:这并不影响我们宁愿对生命持一种态度。也就是说:人的精神信念,并不以弄清世界的物理真相为前提。甚至是说:精神信念的建立,必须,也必然是要以一个不明其物理真相的世界为前提。

可是,假如这样的话,还能说,人找不到的东西,即属对人没有意义和人无法谈论的东西吗?还能说,"人是万物的尺度"吗?

事实上我们正在谈论一些我们找(观测)不到的东西,并准备谈论它给了我们怎样的人生启示。比如,正因为弄不清一个物理世界的真相,信者才不再以物利来辨认他的神;正因为弄不清创世主的全部意图,爱者才皈依了十字架上的真。也就是说,人文精神是独立于科学主义的。实际上,人的聆听,要比人的观察与把握广阔得多。人只能看到一个"洞穴"世界的围困,却能听见一个神性世界的启示,从而那围困中便有了无限可能的道路。

人怎么可能是万物的尺度呢?人——这一有限之在,不过沧海一粟,不过是神之无限标尺中一个粗浅的刻度。孙悟空尚且跳不出如来佛祖的手心,人的测量又岂能"创造整个世界"?

科学的伟大,也许恰在于科学的无能。人曾想象天上人间,人曾向往月宫中的玉树琼楼,可待到"阿波罗"终于登月,人才明白,沧海一粟依旧是沧海一粟,我们知道的比过去更多了,疑难却并不比过去更少,幸福也不比以往更近。这便是科学的功绩。科学曾令人张狂到自信胜天,唯踏上荒凉的月球表面,人的真正智慧才被激发:世界是无限的,而人的力量永远是有限的;有限与无限之比意味着什么,则刚好证明了人的地位。

实际上,人一出生,或一经被创造,就已然面临了两种终极询问:世界是怎样的？我们该怎么办？人就是这样长大的吧——所有的孩子都会看重前一个问题,而成长着的心灵则日益倾向于后者。

我这个数学的门外汉,斗胆对哥德尔的"不完备性定理"做如下引申:任何一种认知系统都注定是不完备的,即一切人为的理论,都难于自我指证。比如法律,这一人定的规则,其合法性根据终不能是出于人自身。比如洞穴中的观察、"内部透视"或"人性投射",皆必"只因身在此山中"而注定是"不知庐山真面目"。为什么呢？一切有限之物,必因无限的衬比,而显露自身的不完备。而无限呢,又因其自身的无边无际、无始无终,而永无完备可言。

可这岂不是说,世界上压根儿就没有完备的事物吗？或这世界本身,压根儿就是不可完备的吗？这样说下来,是否又要回到"不存在一个客观、绝对的世界"去呢？因为,在一个永不完备的世界上行走,生命的意义只好是相对的。比如一盘尚未下完的棋,你怎能判断哪一步是对、哪一步是错呢？这下麻烦又大了,这等于是为实证主义或经验主义开辟了通途,为道德相对主义找到了合法性根据；也就是说,并没有一种绝对的"正义"或"真理"需要"主持"或"主张",而是随便什么主意都可以是对的,哪怕是杀人越货。

不过这是两码事。世界的不确定性,正说明它——这一创世主的作品,是人或洞穴生命所不能确定和不可把握的"一个客观、绝对的世界"。但这并不意味着,人生的意义也是不能确定和不可把握的。我们不能把握"一个客观、绝对的世界",恰恰暗示了,我们能够把握一个主观世界,即一个有意义的、人的精神世界。或者说,我们恰恰是根据一个不能确定、不能把握的外在世界,来确定和把握我们内心世界的,这便是信仰。信仰,所以不同于科学,是不倚仗实证的。信仰,所以不能由强人来指认,就因为那是向着空冥与迷茫的祈祷,是苦弱并谦卑者要为自己寻找的心路——为灵魂制定的美好方向,为理想设计的可行性方针。

而实证主义或经验主义却说:"任何想超越我们经验的企图,都会沦为彻头彻尾的胡说","如果一个人想不出任何可能的经验情形可以作为命题的确证……(那就)完全不具有意义……就是伪命题"。[②]果真如此,人岂非仅仅是一种能对眼前处境做出反应的动物了?人有别于其他动物的智慧哪儿去了?人对终极处境的思问哪儿去了?人的想象力和创造力哪儿去了?人的艺术能力——即在平庸而荒诞的生理性生活中,开辟出无限可能的精神性生活的能力,哪儿去了?

这些能力,把我们带出仅靠反映谋生的畜类,继而把我们引向人性的发问,最终使我们沐于神性的光照。是呀,创世主的无情已然确定,人把握不了"一个客观、绝对的世界"已然确定,我们永远要在一条不完备的路上行走已然确定,因而注定了我们只可据此背景来构筑我们生命的意义。然而,存在的虚无性、生命的荒诞性、道德的相对性并没有被确定,因为在这条有限的人生路上,一种智慧触到了它的边缘、从而听见了无限的神启:要把一条困苦频仍的人生之真路,转变成一条爱愿常存的人生之善路;要把一条无尽无休、颇具荒诞的人生之实路,转变成雄关漫道、可歌可泣的人生之美路!如此,相信"唯一存在的,就是我们能够观测到的世界……测量行为创造了整个世界"就是危险的;危险在于,自以为"创造了整个世界"的人,会把幸福完全托付给改造物界的雄心,以致忽略了心灵的完善。

令我——这个数理科学门外汉——担忧的是,也许我并没把本文所引的那些大师的话听懂。但更令人担忧的是,《上帝掷骰子吗》一书中的某些思想,不幸使篡取神位的强人有了"科学"的支持。

---

① ② 引自丽贝卡·戈德斯坦《不完备性——哥德尔的证明和悖论》。

2008 年 9 月 27 日

理想的危险

——就《我的丁一之旅》给邹大立的回信

邹大立：

你好！

收到你的信，以及你和网友谈论《丁一》的文章。在西安玩得太累，那晚无力多聊，实在抱歉。不过，关于《丁一》还是笔谈的好。

说《丁一》写的是"欲望双刃剑"，不如说是"理想双刃剑"。"欲望"本来可褒可贬，正如生命，压根儿就蕴含了美好与丑恶。而"理想"一词从来都是褒义，是人生向往，是精神追求。但理想的结果，却未必总能如其初衷。黑格尔给悲剧的定义是：相互冲突的两种精神都值得我们同情。这定义也可引申为：相互冲突的两种行径，悲喜迥异的两种结果，竟始于同样美好的理想。

丁一（或顾城）的爱情固不符常规，否则其理想色彩也就暗淡，但究其根本，难道有什么不好？然而它却导致了一场悲剧。这到底怎么回事？在爱的理想与杀戮的结果之间，究竟有着一条怎样的路径？

我并不认识顾城，只是读过一些他的诗。我写《丁一》也不直接由于顾城事件，甚至到现在也不了解其全貌。但那海岛上的悲剧，自一听说我就感觉没那么简单，但也是懵然不解其意。唯随岁月迁移，或情智成长，才知其不可轻看。所以不可轻看，不单是因为一个诗人的杀人,更在于它深刻触及了爱的意义、性的本质、艺术与现实的冲突,最终引出一个永远的课题:理想的位置。可以说,人类的一切文明成就,一切争战缘由,一切光荣与堕落,都与如何摆放理想的位置根本相关。

爱情所以是一种理想,首先是因为,她已从生理行为脱颖而出,开始勾画着精神图景了。事实上,人类的一切精神向往,无不始于一个爱字,而两性间的爱情则是其先锋,或者样板。

于是丁一总有个想不通的问题:爱情,这一人皆向往并千古颂扬的美好情操,何以要限定在两人之间?换句话说:一件公认的好事,怎么倒是参与者越少越好?多一个人怎样?3至N人如何?后果不言而喻。可这到底为什么,人们不是口口声声地赞美并企盼着博爱吗?

噢,这里面有个性的问题。性的什么问题?性的禁忌!可这不跟爱情的限制是一回事吗?问题还是:性,这一生命不可或缺的行为,何以让人如此惧怕,以至于要严加防范?曾经是为了财产继承,为了种姓兴旺,但随时代变迁,尤其是有了爱情的超越,这一层考虑早已相当淡薄,性何故依然是马虎不得?

可你说它马虎不得吧,它又在自由的名下多有作为,比如娱乐,比如表演,甚至艺术。然而无论怎样自由,性还是逃不脱其天赋的限制。娱乐,表演,艺术……但有个前提:得表明这仅仅是娱乐,是表演,是艺术,并没有别的事。罗兰·巴特好眼光,从中看出了"裸体之衣"![1] 比如裸体舞者,一无遮蔽吗?不,她穿上了一袭名为艺术的"裸体之衣"。此衣无形,却如壁垒森严;其舞无声,却宣告了一道不可跨越的隔离。

宣告,啥意思?语言呀!那灯光,那舞台,那道具……构成了参与者的共同约定,或"裸体之衣"的无声强调:"这是艺术,请勿胡思乱想!"可为什么要强调呢?孩子不守纪律,老师才要强调:

"这不是你们家,这是课堂!"同样道理,恐怕有人还是胡思乱想,在心里说着别的话,所以才要强调:"这不是你们家,这是舞台,这是剧场!"别的话,是什么话呢?又是谁在说?裸体在说,甚至是性,在悄悄地说。说什么?说什么你自己想,想不出来未必是很纯洁,更可能是太傻。

但有一事已得证明:裸体是会说话的,尤其性,在专事繁衍后的千百年中已然成长为一种语言。怎样的语言?比如是爱情的表达:"这不是公共场所,这是围困中的一块自由之地(譬如孤岛),这儿赞美胡思乱想,这儿纵容胡作非为,这儿看重的是冲破一切尘世的隔离。"

当然,这语言也可以是无爱或不爱的表达。比如太过随便的性行为,不过就像聊了回闲篇儿,说了顿废话,与爱情毫不相干。而对性事的蓄意不恭呢,比如公开的越界,肆意的胡来……则已是一份明确的毁约声明了:既往的爱情已告终结。

所谓"冲破隔离",冲破什么的隔离?"裸体之衣"既不蔽身,它究竟隔离了什么?心哪!这世上最为隐蔽的是心哪,最不可随便袒露、随便敞开的不是身体,是心哪!"裸体之衣"真正的强调是:"我袒露了身体,却依然关闭着心。"心其实不善娱乐,心常陷于孤独。心更是不要表演,表演的是身体,心在忍受谎言。而一切真正的艺术都是心的呼喊,都是心在吟唱,或是心借助身体无奈地模仿着敞开。

何故模仿敞开?那是说:心渴望敞开,却不得不有所防范。刀枪之战需要铠甲来抵挡,心灵之战则要关闭起你的心。爱情,是孤独的心求助于他人的时刻,可他人又是怎样想呢?倾慕是否会换来鄙视?坦率是否会被视为乞求?关闭的心于是又模仿强大,模仿矜持和冷漠,甚至以攻为守……致使那真诚的心愿,不得不在假面与谎言的激流中漂泊。

这事得怨上帝,是他以分离的方法创造了世界,以致我们生来就是"人心隔肚皮"。但你不能怨上帝。有数学家说:"像我们这样有局限的生物……深深的不安来自我们对一切无穷的东西完全缺乏自信。然而如果不是隐含地涉及无穷,根本就不会有任何数学。"②我猜,上帝的创世必也是这样考虑的:若不分离,安得有限?若无有限,怎涉无穷?若非有限与无限的对峙,或有限对无限的观察,又怎么谈得上存在?上帝看存在是好的,事情就这样成了。我们这些有限的生物也就有事干了。我们这些被分离的家伙便欲海情天地渴望着团圆了。

但团圆之路危险丛生。人生来就有差别,社会又在制造差别;差别导致歧视,歧视又在复制歧视……故而每一颗心都是每一颗心的陌生之域,每一颗心都对每一颗心抱以警惕,每一颗心都在重重险境中不能敞开其梦中的伊甸。但这也正是爱的势能吧——所有的心都在相互渴望!与其说上帝造成了人心的隔离,莫如说他成就了人间的爱愿。问题是,具体到实际可怎么办?博爱尚远,就先把这理想局限于两性间的爱情吧;所以我说她是先锋,是样板。据说,以繁衍的成本计,性别实属浪费。果真如此,我们倒可对其目的做更浪漫、更优美的猜想了:那是上帝赋予情人们的一份信物,或给团圆的一项启示,给博爱的一条思路。《丁一》是说,这就像上帝给人的最后机会:在这危险系数最小的一对一关系中,人啊,你们若仍不能倾心相爱,你们就毫无希望了。

但这依然意味着冒险。所有的爱情都是一次冒险——在这假面攒动、谎言充斥的人流中,你怎么知道哪儿是你的伊甸,谁又是你的亚当或夏娃?情种丁一曾多次试探,他把性当作爱的试金石,企图辨认出那一别经世的夏娃。孰料,性完全可以仅仅是性,冒充爱、顶替爱,却不见夏娃之行踪。唉,这哪里是为了团聚的分离,这明明是加固着隔离的一次次"快餐"呀!幸好情人们都通情达理,甩下一片冷漠,各自消形于排山倒海般的人流了。

幸好吗?"通情达理"曾属赞誉之词,在如今的恋人中间尤得推崇,但于爱情这到底是喜是忧?还有"潇洒",还有"太累"和"别傻了你"……如今的"爱情"似都已沧桑历尽、宠辱不惊了。此理想之衰微,还是理性之成熟?

丁一不愧情种,对"夏娃"念念不忘,为理想寻遍天涯,为实现他的"戏剧"而百折不挠。实现——理想之剑的危险一刃已现端倪。

戏剧,仅仅是把现实搬上舞台吗?太说不通。一切文学、艺术、戏剧,无论是对丑恶行径的夸张,还是对善美事物的彰显,究其实,都是一处理想性或可能性生活的试验场。我猜这小小环球之于上帝,也是一场实验性的戏剧吧——听那块落入红尘的"宝玉"终有何想,或看那信誓旦旦的"浮世之德"究竟是何走向。

我赞成丁一与娥对戏剧的理解:让不可能成为可能,使非现实可以实现。这才是戏剧之魅力不衰的根本,这才是虚构的合理性根据,这也才是上帝令人类独具想象力的初衷吧。艺术,实为精神追寻的前沿,故其常不顾世俗成规,也不求大面积理解。何谓"先锋派"?艺术从来都是先锋派。先锋,绝非一种行文模式,而是对精神生活之种种可能性的不屈的不尽的询问。我以为,尼采所说的"超人"也是此意——并非法力无边、唯我独大,而是不断超越自己的凡人。丁一与娥即属先锋。他们奇想迭出,成规尽弃,在自编自演的戏剧中品尝着爱的平安——谎言激流中的相互信任;体会着性的放浪——假面围困下的自由表达;甚至模拟心灵的战争与戕害——性虐;性虐之快慰何来?先造一个残酷的现实模型,再看它轰然毁灭于戏剧的可能性中。

但丁一渐渐把戏剧与现实混为一谈。他忘了,戏剧只在约定的舞台上才能实现,而爱情终难免要走出剧场,走进心灵之战依旧如火如荼的现实中去。这有意无意的忘却,又由于萨的到来,娥的默认,以及"丹青岛"的传说,令此丁实现其理想的热望不断升温。

然而先哲有言:只要三个人,就要有政治了。③两个人可以完全是感情的事,好则百年,不好则分道扬镳,简单得很;要是再来一位呢,可就不是添一份碗筷的事了。3人恋,仅一份"1 爱 2"可不行,不公平,也不安全;算起来得是"1 爱 2"×3。就是说,每个 1 都得同时爱着 2,只需 1/3 的例外就要出事。听说,确实有过三个人的和睦婚姻,但个例只是一道脆弱的彩虹。果然先哲又有话了:政治的首要问题是分清敌我。④三个人,总是一碗水很难端平,开始都是好朋友和特好的朋友,但最终反目成仇者并不在少数。

所以就有了政治。爱情是理想,婚姻则是法律。理想是从不封顶的精神上线,法律是不可违背的行为准则。政治何为?正是为了那从不封顶的永远不要封顶,那不可违背的谁也不许违背。

爱情被限制在最小范围,已是潜在的政治。爱情虽然超越了种姓和财产的束缚,却超越不了对平安——围困中的那块自由之地——的忧虑与渴求。什么在围困?心灵因何而战?价值,或者说是价值感。但其实是价格。尤其在这商潮汹涌的时代,名与利合谋把人都送上了战场,美可以卖,丑也可以卖,人和物一律都有标价;但未必能有战胜者,其战果多为抑郁症的蔓延。爱情便再次以理想的身份出面,呼唤着回归——她曾以精神的追寻从动物性中脱颖而出,现在又是她,念念不忘伊甸。当然,此乐园非彼乐园,爱情意在:使堕落的亚当、夏娃们重启心扉,推倒隔离,于一条永恒的路上——而非一座封闭的园中——再建爱的家园。

可这样,爱情的理想本质又令其不能安守现状,于是就有了进一步超越的梦想:3 至 N 人岂不更好?——这有点儿像当年的"一大二公"。但超越法律也就可能违犯法律,理想之剑的危险一刃正在这里。

危险并不在3至N人，不管多少人心心相印，都是法律管不着的；危险在于理想一旦忽略法律，政治便可能走向强权。政治的天职，恰是要摆平种种理想的位置。还是那位先哲的意思：所谓护法，绝不只是维护既定法律的严格，更根本的是，要维护其合法性根源不受侵犯——即人写的法律，务必要符合神的意旨，正所谓"天赋人权"！⑤比如生存的权利、追求幸福的权利，便是天赋或神定的人权。凭什么这样说？凭的是：这是终极答案，谁也不能再问它一个"为什么"。比如你问我干吗要写作，咱慢慢探讨；可你若问我干吗要活着，最好的结果就是我陪你去医院。要活着，已是终极答案，是人的天赋品质，即所谓的"自然正确"，故其是神定的权利。再比如，你问我为什么不革命？我说我害怕。你问我为什么害怕？我说我不想让一群人打我，然后说我是叛徒，或者把我杀掉。你还要问为什么吗？那我告诉你：我不是英雄也不想当什么英雄，这合法，而您已在违法的边缘。

丁一就是这样走到了违法的边缘（顾城已经走进去了）。丁一的理想不可谓不美好，且有幸遇到了志同道合的娥，以及萨。萨对那理想一直是若惧若盼，丁一极尽劝诱亦属正当。娥虽对那理想极尽赞美，却基于现实的考虑而中途变卦，对此丁一不能容忍。如是不能容忍的极端后果，一是毁灭自己，一是毁灭对方，当然最后也就毁灭了理想本身。我不想让丁一走顾城的老路，不想让接近这一路口的人都走那条老路。丁一或可出家？但总有些"无可奈何花落去"的味道；被迫逃上树的和主动爬上树的，所见风景必不相同。我只希望丁一的灵魂飞升得更高更远，终于看清那理想中埋藏的危险。

理想的危险，即理想的推行！既是理想，既是美好和非常美好的理想，你不想它扩大吗？不想扩大的其实算不上理想。但推行却可以毁灭理想。所以，理想于其诞生一刻已然种下了危险。那扩大的欲望，会从劝诱渐至威逼，会从宣扬渐至强迫，譬如唯我独大的宣扬已然就是强权了。但这丁一,理想障目不见现实,使理想成为现实的热望拿住了他。他的失望化作怒火,指向了娥,指向了萨,甚至指向了秦汉、商周和所有的人——你们这些庸人,你们这些理想的叛徒!他就差说这句话了。

人有此一种理想的权利,也有彼一种理想的权利,否则就不叫理想的权利。人有坚持理想的权利,也有放弃理想和改变理想的权利,否则还是没有理想的权利。然而,权利的平等,并不能抹杀价值的高低。还是那句话:前者是不可违背的现实规则,后者是不可封顶的精神追寻;二者并行不悖,或和谐相处,正是政治的职责。

叛徒,最是理想暴力的牺牲品,但究其根本,是政治的失责。但似乎,人们从未(或很少)关注叛徒的处境。叛徒,我倒以为多是良善之人,既具正义感,又有一颗向爱之心;正义感使之不忘匹夫之责,向爱之心则令其不忍连累无辜。能够指责叛徒的只有两件事:一怕苦,二怕死。但这不是人权吗?正义者缘何正义?不就是要铲除那些给人以苦、送人以死的暴政或恐怖之徒吗?为此,正义者不怕苦也不怕死,自当名垂千古;但若以正义为据,逼人以死,或让人一辈子生不如死,岂非绝大的讽刺!

骂一声叛徒多么容易,甚至是一件多么划算的事。我猜,人人都对叛徒的成因不闻不问,对叛徒的处境视而不见,却又都对叛徒嗤之以鼻、拒之千里,乃为同一件事情的两面。怎么个同一件事呢?即人人都有成为叛徒的潜质!这让人想起"文革"中的暴力,究其实,打人者多是为了表现忠勇,而所以要表现忠勇,不过是不想做那挨打的人。

《动物世界》中有句片头语:"有一天,当所有的动物都冲出牢笼,走向它们远古的栖居地,那一天便是野生动物的节日。"这差不多也是叛徒的心声吧。叛徒,最是可以验证政治是否正确,法律是否偏离了它的合法性根据,以及理想是否摆错了位置,或一个社会是否精神正常的试剂。

（注意：这里的叛徒，绝不包括旨在升官发财的出卖。）

我绝没有提倡放弃理想的意思。放弃理想，人将怎样？莫非也像野生动物，走向远古的栖息地？莫说这好或不好，只问这行与不行吧。

"姑父"的愿望着实诱人——退回到铸成大错之前的时空中去，让一切重新开始，但这只是无奈的安慰。据说，爱因斯坦的狭义相对论已然"摒弃了绝对时间概念，取而代之的是每一位观察者所特有的时空概念，以至于宇宙空间内'现在'的概念再也没有任何意义"。⑥但"现在"对于人——每一位观察者——却是有意义的，或其实，恰是意义造就了现在、过去和未来，从而造就了时间。所以倒退不得（比如退回到"康乾盛世"或"君主立宪"去），人在一条永恒行进的路途上，意义是其坐标；设若没有意义，你说"当下"是多久？在许多科幻作品中，人驾驶着超光速飞船回到了过去，并试图改造过去，依我看这是不可能的。倘若真有那样的运载工具，我们或可重新观察过去，却不可能参与其中。为什么？因为"时间"是由"意义"造就的，"过去"是被"往事"选定的，倘能参与，就又成了现在——以一种新的意义，选定了目前这新的时间。

"一切都是可能的，但我在这儿。""丹青岛"上那位女子看懂了人的处境：所谓命运，即无穷的可能性中你只能实现一种，无限的路途之中你只能展开一条——譬如叛徒，譬如烈士或英雄、敌人或庸人……时间果然残忍，但尽管如此，奇迹或魔术也非一条拯救之路。

动物的牢笼是有形的阻挡，人的牢笼是无形的隔离。有形阻挡的摧毁可期于人性之良善，无形隔离的消除却要仰仗神的光照——单靠人的正义就怕会走向强权。理想的位置正与艺术相近吧，即人性的渴望与神性的引领。善与美，切不可强力推行，否则直接变成恶与丑。艺术不可以没有,正如梦想不可以没有,而戏剧正是"不可能的可能,不现实的实现",就让它缭绕于梦中,驻扎于理性吧。但谁来把握这尺度呢?就看人有没有这样的智慧了。

愿丁一长进。愿"姑父"们在艺术的时空中得到安慰。

即颂

大安!

史铁生
2008 年 11 月 15 日

---

① 见罗兰·巴特《裸体舞》。

② 引自丽贝卡·戈德斯坦《不完备性——哥德尔的证明和悖论》。

③④⑤ 均见 Heinrch Meier《古今之争中的核心问题》。

⑥ 引自《新发现》所载之《科学的极限》。

诚实与善思

我来此史（铁生）眼看就是一个花甲了。这些年我们携手同舟，也曾在种种先锋身后紧跟，也曾在种种伟大脚下膜拜，更是在种种天才与博学的旋涡中惊悚不已。生性本就愚钝，再经此激流暗涌，早期症状是找不着北，到了晚期这才相信，诚实与善思乃人之首要。

良家子弟，从小都被教以谦逊、恭敬——"三人行必有我师"，"满招损，谦受益"以及"骄兵必败"等等，却不知怎么，越是长大成人倒越是少了教养——单说一个我、你、他或还古韵稍存，若加上个"们"字，便都气吞山河得要命。远而儒雅些的比如"问苍茫大地谁主沉浮？我们，我们，我们！"近且直白的则是"你们有什么资格指责我们！"

你们，他们，为啥就不能指责我们？我们没错，还是我们注定是没错的？倘人家说得对又当如何？即便不全对，咱不是还有一句尤显传统美德的"无则加勉"吗？就算全不对，你有你的申辩权、反驳权，怎么就说人家没资格？人均一脑一嘴，欲剥夺者倒错得更加危险。

古有"五十步笑百步"之嘲，今却有百步笑五十步且面无愧色者在，譬如阿Q的讥笑小D或王胡。不过，百步就没有笑五十步的权利吗？当然不是，但有愧色就好，就更具说服力。其实五十步也足够愧之有色了，甚至一步、半步就该有，或叫见微知著，或叫防患于未然。据说，"耻辱"二字虽多并用，实则耻辱大相径庭。"知耻而后勇"——"耻"是愧于自身之不足;"辱"却相反,是恨的酵母——"仇恨入心要发芽"。

电影《教父》中的老教父,给他儿子有句话:"不要恨,恨会使你失去判断。"此一黑道家训,实为放之诸道而皆宜。无论什么事,怨恨一占上风,目光立刻短浅,行为必趋逞强。为什么呢?被愤怒拿捏着,让所恨的事物牵着走,哪还会有"知己知彼"的冷静!

比如今天,欲取"西方中心"而代之者,正风起云涌。其实呢,中不中心的也不由谁说了算。常听到这样的话:"我们中国其实是最棒的!""他们西方有啥了不起!""你们美国算什么!"类似的话——我才是最棒的,他有啥了不起,你算个什么——若是让孩子说了,必遭有教养的家长痛斥,或令负责任的老师去反省;怎么从个人换到国族,心情就会大变呢?看来,理性常不是本性的对手。一团本性的怒火尚可被理性控制,怒火一多,牵连成片,便能把整座森林都烧成怨恨,把诚实与善思都烧死在里面。老实说,我倒宁愿有一天,不管世人论及什么,是褒是贬,或对或错,都拿中国说事;那样,"中心"的方位自然而然就会有变化了。此前莫如细听那老教父的潜台词:若要不失判断,先不能让情绪乱了自己,所谓知己知彼,诚实是第一位的。

何谓诚实?见谁都一倾私密而后快吗?当然不能,也不必。诚实就像忏悔,根本是对准自己的。某些不光明、不漂亮、不好意思的事,或可对外隐瞒到底,却不能跟自己变戏法儿,一忽悠就看它没了。所以人要有独处的时间,以利反思、默问和自省。据说有人发明了一种药,人吃了精神百倍,夜以继日地"大干快上"也不觉困倦和疲劳,而且无损健康。但发明者一定是忘记了黑夜的妙用,那正是人自我面对或独问苍天的时候。那史写过一首小诗,拿来倒也凑趣——

> 黑夜有一肚子话要说/清晨却忘个干净/白昼疯狂扫荡/喷洒农药似的/喷洒光明。于是/犹豫变得剽悍/心肠变得坚

硬/祈祷指向宝座/语言显露凶光……/今晚我想坐到天明/坐到月影消失/坐到星光熄灭/从万籁俱寂一直坐到/人声泛起。看看/白昼到底是怎样/开始发疯……

够不够得上诗另当别论。但黑夜的坦诚,确乎常被白昼的喧嚣所颠覆,正如天真的孩子,长大了却沾染一身"立场"。"立场"与"观点"和"看法"相近,原只意味着表达或陈述,后不知怎样一弄,竟成权柄,竟至要挟。"你什么观点?""你对此事怎么看?"——多么平和的问句,让人想起洒满阳光的课堂。若换成"你是什么立场?""你到底站在哪一边?"——便怎么听都像威胁,令人不由得望望四周与身后。我听见那史沉默中的回应——对前者是力求详述,认真倾听,反复思考;对后者呢,客气的是"咱只求把问题搞搞清楚",混账些的就容易惹事了:"孙子哎,你丫管着吗!"不过呢,话粗理不粗,就事论事,有理说理,调查我立场干吗?要不要填写出身呢?"立场"一词,因"文革"而留下"战斗队"式的后遗症。不过,很可能其原初的创意就不够慎重——人除了站在地球上还能站在哪儿呢?故其明显是指一些人为勾画过的区域——国族、村镇,乃至帮帮派派。当然了,人家问的是思想——你的思想,立于何场?人类之场,博爱之场——但真要这么说,众多目光就会看你是没正经。那该怎么说呢?思想,难道不是大于国族或帮派?否则难道不是狭隘?思想的辽阔当属无边,此人类之一大荣耀;而思想的限制,盖出于自我。不是吗?思想只能是自己的思与想,即便有什么信奉,也是自思自想之后的选择。又因为自我的局限,思想所以是生于交流,死于捆绑——不管是自觉,还是被迫。一旦族同、党同、派同纷纷伐异,弃他山之石,灭异端之思,结果只能阉割了思想,谋杀了交流。故"立场"一经唱响,我撒腿(当然是轮椅)就跑,深知那儿马上就没有诚实了。

诚实,或已包含了善思。善美之思不可能不始于诚实,起点若就闹鬼,那蝴蝶的翅膀就不知会扇动出什么了。而不思不想者又很难弄懂诚实的重要,君不见欺人者常自欺?君不见傻瓜总好挑起拇指拍胸脯?诚实与善思构成良性循环,反之则在恨与傻的怪圈里振振有词。

索洛维约夫在《爱的意义》中说:做什么事都有天赋,信仰的天赋是什么呢?是谦卑。那么,善思的源头便是诚实。

比如问:你是怎样选择了你的信仰的?若回答说"没怎么想,随大流儿呗",这信仰就值得担忧,没准儿恰就是常说的迷信。碰巧了这迷信不干坏事,那算你运气好,但既是盲从,就难保总能碰得那么巧。或者是,看这信仰能带来好处,所以投其门下?好处,没问题,但世上的好处总分两种:一是净化心灵,开启智慧;一种则更像投资,或做成个乱世的班头。所以,真正的信仰,不可不经由妥善的思考。

又比如问:人为什么要有信仰呢?不思者不予理会,未思者未免一惊,而善思者嘴上不说,心里也有回答:与这无边的存在相比,人真是太过渺小,凭此人智,绝难为生命规划出一条善美之路。而这,既是出于谦卑而收获的诚实,又是由于诚实而达到的谦卑。

所以我更倾向于认为,诚实与善思是互为因果的。小通科技者常信人定胜天,而大科学家中却多见有神论者,何故?就因为,前者是"身在此山中",而后者已然走出群山,问及天际了。电视上曾见一幕闹剧:一位自称深谙科学的人物,请来一位据说精通"意念移物"的大师,一个说一个练。会练的指定桌上一支笔,佯做发功状,吸引住众人的视线,同时不动声色地嘘一口气,笔便随之滚动。会说的立刻予以揭穿:"大家注意,他的嘴可没闲着!"会练的就配合着再来一回。会说的于是宣布胜利:"明白了吧?这不是骗术是什么!"对呀,是骗术,可你是骗术就证明人家也是骗术?你是气儿吹的,人家就也得是?照此逻辑,小偷之所得为啥不能叫工资呢?幸好,科学已然证明了意念也具能量,是可以做功的!教训之一:不善思,也可以导致不诚实。教训之二:一个不诚实的,大可以忽悠一群不善思的。

那么诚实之后,善思,还需要什么独具的能力吗?当然。音乐家有精准的辨音力,美术家有非凡的辨色力,美食家有其更丰富的味觉受体,善思者则善于把问题分开更多层面。乱着层面的探讨难免会南辕北辙,最终弄成一锅糨糊。比如,你可以在种种不同的社会制度中辨其优劣,却不可以以佛祖的慈悲来要求任何政府。你可以让"范跑跑"跟雷锋比境界,却不能让其中任何一位去跟耶稣基督论高低。再比如跳高:张三在第一个高度(一米二〇)上三次失败,李四也是在第一个高度(一米九〇)上三次失败,你可以说他们一样都没成绩,却不能笼统地说二位并无差别。又比如高考:A校有一百个被清华或北大录取,只一个名落孙山;B校有一个考上了清华或北大,却有一百个没考上大学。如果有人说这两所学校其实一样,都有上了清华、北大的,也都有被拒大学门外的,你会觉得此人心智正常吗?倘此时又有人义正词严地问:难道,教育的优劣只靠升学率来判断吗?——好了,我们就有一个头脑混乱的鲜活范例了。

乱了层面,甚至会使人情绪化到不识好歹。比如,人称黄河是我们的母亲河,而后载歌载舞地赞美她,这心情谁都理解,但曾经黄水泛滥、而今几度断流的黄河真还是那么美吗?你一准儿能听到这样的回答:在我们眼里她永远是最美的!理由呢是"儿不嫌母丑,狗不嫌家贫"。这就明显是昏话了,人有思想,凭啥跟狗比?再说了,"嫌"并不必然与"弃"相跟,嫌而不弃倒是爱的证明。喜欢,更可能激起对现成美物的占有欲,爱则意味着付出——让不美好的事物美好起来。母亲的美丑,没有谁比儿女更清楚,唯有那派"皇帝新衣"般的氛围让人不敢实话实说。麻烦的是外人来了,一瞧:"哟,这家儿的老太太是怎么了?"儿女们再嘴硬,怕也要暗自神伤吧。但这才是爱了！不过,一味吃老子、喝老子的家伙们,也都是口口声声地"爱";听说有个词叫"爱国贼",料其不是空穴来风。

据说,女人三十岁以前要是丑,那怨遗传,三十岁以后还丑就得怨自己了——美,更在于风度。何为风度？诚实、坦荡、谦恭、智慧等等融为一体,而后流露的深远消息。不过你发现没有,这诸多品质中,诚实仍属首要？风度不像态度,态度可以弄假,风度只能流露。风度就像幽默,是装不来的,一装就不是流露而是暴露了——心里藏半点儿鬼,也会把眼神儿弄得离奇。可你看,罗丹的"思想者",屈身弓背,却神情高贵;米洛的"维纳斯",赤身断臂,却优雅端庄。那岂是临时的装点,那是锤炼千年的精神熔铸！倘有一天,黄河上激流澎湃,碧波千里,男人看她风情万种,女人看他风度翩翩！两岸儿女还要处心积虑地为她辩护吗？可能倒要挑剔了——美,哪有个止境？那时候,人们或许就能听懂一位哲人的话了:我们要维护我们的文化,但这文化的核心是,总能看到自身的问题。

有件事常让我诧异:为什么有人会担心写作的枯竭？有谁把人间的疑难全部看清,并一一处置停当了吗？真若这样,写作就真是多余;若非如此,写作又怎么会枯竭呢？正是一条无始无终的人生路引得人要写作,正因为这路上疑难遍布,写作才有了根由,不是吗？所以,枯竭的忧虑,当与其初始的蝴蝶相关。有位年纪不轻的朋友到处诉苦:"写作是我生命的需要,可我已经来不及了。"这就奇怪,可有什么离开它就不能活的事(比如呼吸),会来不及吗？我便回想自己那只初始的蝴蝶。我说过:我的写作先是为谋生,再是为价值实现,而后却看见了生命的荒诞,荒诞就够了吗？所以一直混迹在写作这条路上。现在我常暗自庆幸:我的写作若停止在荒诞之前,料必早就枯竭了;不知是哪位仙人指路,教我谋生懂够,尤其不使价值与价格挂钩,而后我那只平庸的蝴蝶才扇动起荒诞的翅膀。荒诞,即见生命的疑难识之不尽、思之不竭;若要从中寻出条路来,只怕是有始而无终,怎么倒会"来不及"呢?

可我自己也有过"来不及"的担忧。在那只蝴蝶起飞之后不久,焦灼便告袭来,走在街上也神不守舍地搜索题材,睡进梦里也颠三倒四地构思小说;瞧人家满山遍野地奔跑尚且担心着枯竭,便想:我这连直立行走的特征也已丢失的人又凭什么?看人家智慧兼而长寿,壮健并且博识,就急:凭我这体格儿,这愚钝,这孤陋寡闻,会有什么结果等着我?可写作这东西偏又是急不出来的。心中惶恐,驱车地坛,扑面而来的是一片郁郁苍苍的寂静,是一派无人问津的空荒……"而雨,知道何时到来/草木恪守神约/于意志之外/从南到北绿遍荒原。"心便清醒了些:不是说重过程而轻结果吗?不是说,暂且拖欠下死神的追债,好歹先把这生命的来因去果看看清楚吗?你确认你要这样干吗?那就干吧,没人能告诉你结果。是呀,结果!最是它能让人四顾昏眩,忘记零度。

人写的历史往往并不可靠,上帝给人的位置却是"天不变,道亦不变",所以要不断地回望零度。零度,最能让人的诚实——你看那走出伊甸的亚当和夏娃,目光中悲喜交加。零度,最是逼人的善思——你看那眺望人间的男人和女人,心中兼着惊恐与渴盼。每一个人的出生,或人的每一次出生,都在重演这样的零度——也许人的生死相继就是为了成全这样的回归吧?只是这回归,越来越快地就被时尚吞没。但就算虚伪的舞台已比比皆是,好的演员,也要看护好伊甸门前的初衷。否则,虚构只图悬念,夸张只为噱头,戏剧的特权都拿去恭维现实,散场之后你瞧吧,一群群全是笑罢去睡的观众。所以诚实不等于写实,诚实天空地阔,虽然剧场中常会死寂无声。而彻底的写实主义,你可主的是什么义?倒更像屈从现状的换一种说辞。

戏剧多在夜晚出演,这事值得玩味。只为凑观众的闲暇吗?莫如说是"陌生化",开宗明义的"间离":请先寄存起白昼的娇宠或昏迷,进入这夜晚的清醒与诚实,进入一向被冷落的另种思绪——

但你要听,以孩子的惊奇/或老人一样的从命/以放弃的心情/从夕光听到夜静。/在另外的地方/以不合要求的姿势/听星光全是灯火,遍野行魂/白昼的昏迷在黑夜哭醒。

尤其千百年前,人坐在露天剧场,四周寂暗围拢、头顶星光照耀,心复童真,便易看清那现实边缘亮起的神光,抑或鬼气。燠热悄然散去,软风抚摸肌肤,至燥气全无时,人已随那荒歌梦语忘情于天地……可以相信,其时上演的绝不止台上的一出戏,千万种台下的思绪其实都已出场,条条心流扶摇漫展,交叠穿缠,连接起相距万里的故土乡情,连接起时差千年的前世今生,或早已是魂赴乌有之域(譬如《去年在马里昂巴》)……那才叫魂牵梦绕,那才是"一切皆有可能"。可能之路断于白昼的谎言与假面,趋真之心便在黑夜里哭醒。"我们是相互交叉的/一个个宇宙/我们是分裂的/同一个神""生命之花在黑夜里开放/在星光的隙间,千遍万遍/讲述着爱的寓言""梦的花粉飞扬,在黎明/结出希望"……

写作,所以是始于诚实的思问,是面对空冥的祈祷,或就是以笔墨代替香火的修行。修行有什么秘诀神功吗?秘诀仍在诚实——不打诳语,神功还是善思——思之极处的别有洞天,人称"悟性"。

读书也是一样,不要多,要诚实;不在乎多,在乎善思。孩提之时,多被教导说,要养成爱读书的好习惯;近老之时才知,若非善思,这习惯实在也算不得太好。读而不思,自然省得出去惹事,但易养成夸夸其谈的毛病,说了一大片话而后不知所云。国人似乎更看重满腹经书,但有奇思异想,却多摇头——对未知之物宁可认其没有,对不懂之事总好斥为胡说。现在思想开放,常听人笑某些"知识分子"是"知道分子";虽褒贬明确,却似乎位置颠倒。"道可道,非常道","君子爱财,取之有道","大道废,有仁义;智慧出,有大伪",读书所求莫过知此"道"也。而知也知之,识也识之,偏不入道者,真是"白瞎了你这个人儿"。

我写过一种人的坏毛病,大家讨论问题,他总要挑出个厚道的对手来斥问:"读过几本书呀,你就说话!"可问题是,读过几本书才能说话呢?有个标准没有?其实厚道的人心里都明白,这叫虚张声势。孔子和老子读过几本书呢?苏格拉底和亚里士多德读过几本书呢?那年月,书的数量本就有限吧。人类的发言,尤其发问,当在有书之前。先哲们先于书看见了生命的疑难,思之不解或知有不足,这才写书、读书、教书和解书,为的是交流——现在的话就是双赢——而非战胜。

读了一点刘小枫先生的书,才知道一件事:古圣贤们早有一门"隐微写作"的功夫,即刻意把某些思想写得艰涩难懂。这可是玩的什么花活?一点不花,就为把那些读而不思的人挡在门外,以免其自误误人。对肯于思考的人呢,则更利于他们自己去思去想,纳不过闷儿来的自动出局,读懂了的就不会乱解经文。可见,思考不仅是先于读书,而且是重于读书。"带着问题学"总还是对的,唯不必"立竿见影"。

于是我又弄懂了一件事:知识分子所以常令人厌倦,就因其自命博知,隔行隔山的也总好插个嘴。事事关心本不是坏品质,但最好是多思多问,万不可粗知浅尝就去插上一番结论,而后推广成立场让人去捍卫。不说别人,单那史就常让我尴尬,一个找不到工作只好去写小说的家伙,还啥都不服气;可就我所知,几十年来的社会重大事件,没有一回他能判断对的。这很添乱。其实所有的事,先哲们几乎都想过了,孰料又被些自以为是的人给缠瞎。可换个角度想,让这些好读书却又不善思想的人咋办呢,请勿插嘴?这恐怕很难,也很违背人权。几千年的路,说真的也是难免走瞎,幸好"江山代有才人出",他们的工作就是把一团团乱麻择开,令我等迷途知返。返向哪里?柏拉图说要"爱智慧",苏格拉底说"我唯一的知识就是我的无知",而上帝说"我是道路"。有一天那史忽有所悟,揪住我说:嗨,像你我这样的庸常之辈,莫如以诚实之心先去看懂常识。

常识?比如说什么事?

就说眼下这一场拍卖风波吧。那对"鼠首""兔首"往那儿一摆,你先说说这是谁的耻辱?

倒要请教。

是掠夺者的耻辱呀!那东西摆在哪儿也是掠夺者的罪证,不是吗?

毫无疑问。

可怎么大家异口同声,都说是被掠夺者的耻辱呢?

这还是一百多年前的愚昧观念在作怪。那时候弱肉强食,公理不明,掠夺者耀武扬威,被掠夺者反倒自认耻辱。

可是今天,文明时代,谁还会这样认为呢?

是呀,是呀。文明,看掠夺才是耻辱。

那么欺骗呢?文明,看欺骗是什么?

…………

哈,你心虚了,你既想站在那位赢得拍品又不肯付钱者的立场上,却又明知那是欺骗!以欺骗反抗掠夺,不料却跟掠夺一起步入愚昧。

可那东西本来就是我们的,我们有权要求他们还回来!

但不是骗回来。不还,说明有人宁愿保留耻辱。可您这一骗,尚不知国宝回不回得来,耻辱,肯定是让您又给弄回来了。

嗯……行吧,至少可以算逻辑严密。还有什么事呢?

还有就是当前这场经济危机。所谓"刺激消费",我真是看不懂。人有消费之需,这才要工作,要就业,此一因果顺序总不能颠倒过来吧?总不会说,人是为了"汗滴禾下土",才去食那"粒粒盘中餐"的吧?总不会是说,种种消费,原是为了"锄禾日当午",为了"出没风波里",为了"心忧炭贱愿天寒"吧?倘此逻辑不错,消费又何苦请谁来刺激呢?需要的总归是需要,用不着谁来拉动;不需要的就是不需要,刻意拉动只会造成浪费。莫非闲来无事,只好去"伐薪烧炭南山中",不弄到"两鬓苍苍十指黑"就不踏实?可"赤日炎炎似火烧","公子王孙"咋就知道"把扇摇"呢?

好吧好吧,你这个写小说的又来插经济一嘴了!

这毛病,请问到底是出在哪里?

这个嘛……诚实地说,俺也不知道。

您不是口口声声地"诚实与善思"吗?请就此事教我。

那就接着往下问吧,任何关节上都别自己忽悠自己,不要坚定立场,而要坚定诚实,就这样一直问下去,直至问无可问……

2008 年末

地坛与往事

——改编暨阐述

本文可算作准剧本,或仅仅是对改编一个剧本的设想和提示。改编主要根据史铁生的散文《我与地坛》、小说《老屋小记》和《我之舞》,同时援引了他另外十四篇作品中的某些章节、片断。引文出处均以字母代码标出,以利拍摄参考,与阅读无关。

1. 比如序幕

不久前,有位制片人来找我,问我是否愿意把我一篇散文——《我与地坛》——改编成电影,或者电视剧。当时我正躺在透析室里,百无聊赖地看着报纸,等候全身的血液在透析器里走够四个半小时。如是者隔天一回,十年了。

我说:"您真的认为它可以拍成电影?"
"或者电视剧。"他很自信。
我不以为然地摇着头。
他拉拉椅子,挪得离我更近些,说:"这件事我想了很久了。"
我再把那篇散文回忆一遍,还是怀疑它怎么可能做成影视。
"要是您能同意呢,"他又说,"条件可以商量。"
听他的意思,似乎万事俱备只差我一点头了。

"您的要求,我们会尽量满足。"

这人倒挺实在。我愉快地想了一下人民币。

"当然了,您是不会在意那点儿稿酬的,所以……"

"哪里,哪里。"我说。——想的是客气,倒说了实话。

"所以呢,比如说生活里,您还有什么别的困难没有?"

啥意思?你是能让我甩开轮椅呢,还是能让我重新长出肾来?

"毕竟,要是我没记错的话,您也在花甲之年了吧?"

怎么着,莫非还有什么返老还童的妙方?

透析机"嘀、嘀、嘀"地亮起了红灯。护士快步走来,调整了一下什么机关,而后瞪大眼睛看着我:"拍电影呀?哟,那还不去!"

护士走后,他继续说:"正格的,也许我们帮不了您什么,不过我们真的是很想帮您做点儿什么。"

"谢谢,谢谢。"

片刻的安静,又有哪台透析机在报警了。那一刻,他肯定是在想着能帮我什么;不好意思,我想的也是这个。

"再比如说,这么多年了,您有没有什么特别的心愿?"

"心愿?"怎么像是在问遗言呢?

"是呀?比如说单靠您自己,不容易做到的——"

"周游世界!"我脱口而出。

大约是做好了随时一锤定音的准备,他"腾"地站起来,可站起来才听清此事之成本,于是满脸的欣喜变作尴尬。

"开玩笑,开玩笑,我不过是开个玩笑。"

他来来回回地走,双臂抱胸,俯仰频频,八成是在盘算。

"真的,我这人好瞎说,您甭往心里去。"

他来来回回地走,走得我好生惭愧。不过这赖我吗?你一个劲儿往这儿引嘛!

好半天,他停了步,原地一个急转身:"这样吧,只去一个地方!"

"不不不,我真的是信口开河。"

"比如说,一个地方,您想去哪儿呢?"

"真的真的,我不是那意思……"

"可我是啊。请您,还有您的夫人,一起去!您说吧,哪儿好?"

"您看看,您看看,这还弄假成真了!"这话有点儿狡猾。不过人生一世,狡猾一回也是难免的吧。

"我再派一位身强力壮的摄影,全程陪同。"

为啥是摄影呢?事后回想,制片人就是制片人,真也盘算得周密。

"不过,"他又说,"您能不能也满足我一个心愿?"

"什么?"

"剧本,您亲自改,把这次海外之行也写进去。"

2. 字幕

一架大型客机,呼啸着飞上天空;起落架缓缓收起的当儿,叠印字幕:

> 序幕,完全是出于我的忽发奇想。
> 改编,则由于随之而来的信口开河。
> 海外旅行更可能是在我的前生、来世。
> 故不必太看重片中的主人公们到底是谁。

3. 外景

可是,地坛已经没有了。我是说我写过的那个地坛,已不复存在。时隔三十多年,沧桑巨变,那园子已是面目全非,"纵使相逢应不识",连我都快认不得它了。人们执意不肯容忍它似的,不肯留住那一片难得的安静,三十多年中它不是变得更加从容、疏朗,它被修葺得齐齐整整、打扮得招招摇摇,天性磨灭,野趣全无,是另一个地坛了。

对于拍摄,这是个问题。

其实,早有人想把《我与地坛》改编成影视。改编,当然了;可是拍摄呢,哪儿去找外景呢?有人说那就避开全景,靠局部,靠剪接。我心下甚以为不可。地坛的安静恰在于全部,甚至不止于它自己的全部;那一丝不苟的空荒与灵动,那无处不在的沉抑并丰饶,岂是些檐头殿角、草动风摇可以担当?

时光难再。所以我在另一篇文中写过:"那就不必再去地坛寻找安静,莫如在安静中寻找地坛。""那安静……是由于四周和心中的荒旷。一个无措的灵魂,不期而至竟仿佛走回到生命的起点。"[A] 这样看,外景或可变通;只要有一处远避喧嚣、能够应和那一种荒旷心情的所在,无论哪儿便也就是地坛了。正如我在同一篇文中所说:"我已不在地坛,地坛在我。"

比如说,有一块位于城市边缘的野地就好;三十年前的地坛确曾就像一片野地。野地上荒林老树,暮燕晨鸦,城市的嘈杂在远处隆隆震响,此地却终日清静,少有人来。若再有几处残垣断壁散布林间,自然就更好;便只是些乱石土冈也够了,未必它们就不比地坛见证过更多的人世沧桑。

但要强调一点:此地远避尘嚣,但非与世隔绝。比如说,偶尔也会有几个迷路者,或是跟我一样投奔安静的人,不知从哪儿冒出来。

4. 年代

当真要把这一篇散文做成影视,就不要太拘泥。就是说无论人物还是事件,都不必限于《我与地坛》,别让它给束缚住。实际上,我的很多作品中的人和事,都跟《我与地坛》处于同一年代。

怎样的年代呢？不妨就从那几间老屋开始吧——

我摇着轮椅,V领着我在小巷里东拐西弯。印象中,街上的人比现在少十倍,鸽哨声在天上时紧时慢让人心神不定。……过了一棵半朽的老槐树是一家有汽车房的大宅院,过了大宅院是一个小煤厂,过了小煤厂是一个杂货店,过了杂货店是一座老庙很长很长的红墙……V停了步,说到了。

我便头一回看见那两间老屋……B

就这样,长镜头,慢慢摇,从一条条灰暗的小街上空去看那两间老屋。地坛已经没有了,那样的小街和老屋据说还在。您会发现,即便在那一片尘埃般铺陈的老屋群中,某两间也显出尤其的破败:顶梁歪斜,屋脊沉陷,瓦棱间荒草经年……

男声画外音:那就是我在其中做工七年的那个街道生产组。

我们干的活倒很文雅:在仿古的大漆家具上描绘仕女佳人、花鸟树木、山水亭台……然后在漆面上雕刻出它们的轮廓,衣纹、发丝、叶脉……再上金打蜡,金碧辉煌地送去出口,换外汇。B

男声画外音:我想去那儿,是因为我想回到那个很大的世界中去。那时我刚在轮椅上坐了一年多……要是活下去的话,料必还是有很长的岁月在等着我。V告诉我有那么个地方……我说我去,就怕人家不要。V说不会,又不是什么正式工厂,再说那儿的老太太们心眼儿都挺好。父亲不大乐意我去,但闷闷地也说不出什么,那意思我懂:他宁可养我一辈子。但是"一辈子"这东西是要自己养的,就像一条狗,给别人养了就是别人的。所有正式的招工单位见了我的轮椅都害怕,我想万万不可就这么关在家里并且活着。B

……两间破旧的老屋,和后来用碎砖垒成的几间新房,挤在密如罗网的小巷深处,与条条小巷的颜色一致,芜杂灰暗,使天空显得更蓝,使得飞起来的鸽子更洁白……B

长时间跟拍那群鸽子吧。底片若能做些仿旧处理就最好了:黑白的画面,有些颠簸,甚至划痕,声音也似飘忽,恍若隔世……而后渐渐有了色彩,画面和声音也都稳定下来。

男声画外音:你相信灵魂和转世吗?其实简单。我曾写过一群鸽子,说要是不注意,你会觉得从来就是那么一群在那儿飞着,但若凝神细想,噢,它们已经生生相继不知转换了多少回肉身!一群和一群,传达的仍然是同样的消息,继续的仍然是同样的路途,经历的仍然是同样的坎坷,期盼的仍然是同样的团圆,凭什么说那不是鸽魂的一次次转世呢?C

这男人,也可以认为是我,也可以——考虑到虚构的必要——有他在影视剧中的名字:森。

要不厌其烦地拍摄那群鸽子,看它们盲目的徘徊,看那种焦灼与无奈。北京的天上随时可见这样的鸽群,不知它们从哪儿飞起,又在哪儿落下,但那时而忧哀、时而欢畅的哨音是这座城市的标记,是它永久的歌吟。

5. 心愿

我是想请一位不要太熟练的导演来做这件事,否则肚子里的版本太多,一会儿要像这个,一会儿要像那个,甚至于信誓旦旦地要成就一门产业。完全不相干。吴尔夫在《普通读者》中有一段精彩的话:"对于那些为了公共事业而做出自我牺牲的人,我们应当尊敬他们,赞扬他们,对于他们不得不让自己受到的某种损失表示同情。但是,谈到自己,那就让我们避开名声,避开荣誉,避开一切要向他人承担的职责。让我们守住自己这热气腾腾、变幻莫测的心灵旋涡,这令人着迷的混沌状态,这乱作一团的感情纷扰,这永无休止的奇迹——因为灵魂每时每刻都在产生着奇迹。"是呀是呀,这才对我的心思。写作从来就是去探问一个迷团。灵魂从来就是一个迷团。这一个"迷"字有两个解:迷茫与迷恋。

6. 迷失

还有一解:迷失。就像那群鸽子,就像我在《务虚笔记》中写过的:"它们的祖辈因为一次偶然的迷失被带进城市,从此它们就在这儿飞来飞去,飞来飞去,唯唯诺诺期期艾艾地哼咏,在空中画一些或大或小的圈儿。"

灵魂,时常就像那群迷失的鸟儿。至少我知道森曾经就是这样,抱着他的迷茫与迷恋,在"心灵的旋涡"中挣扎,迷失在喧嚣的都市里,随那浩瀚的人流左突右撞,却总似撞上"鬼打墙"——

在河边。在桥上。在烦闷的家里,不知所云的字里行间。在寂寞的画廊,画框中的故作优雅。阴云中有隐隐的雷声,或太阳里

是无依无靠的寂静。在熙熙攘攘的街头,目光最为迷茫的那一个。^D

加一句:在灰暗的小巷中,独自摇着轮椅的那一个。再加一句:在万头攒动的大街上,盲目地摇着轮椅的那一个。那就是他,比鸽群迷失得更深重。因而,可以稍许浪漫地想象:在一个空空洞洞的午后,我,抑或森,甚至一个无所谓姓名的人,跟随着那群白色的鸟儿,毫无目的地走,于近黄昏之际抵达了那座废弃的古园。

所以,拍摄路线大体上也是这样:从那几间老屋起步,追踪着那个迷失的人,或一路跟随着鸽群,向北,越过密如罗网的条条小巷,越过雍和宫金碧辉煌的牌楼与一座座殿顶,越过车水马龙的二环路和垂柳依依的护城河……而后,远远地,一座碧瓦红墙的拱门,那就是地坛了。

与上述种种画面同步,森的画外独白如同自语,又像是在对谁说:是呀,这就是我曾千百次走去地坛的路线。是那群迷失的鸟儿把我带到了它的跟前,或不如说是迷失本身,把我带进了那空荒与宁静……

森的独白之后,或与其尾音重叠,一个女声开始轻声诵读:我常觉得这中间有着宿命的味道:仿佛这古园就是为了等我,而历尽沧桑在那儿等待了四百多年……^E

这女人,就叫森吧,森的妻子。

7. 进入地坛

从各种角度,对准落日。

森的低诵声延入,语调沉缓、平直:它等待我出生,然后又等待我活到最狂妄的年龄上忽地残废了双腿。四百多年里,它一面剥蚀了古殿檐头浮夸的琉璃,淡褪了门壁上炫耀的朱红,坍圮了一段段高墙又散落了玉砌雕栏,祭坛四周的老柏树愈见苍幽,到处的野草荒藤也都茂盛得自在坦荡。这时候想必我是该来了……[E]

无论是地坛,还是在选定的外景地,主要拍那一轮巨大的落日,拍它沉降的过程,沉降之时的深稳与宁静,拍那辉煌残照之下的荒藤野草、古殿风铃,或今日外景地上的乱石土冈、败壁残基。不管有没有风,云流、烟树的动与不动,也不管归巢的雨燕怎样盘桓嘶喊,画面都不要有声音。任何声音都没有,彻底的寂静,甚或是彻底的遗忘。

是呀,寂静,甚或遗忘。否则就还是没有进入地坛。

总之,与地坛的初次相遇就是这样。不能是另外的时间。不能是晨风、晓雾,不能是旭日与朝霞,地坛的故事务必要从落日开始,从寂静开始,然后才谈得上其他。正如文中所说,那是"可以逃避一个世界的另一个世界",几近天赐之缘。

森的诵读声:十五年前的一个下午,我摇着轮椅进入园中,它为一个失魂落魄的人把一切都准备好了。那时,太阳循着亘古不变的路途正越来越大,也越红。在满园弥漫的沉静光芒中,一个人更容易看到时间,并看见自己的身影。[E]

响起飞机的"隆隆"的轰鸣声。森的诵读继续:两条腿残废后的最初几年,我找不到工作,找不到去路,忽然间几乎什么都找不到了,我就摇了轮椅总是到它那儿去,仅为着那儿是可以逃避一个世界的另一个世界。[E]

8. 飞行中的客机上

森笑笑,把翻开的书扣在膝头:"还行吗?"

摄影师:"好极了。"随后把镜头转向森。
透过舷窗,森正专注地眺望。
森:"真的吗?"
摄影师:"当然真的。"
森半带调侃地说:"可否说说理由?"
摄影师却是一脸正经:"理由嘛,相当充分。"
森认真起来,望着他,等候下文。
摄影师却不再搭腔,调整镜头,追随着森的眺望。

飞机在转向,森一侧的舷窗中,盈满地面上的景物:远处浩如烟海的楼群,近处的农田、屋舍、河流、阡陌,以及爬虫似的车辆……看上去都像玩具,抑或一盘巨大的模型。甚至就像一块实验目的不明的培养基:充足的阳光和水分的滋养下,正有些缓缓蠕动的生命在生成、长大,在繁衍——仅仅是为了验证某种设想?还是每个个体,都有其复杂的情感和不确定的命运?

"喂,具体点儿,啥理由?"森追问道。
摄影师放下机器,活动活动发酸的臂膀:"不过呢,完全不能用。"
"啥意思?"
"您听听这发动机,多大的噪音。"
"哎哟喂,"森气得把书甩开,"那你还让我念!"
"我是想提前听听,您到底行不行。"
森目不转睛地看他,像是才发现他。
摄影师:"不过我不瞎说,确实好极了,回去就照这样儿念。"
森还是看着他。
"知道为什么好吗?"摄影师说着,目光中不免也有些狐疑。
森看着的,是他的眼睛。

摄影师确信了自己的猜测。"嘴大!"他不慌不忙地说道,"一般来说,嘴大的人,声音都好。"

森一愣,继而会意,反唇相讥:"你呢?眼睛咋怎么小!"

"老天爷!您总算给说出来了,差点儿没等死我。"

森捧腹大笑:"那,是不是眼睛小的人,摄影都好呢?"

摄影师却不笑,好像他一直都在谈正事:"音质好,而且朴素,没有专业腔儿。那种刻意的抑扬顿挫,模仿激情,我真是听够了。"

"所以,你要找个外行来读?"森还是忍不住想笑。

"天哪天哪!敝摄影哪儿有这权利?制片的交代。"

"你啥权利?"

"换个词儿吧——啥任务。"

"啥任务?"

"全程跟拍,一点儿别落,然后领工钱。"

"用得着一点儿不落吗?"

"用不用得着,最后还得听导演的。"摄影师做了个剪的动作。

自起飞后,森就一直被窗外的景物所吸引,对森和摄影师的谈话几近充耳不闻,唯偶尔敷衍着笑笑。这时他好像发现了什么,贴近舷窗,吃力地朝下面张望。

摄影师忙又端起机器,把镜头对准森,而后移向森的视点——那儿,飞机的影子正起起伏伏地掠过一片茂密的林地……

9. 大钟

满目葱茏,模糊而至清晰:草木葳蕤,乔灌杂陈……落日的光芒在树隙间时隐时现……镜头最终落实在林中的一片空地上。

荒林老树,隔断喧嚣。鸟啼声声,更添寂静。空地一侧有口一人多高的大铜钟，锈迹斑斑，四分之一埋进土里。钟体上的铭文多已模糊难辨，唯触手可及的地方被摩挲得发亮，可见这儿还是常有人来的。

这一口大钟是非要不可的。没有，就求人做一个（模型）。这是唯一的道具，唯一能够表明这儿就是地坛的东西。而在实际的地坛，那口大钟早已不知去向。

地坛的戏，所以不如挑明了说：是表演。凡及往事，断不可持写实意图，否则只剩下实，倒没了真。譬如当年地坛里上演过的真实，早都飘进了无边的宇宙——三十多光年，此刻正途经着织女星吧？很明显，不管什么星我们都去不了。所以要强调写意，强调印象而不是记忆，就好比绘画、舞蹈，或某种造型艺术——不求其实，反得其真。

因而，不妨把这一片选定的外景地命名为"舞台地坛"。"舞台地坛"不同于实际地坛的，根本还不在地点，而在时间，在于三十多年已经过去，三十多年把一切都不可挽回地改变了。

森的画外音：在这座荒芜的园子里，这些老树下，尤其是在这一口锈迹斑斑的大钟旁，曾经上演过多少真实的戏剧！如今他们都到哪儿去了？那些人，那些事，那些个白天和夜晚，刻骨铭心的盼望与迷茫……一切往日情景，所有的欢喜与忧伤，都到哪儿去了？都飘进了太空，飘进了深不可测的宇宙。是呀，飘去，已经三十多年了……

夕阳，正一路变大、变红，渐渐挨近了钟顶。

碧瓦、朱墙，以及祭坛上白色的石门，都被涂抹上一层淡紫。

森的画外音：但这是不是说，它们只不过飘离了此时此地，其实它们依然存在?倘若在三十多光年之外有一架倍数足够大的望远镜,有一个观察点,那些情景便依然如故……要是那望远镜停下来,停在三十多光年之外的某个地方,地坛往事就会依次重演……就好比,当一颗距离我们数十万光年的星星实际早已熄灭,它却正在我们的视野里度着它的青年时光。^F

风过荒林,如涛如浪。园子里一会儿静似一会儿。
坐在不管它的哪一个角落,任何地方,喧嚣都在远处。^A

森的画外音:这样的时候,我常会想起世启,想起当年在这园中同我一起消磨时光的那几位老兄,不知后来他们都是怎样的命运……

10. 等待

色彩淡褪,画面渐呈黑白——
沉寂中,一阵说笑声渐行渐近,年轻的森和几个残疾的男人——世启、老孟和路,来到大钟旁。
世启和我一样,腿坏了,坐手摇轮椅。老孟不单腿坏,两只眼睛还瞎,只能坐那种让人推着走的轮椅。路推着他。……路一生下来大夫就说这是个傻子,两只眼睛分得很开,嘴唇很厚,是先天愚型。^G

森的画外音:老孟比世启大两轮,世启比路大一轮比我大十八,十八正是我的年龄。他们三个就管我叫"十八"。^G

四个人各自选定了位置。
老孟用报纸熟练地卷好四颗烟,每人一颗。

从这儿可以看到远处的园门。

森的画外音:世启的老婆头年秋天带着孩子回娘家去,到这个夏天还不见回来。……老婆是农村人,娘家在几千里外的大山里。老婆走的时候说天冷前回来,以后又来信说年前准回来,以后又来信说过了年就回来,再以后就没了音信。……后一封信里还说,她要是回来准是坐天黑前那趟火车到,不让世启去车站接,担心世启摇着轮椅去车站不方便,但是让世启必须在这园子门口等他们娘儿俩,要是她们先到了也在这园子门口等世启。信写得不明不白。想来想去只有一种解释:到世启家无论怎么坐车最后总得穿过这个园子,园子又深而且草木横生,一向人迹罕至,偏僻得怕人……世启便从冬到春、从春到夏,每天下了班就在这园里园外等。老孟、路,后来还有我,就来陪他一块儿等。^G

园子很大。有参天孤立的老树。有密密交织的矮树丛在蔓延。有一大片、一大片的荒地。有散落在荒地里的断石、残阶,默默的像是墓碑。……几座晦暗的古殿歪在一处,被蓬蓬茸茸的荒草遮掩,发着潮冷的味儿,露出翘角飞檐挑几个绿锈斑斑的风铃……成群的雨燕就在檐下的木椽中为家,黄昏时都赶回来,围着殿顶自在飞舞,嘹亮地唱些古歌送那安静了的太阳回去。这时,就会突兀地冒出几对恋人在小路上,正搂抱着离去,不敢久留了。晚风一起,风铃叮当作响,殿门戛然有声,林间幽暗且雾气飘游。……蝉儿胆大,直叫到星光灿烂去。然后是蟋蟀的天下。^G

森的画外音:世启每天傍晚一下班就来,老孟和路要晚一会儿。路先回家吃晚饭,老孟的晚饭只是随便在什么地方喝一顿酒,路吃完饭来酒店里接老孟,老孟已经喝完了酒在那儿等他。^G

晚霞落尽，鸟儿也都安歇。不觉间，空地上浮现一层亮白而均匀的月光。灰黑的树影近乎不动。幽暗的林间，唯落叶轻声弄响。

四点小小的烟火，轮流在黑暗中亮起来，又暗下去。

那园门是彻夜都不关闭的。门旁的大树下，有盏孤零零的路灯，路面上跳动着鬼一样的树影。

我问世启："她们要是回来，肯定走这个门吗？"

世启说："当然，这个门近。"

路便盯着我笑，像是笑我问得愚蠢。

我说："要是她们顺便搭了什么熟人的车，到了别的门口呢？"

世启便有些犹豫，一个劲儿抽烟。

路又盯着世启笑，像是笑他的毫无主见。

老孟说："你俩在这儿等。路，咱们走，四个门口都看看去。"

森的画外音：其实，我们同属一个街道工厂，但在不同的部门。老孟和路是糊纸盒。世启在综合修理部，他会修锁、配钥匙，也能修理"半导体"。几个地方相距很远，我们见面多是在晚上，在地坛……

11. 异国机场

灯光标出的跑道上，一架大型客机缓缓支开起落架，呼啸着降落。

英语广播在空阔的大厅中回荡，料必是说着某某航班即将到达或就要起飞。环形的传送带周围，旅客们等候行李。

森绕着传送带，来回来去地察看，一脸焦灼。

摄影师一手提着机器，一手推着轮椅上的森，喊森："天哪天哪，我说小姐，您可转悠得我眼晕！站定了等着不行？"

摄影师虽已有些秃顶,但肩宽腿长,一副运动员的体魄。

森终于找到了一个旅行包,拎着跑来。

摄影师踢踢那旅行包:"全是金子?"

森:"废话,没这垫子他怎么睡觉?"

"您看出来没,"摄影师指指传送带,"那玩意儿自个儿会转?"

"废话,要是让别人拿错了呢,今晚他怎么睡觉?"

森笑笑,猛地把轮椅转动三百六十度,打趣道:"喂喂我说二位,是不是就像这样,自个儿会转?"

然后,借助光滑的地面,他把轮椅前后左右地移动、旋转……像是伴着一首谐谑曲,森把个轮椅摆弄得翩翩如舞。

12. 舞蹈

……一幅没有背景的画面中,他坐在轮椅上,宽厚的肩背上是安谧的晨光,是沉静的夕阳,远远望去像是一个玩笑。他转动轮椅的手柄,前进、后退、转圈,一百八十度,三百六十度,七百二十度……像是舞蹈,像是谁新近发明的一种游戏,没有背景,没有土地甚至也没有蓝天,他坐在那儿轻捷地移动,灵巧地旋转,仿佛这游戏他已经玩得娴熟。[H]

一个陌生女人的画外音:很多年了,我还是常常怀疑:他坐在轮椅上,是不是在跟我开一个玩笑?……远远地你想喊他,问他:"喂!什么呀,这是什么东西?这玩意儿是谁的?"他回转头来笑笑,驱动着轮椅向我走来。你想喊他,想跟他说:"嘿下来,快下来,哪儿来的这玩意儿?你快下来,让我也玩玩儿……"[H]

一头黑发的森,与鬓发斑白的森,相互交替着驱动轮椅;背景只是些变幻不定的色彩。明显,后者气喘吁吁,"功夫"已不比当年。

13.地坛的意图

黑白画面,闪回到三十多年前:森与如今判若两人,年轻、瘦削,奋力地摇着三轮手摇车,穿过马路,走过木桥,进入那座碧瓦朱墙的拱门……好像从刚才古典的谐谑曲,忽然换成了现代的摇滚乐。

画外,森的诵读声,却显得更加平稳、沉静:自从那个下午我无意中进了这园子,就再没长久地离开过它。我一下子就理解了它的意图,正如我在一篇小说中所说的:"在人口密聚的城市里,有这样一个宁静的去处,像是上帝的苦心安排……"E

年轻的森,在坑坑洼洼的土路上摇着轮椅,穿行在荒藤老树、断石残墙之间。血红的夕阳中响彻雨燕凄长的叫喊……

曾经和日后,不断地有人问他:你还这么年轻,腿是怎么搞的?不断地有些孩子问他们的母亲:妈妈,这是什么车呀?偶尔有个胆儿大的,跑近前来喊:叔叔你下来,叔叔,你下来让我也玩会儿行吗?随之便有家长们低声的呵斥:这孩子,胡说什么哪!或有年轻母亲半含抱怨半含歉意的喊声,通常是对着她们的丈夫:嗨,瞧瞧你儿子呀,咋怎么讨厌!接着是父亲的严厉警告声:又干吗呢?瞧我不收拾你!以及随后,渐行渐杳的一个古老寓言的现代读本:可不是咋的?小时候他不听大人的话呗。你呢,嗯?以后还淘气不……诸如此类的声音,虚虚实实,回音荡荡地都响在画外,且不与森的表情对位。

一种考虑是:那样的声音,虽仍刺耳,但已不再能触动他的表情。

鸽子——那群迷失的白色鸟儿,此刻都已离开。
天上,浮云缕缕,纠缠聚散。
落叶滚过草地,寻找着安身之地。
城市的轰鸣片刻不息,在远处乱作一团,把这园子(或选定的外景地)衬比得更加荒芜、冷寂。

情景,及森的轻声诵读:两腿残废后的最初几年,我找不到工作,找不到出路,忽然间几乎什么都找不到了,我就摇了轮椅总是到它那儿去,仅为着那儿是可以逃避一个世界的另一个世界。园墙在金晃晃的空气中斜切下一溜阴凉,我把轮椅开进去,把椅背放倒,坐着或是躺着,看书或者想事,撅一权树枝左右拍打,驱赶那些和我一样不明白为什么要来这世上的小昆虫。蜂儿如一朵小雾稳稳地停在半空。蚂蚁摇头晃脑捋着触须,猛然间想透了什么,转身疾行而去。瓢虫爬得不耐烦了,累了,祈祷一回便支开翅膀,忽悠一下升空了。树干上留着一只蝉蜕,寂寞如一间空屋。露水在草叶上滚动,聚集,压弯了草叶轰然坠地摔开万道金光。满园子都是草木竞相生长弄出的响动,窸窸窣窣窸窸窣窣,片刻不息。……园子荒芜但并不衰败。^E

14. 母亲

不远处的树丛后面,一个躲躲藏藏的身影在朝这边眺望。森知道,那是母亲。

情景,及森的低声诵读:曾有过好多回,我在这园子里待得太久了,母亲就来找我。她来找我又不想让我发觉,只要见我还好好地在这园子里,她就悄悄转身回去;我看见过几次她的背影。我也看见过几回她四处张望的情景,她视力不好,端着眼镜像在寻找海上的一条船;她没看见我时我已经看见她了,待我看见她也看见我了我就不去看她。过一会儿我再抬头看她,就又看见她缓缓离去的背影。^E

要用一个很长、很长的镜头,跟拍母亲的背影。那是留在我记忆中的一幅日渐虚幻却永不磨灭的图景:

高处,老柏树浓密的树冠遮天蔽日;下面,低矮的灌木丛蓬乱芜杂;母亲单薄的形影在其间上下攒动,时隐时现……渐渐地,画面明朗起来,母亲走出了树林,走上一片开阔的绿草地,随之天上的云朵也变得稀疏、淡远,母亲的脚步也似舒缓些了……时值盛夏,野花遍布,或浅黄,或淡紫,或雪白,随风如浪,烂漫中都含了一份苦涩。母亲埋头走路,如同一片树叶随波逐流,在那绿草蓝天的衬照下,更显得形单影只、孤弱无助……有那么一会儿,我甚至担心她会一直走进那巨大的天穹,化作云流,化作风缕,融入浩渺的虚空……然而,她却忽然止步,默望良久,而后俯身,纷乱的草梢直没她的肩头……怎么了?什么事?等着,等着……忽然间你简直要惊叫出声——她直起腰来,一大捧枝枝蔓蔓的野花盈满在她怀中!……此时是不是应该有些音乐?纯净如歌的风笛,或是管风琴丰繁的音部齐声奏响?而后天空也自深远,白云也自灵动,野花摇荡——大地从来能歌善舞……母亲一路走,一路为那捧野花择去败叶,摆弄成形,不时地贴近唇边闻一闻,或推开到眼前望一望……那一刻母亲在想什么,或是在祈祷着什么?

15. 合欢树

母亲生前居住的那间小院,也已经没有了。她亲手种在窗前的那棵合欢树也未幸免。不过,相似的小院并不难找到,合欢树更是不会绝迹。

在我几十年的思念中,那棵合欢树枝繁叶茂,年年都在小院的空中布满它淡雅的绒花;在小院的地上,洒落星星点点的残红。母亲呢,也还是那样:鬓发灰白,脊背微驼,站在小院中央,端着眼镜仰望树尖,看那合欢树不断向天上伸展的枝叶……那形象,历经岁月的琢磨几近一尊雕像——屡屡的梦中,我试图从各种角度走向她、挨近她、想伏在耳边跟她再说句话,可这黑夜或白日的梦愿总是伴着一声真确或仅仅是心中的惊喊,醒入现实……

森的画外音:她不是那种光会疼爱儿子而不懂得理解儿子的母亲。她知道我心里的苦闷,知道不该阻止我出去走走,知道我要是老待在家里结果会更糟,但她又担心我一个人在那荒僻的园子里整天都想些什么。我那时脾气坏到极点,经常是发了疯一样地离开家,从那园子里回来又中了魔似的什么话都不说。母亲知道有些事不宜问,便犹犹豫豫地想问而终于不敢问,因为她自己心里也没有答案。她料想我不会愿意她跟我一同去,所以她从未这样要求过,她知道得给我一点儿独处的时间,得有这样一段过程。她只是不知道这过程得要多久,和这过程的尽头究竟是什么。每次我要动身时,她便无言地帮我准备,帮助我上了手摇车,看着我摇车拐出小院。这以后她会怎样,当年我不曾想过。[E]

从各种角度拍摄母亲与那棵合欢树的同时,背景的天空有如岁月奔流,白云苍狗,瞬息万变……

森的画外音:有一回我摇车出了小院,想起一件什么事又返身回来,看见母亲仍站在原地,还是送我走时的姿势,望着我拐出小院去的那处墙角,对我的回来竟一时没有反应。待她再次送我出

门的时候,她说:出去活动活动,去地坛看看书,我说这挺好……^E

那可能是在早春,合欢树的枝丫间已鼓起米粒似的芽苞;或者是盛夏,小巧而浓密的绿叶上,浮一层纤细却又奔放的绒花;但也许是在秋天,落叶飘飘,飞上苍白的天空,掉落在母亲微驼的脊背上……

森的画外音:在我的记忆里或印象中,当我摇车出了小院,当我走进了地坛,甚至是在她的生前与走后,在我欲生欲死的那些时日里,母亲以其病弱的身躯或不能离弃的心魂,一直就那样站在合欢树下、望着小院的那处墙角……

背景中,隐约传来海浪的喧腾,并夹杂着鸥鸟的鸣叫。

森的画外音:许多年以后我才渐渐听出,母亲那句话实际是自我安慰,是暗自的祷告,是给我的提示,是恳求与嘱咐。^E

鸥鸟的叫声渐趋嘹亮、空阔,或许还有些单调。海浪的轰鸣一阵阵地强劲……

16. 异国海滨

海浪撞击堤岸,翻起白色浪花。海天之间,鸥鸟自由地呐喊;它们飞进岸边的街道,在人群中阔步徜徉,甚至大模大样地跳上餐桌。

五彩缤纷的遮阳伞下,人们或是举杯狂饮,或是昏昏欲睡。

森和森坐在一群朋友中间,谈笑风生。

摄影师扛着机器退得远远的,寻找着恰当的角度。大家不时地朝他招招手,意思是快来一起入座。摄影师却越退越远,正拍得入迷。

但他的镜头中,更多的却是淼的影像:一身大红的连衣裙,灿烂夺目,同样灿烂的是她时而忍俊不禁的大笑。

众人屡屡被她的笑所吸引,以致忘记了手中的酒杯。

又来了一位女士,跟大家一一寒暄,看情形都是老相识。

但当她与淼面对时,两人都显露出一丝刻意的拘谨。——画面好像突然放慢几格,但最多两三秒钟。之后一切都入正轨——两人相互问候,中情中理。

另一个值得注意的细节是:新来的女士入座后老半天,才在旁人的提醒下,发现了淼——或不如说是才意识到这位大红衣裙的女子是谁,便赶忙跳过几个人,与淼轻轻拥抱。

短短这十几秒钟,周围的嘈杂似乎有些过分,其实是由于本桌上忽然岑寂。有人发现了这一点,便急忙起立,提醒大家在这样欢乐的时刻应当举杯……但纷纷落座之后,仍有人交头接耳,目光无疑是在淼和那位女士的脸上游移。

这一切都收进了摄影师的镜头。

17. 钟声

淼和森,还有摄影师,在最后到来的那位女士带领下,漫步于海滨大道。这位女士,姑且叫她晶吧。

阵阵钟声回旋在钟楼的尖顶上,而后扩散开,在清澈的空气中传扬,在辽阔的水面上飘荡;鸥鸟的飞翔和起伏的波浪,都像在符合那钟声的节奏……

淼的画外音:这一年春天,我坐了八九个小时飞机,到了很远的地方,地球另一面,一座美丽的城市……那儿有很多教堂,清澈的阳光里总能听见飘扬的钟声……」

伴着森的画外音,一个短暂的黑白画面,闪回到几十年前:那钟声让我想起小时候我家附近有一座教堂,我站在院子里,最多两岁,刚刚从虚无中睁开眼睛,尚未见到外面的世界先就听见了它的声音,清朗、悠远、沉稳,仿佛响自天上。此钟声是否彼钟声?当然,我知道,这中间差不多隔了半个地球,并一个人几近一生的时光……」

18. 小教堂

寻着一阵余音荡荡的钟声,四个人走进一条古色古香的小街。街边有供人歇息的长椅,墙上有或许是几个世纪前的街灯。窄而高的窗口都拉紧着窗帘,窗台上摆放着盛开的鲜花。

小街深处,一座小小的教堂,结构简单,纤尘不染,与其说是庄严莫如说是安详。门厅间,一位年轻的牧师正伏案工作,见有人来也不离开座位,唯躬一躬身,微笑着点头。

正堂排排桌椅,盏盏灯烛。正中的墙上,是一幅耶稣受难的浮雕。我们在那儿拍照,大声说笑,东张西望,毫不吝惜地按动快门……这时,我看见一个中年女人独自坐在一个角落,默默地望着前方耶稣的雕像……她的眉间似有些愁苦,但双手放松地摊开在膝头,心情又似非常宁静,对我们的喧哗一无觉察,或者是我们的喧哗一点儿也不能搅扰她吧……」

森的画外音:我心里忽然颤抖——那一瞬间,我以为我看见了我的母亲。后来,在洗印出来的照片中,在我和妻子身后,我又看见了她。」

19. 一个凄苦的梦

那照片,如今就挂在我的书房里,正对书桌的那面墙上。
森时常会望着它发呆……

森的画外音:我一直有着一个凄苦的梦,隔一段时间就会在我的黑夜里重复一回——母亲,她并没有死……困苦的灵魂无处诉告,无以支持,因而她走了,离开我们到很远的地方去了。」

这样的时候,森不管有什么事跑来要跟森说,都会立刻放慢脚步,轻轻地走近他,默默地陪他一会儿。森呢,就会挨近她那总是色彩明快的衣裙……

森的画外音:这个梦一再地走进我的黑夜,驱之不去,我便在醒来时、在白日的梦里为它做一个续:母亲,她的灵魂并未消散,她在幽冥之中注视我并保佑了我多年,直等到我的眺望已在幽冥中与她汇合,她才放了心,重新投生别处,投生在一个灵魂有所诉告的地方了……」

20. 地坛的思念

昔日地坛。情景与森的内心独白:我摇着轮椅在园中慢慢走,又是雾罩的清晨,又是骄阳高悬的白昼,我只想着一件事:母亲已经不在了……

在我的头一篇小说发表的时候,在我的小说第一次获奖的那些日子里,我真是多么希望我的母亲还活着。我便又不能在家里待了,又整天整天独自跑到地坛去,心里是没头没尾的沉郁和哀怨,走遍整个园子却怎么也想不通:母亲为什么就不能再多活两年?为什么在她的儿子就快要碰撞开一条路的时候,她却忽然熬不住了?莫非她来此世上只是为了替儿子担忧,却不该分享我的一点点快乐?她匆匆离我去时才只有四十九岁呀!^E

今日地坛。情景与森的画外诵读:几十年中,这古园的形体被不能理解它的人肆意雕琢,幸好有些东西是任谁也不能改变它的。譬如祭坛石门中的落日,寂静的光辉平铺的一刻,地上的每一个坎坷都被映照得灿烂;譬如在园中最为落寞的时间,一群雨燕便出来高歌,把天地都叫喊得苍凉……^E

昔日地坛。情景与森的内心独白:在老柏树旁停下,在草地上在颓墙边停下,又是处处虫鸣的午后,又是鸟儿归巢的傍晚,我心里只默念着一句话:可是母亲已经不在了……

有一次跟一个作家朋友聊天儿,我问他学写作的最初动机是什么?他想了一会儿说:"为我母亲。为了让她骄傲。"我心里一惊,良久无言。回想自己最初写小说的动机,虽不似这位朋友那般单纯,但如他一样的愿望我也有,且一经细想,发现这愿望也在全部动机中占了很大比重。这位朋友说:"我的动机太低俗了吧?"我光是摇头,心想低俗倒不见得低俗,只怕是这愿望过于天真了。他又说:"我那时真就是想出名,出了名让别人羡慕我母亲。"我想,他比我坦率。我想,他又比我幸福,因为他的母亲还活着。而且我想,他的母亲也比我的母亲运气好,他的母亲没有一个双腿残废的儿子,否则事情就不这么简单。^E

今日地坛。情景与森的画外诵读:譬如冬天雪地上孩子的脚印,总让人猜想他们是谁,曾在那儿做过些什么,然后又都到哪儿去了;譬如那些苍黑的古柏,你忧郁的时候它们镇静地站在那儿,你欣喜的时候它们依然镇静地站在那儿,它们没日没夜地站在那儿从你没有出生一直站到这个世界上又没了你的时候……E

昔日地坛。情景与森的内心独白:把椅背放倒,躺下,似睡非睡挨到日没,坐起来,心神恍惚,呆呆地直坐到古祭坛上落满黑暗然后再渐渐浮起月光,心里才有点明白:母亲不能再来这园中找我了。E

坐在安静的树林里,我想:上帝为什么早早地召母亲回去?迷迷糊糊的,我听见回答:"她心里太苦了。上帝看她受不住了,就召她回去。"我的心得到了一点儿安慰,睁开眼睛,看见风正在树林里吹过……I

今日地坛。情景与森的画外诵读:譬如暴雨骤临园中,激起一阵阵灼烈而清纯的草木和泥土的气味,让人想起无数个夏天的事件。譬如秋风忽至,再有一场早霜,落叶或飘摇歌舞或坦然安卧,满园中播散着熨帖而微苦的味道。味道是最说不清楚的,味道不能写只能闻,要你身临其境去闻才能明了。味道甚至是难于记忆的,只有你又闻到它你才能记起它的全部情感和意蕴。所以我常常要到那园子里去。E

昔日地坛。森的内心独白:只是到了这时候,纷纭的往事才在我眼前幻现得清晰,母亲的苦难和伟大才在我心中渗透得深彻。上帝的考虑,也许是对的……E

21. 异国之湖

林莽环绕,湖水连绵。四个人——森、淼、摄影师和晶——驾一叶轻舟,破浪飞驰。

森握紧着方向盘,笑声和惊叫声时而压过马达的轰鸣。摄影师在她身旁,镜头俯、仰、推、拉、摇,贪婪地摄取着水色山光……

湖面上几只白色的大鸟,时而静若幻影,时而展翅击波,伴一阵洪亮的长鸣飞入林中。

船尾,晶坐在森的膝旁,双手紧紧捉定他的轮椅。

森不时俯下身,与晶相互伏耳。——噪音太大;好处是不怕"隔墙有耳",麻烦的是一字一句都得贴近对方的耳边喊。

"昨天,我又看了一遍你那篇《我与地坛》。"

"什么?你与什么?"——似有故意之嫌。

"我是说,你寄给我的那本书,最近我又看了几遍!"

"咳!我还以为是又买了几本呢,那我就能多拿些版税了。"

"你说什么?!"

"哦,没事儿,没事儿……"见晶一脸的认真,森只好又俯下身来喊,"我是说呀,多学习几遍没啥不对!"

晶含嗔带笑地看看他。

两个人都沉默了一会儿,直至摄影师的镜头摇过船尾。

"喂,能不能问你个问题?"

森交叉两个食指,意思是:十个也行。

"我觉得,那里面,是不是还藏着个故事?"

"是吗?哪儿?"

"结尾。接近收篇的地方。"

森点支烟,朝远处望了一会儿,才不易觉察地向晶抬了抬拇指。

"我没猜错,对吗?"

"你并不是第一个。但你是第一个直接这么问我的。"

"一个爱情故事?"

"还要再加十分吗?"

159

"干吗不直接写出来?"

"这你应该知道。"

那几只白色的大鸟又出现在岸边巨大又茂密的树冠上,理毛,扇翅,高声鸣叫……

"她现在在哪儿?我是说,垚?"晶问得挺突然。

森摇摇头。这摇头,好像早就准备好了。

"没联系?"

"应该,还在,这颗星球上吧……"

马达声震耳欲聋。小船蹿着,跳着,一个急转弯,船尾"卷起千堆雪"……

画外,森的轻声诵读:要是有些事我没说,地坛,你别以为是我忘了,我什么也没忘,但是有些事只适合收藏。不能说,也不能想,却又不能忘……[E]

激涌飞溅的浪花上,浮现出垚的影像……随即浪涌声、马达声以及鸟儿的鸣叫声,均告消失。

画外,森的诵读声更趋轻缓:它们不能变成语言,它们无法变成语言,一旦变成语言就不再是它们了。它们是一片朦胧的温馨与寂寥,是一片成熟的希望与绝望,它们的领地只有两处:心与坟墓。比如说邮票,有些是用于寄信的,有些仅仅是为了收藏。[E]

22. 往日恋人

背景化作抽象的色彩或光影,变幻如梦……一个年轻、貌美的姑娘——垚,她游戏般驱动着轮椅,前进,后退,旋转,一百八十度,三百六十度,七百二十度……但总也不能像森那样驾驭自如。

画外,森的轻声诵读:健康、漂亮、善良——这几个词太陈旧,也太普通了,但我没有别的词给她。别的词对于她都嫌雕琢。别的词,矫饰、浮华,难免在长久的时光中一点点磨损掉。而健康、漂亮、善良,这几个词经历了千百年……B

终于,垚跳下轮椅,自叹不如地笑着,向森——但并不出现森,所以是向着镜头——走来,步履轻捷,体态丰盈,处处流溢着青春的光彩。但那段路程却似无比漫长,仿佛她永远也不能走到森的跟前……背景依旧如真似幻,缓慢,并且动荡。

画外,森的轻声诵读:有一天,他坐在轮椅上吻了她,她允许了,上帝也允许了……B

23. 残疾与爱情

画面渐呈黑白,间或浮现淡彩:森和垚,偷偷地但是热烈地亲吻——可能是在地坛,那一片火一样燃烧的枫林里……也可能,是在那些历经数百年寒暑的老柏树下……或者,是在那座古祭坛旁,石门中的落日正越来越大,也越红……

我坐在轮椅上吻了她,她允许了,上帝也允许了……B——唔,这不是一首歌吗?请把它写成歌吧。

画面在黑白与淡彩之间变换:森和垚偷偷地但是热烈地亲吻——也可能是在合欢树旁的那间小屋里,树影婆娑,印在这一对恋人的身上。从窗口看出去,一间小小的院落,正安歇在午后的阳光中……

……她允许了,上帝也允许了……在很多晴朗或阴郁的时刻,如同团聚,折磨得到了报答……^B——要有一把吉他,轻轻地弹拨,就像那树影一般的节奏,就像是黑人的灵歌……

画面在黑白与淡彩之间变换:这一对恋人偷偷地但是热烈地亲吻——或者是在去地坛的途中,到地坛去必经的一条小巷里,昏黄的路灯下雪花旋转、飘舞,如同一群快乐的飞蛾……雪花落在他们炽热的脸上,化作流淌的水滴……

……哪怕再多一点折磨,这报答也是够的……因此你要努力去做些事情,或许有一天就能配得上她,无愧于上帝的允许……^B一首不紧不慢的歌,反反复复地唱;还要加上一把萨克斯,那种若断若续的吹奏,是说着亲近的渴望,是要你走过来听听我的呼吸……

画面在黑白与淡彩之间变换:夏天的傍晚,我把轮椅摇过小桥,沿河漫步,看那撒网者的执着。烈日晒了一整天的河水疲乏得几乎不动,没有浪,浪都像是死了。草木的叶子蔫垂着,摸上去也是热的。太阳掉进河的尽头。蜻蜓小心地寻找露宿地点,看好一根枝条,叩门似的轻触几回方肯落下,再警惕着听一阵子,翅膀微垂时才是睡了。知了的狂叫连绵不断……^B

森的画外音:我盼望我的恋人这时能来找我——如果她去家里找我不见,她会想到我在这儿。这盼望有时候实现,更多的时候落空,但实现与落空都在意料之内,都在意料之内并不是说都在盼望之中。^B

所有的地方,都有我伤心的印记;所有的团聚,都只是为了别离。也许我不该爱上她?不该爱却爱上了,就像这残疾已无法更改……这夜以继日的歌唱,时而高亢,时而低回,时而热烈或凄迷,跟那画面的色彩一样动摇不定……

森的画外音:你不应该,你不应该,你不应该你不应该你不应该,你——不应该!^G不管是在哪儿,也无论是何时,这声音都在悄悄地滋生、成长,响在很多人的脸上,响在被划为"例外者"的心里。

年轻的森摇着轮椅,离开河边。
黑夜渐渐笼罩。
万家灯火中,偶尔见他的轮椅穿行其中……

森的画外音:你爱她,你就不应该让她爱上你……你爱她,你就不应该拖累她……你爱她,你就不应该毁掉她的青春……^G不管在哪儿,也无论何时,这声音乐此不疲,仿佛响在天堂与地狱之间,响在"灵歌"因而要诞生的地方。

24. 折磨

画外,森的诵读:因而,属于那个年轻的恋爱者的,只有一个词:折磨。^B

杨树的枝条枯长、弯曲,在春天最先吐出了花穗,摇摇荡荡在灰白的天上。我摇着轮椅,毫无目的地走。街上车水马龙人流如潮,却没有声音——我茫然而听不到任何声音,耳边和心里都是空荒的岑寂……^B

情景，与画外森的诵读：我常常一个人这样走，一无所思，让路途填满时间，劳累有时候能让心里舒畅、平静，或者是麻木。这一天，我沿着一条大道不停地摇着轮椅，不停地摇着，不管去向何方，也许我想看看我到底有多少力气，也许我想知道，就这么摇下去究竟会走到哪儿……[B]

夕阳西坠时，看见了农田，看见了河渠、荒岗和远山，看见了旷野上的农舍炊烟……绿色还很少，很薄，裸露的泥土占了太重的比例，落霞把料峭的春风也浸染成金黄，空幻而辽阔地吹拂。我停下车，喝口水，歇一会儿。闭上眼睛，世界慢慢才有了声音：鸟儿此起彼落的啼鸣……农家少年的叫喊或是歌唱……远行的列车偶尔的汽笛声……身后的城市"隆隆"地轰响，和近处无比的寂静……[B]

情景，与画外森的诵读：如果爱情就被这身后的喧嚣湮灭，就被这近前的寂静囚禁，这个世界又与我何干？睁开眼，风还是风，不知所来与所去，浪人一样居无定所。身上的汗凉了，有些冷。我继续往前摇，也许我想：摇死吧，看看能不能走出这个很大的世界……[B]

25. 长跑者 K

森的画外音：暮色苍茫中，我碰上了一个年轻的长跑者。一个天才的长跑家——K。[B]

K在我身旁收住脚步，愕然地看着我，问我这是要到哪儿去？我说回家。他说，你干吗去了？我说随便走走。他说你可知道这是哪儿吗？我摇摇头。他便推起我，默默地跑，朝着那座"隆隆"

轰响的城市,那团灯火密聚的方向……B

26. 在湖岸上

开阔、起伏的湖岸上,森开着电动轮椅,如绿浪中的一只小船。晶不时要紧走两步,才能保持与他并行。

晶:"那……这些事,她知道吗?"

森:"你说谁?"

晶示意一下森的方向。

前面,几十米,淼和摄影师正朝这边伫望;身后是连绵不断的大森林,是湛蓝碧透的浩瀚天穹,几只大鸟正稳稳地盘旋。

晶:"当然是你妻子。"

森:"你担心她看不出那儿藏着个故事?"

晶略显迟疑,欲说又止,抬头看那几只大鸟……

森:"我说你是头一个直接问我(那故事)的,并没说你是最先发现(它)的。"

晶指指头顶上的大鸟:"那是什么,鹰吗?"

森停车仰望:"也可能是鹞,也可能是隼,是鹫,或者……"

"肯定不是鸡!"晶有点儿没好气儿。

森抱歉般地笑笑。晶并不当真,知道他是存心没正形儿。

"你们怎么认识的?"晶突然问。

森不可能是没听见,但目光依旧保持在天上,仿佛沉迷于那几只大鸟的矫健与从容……

晶也只好再抬起头,但注意力全在森的脸上。

"太初……"森双目微合,嘴中念念有词,"大地混沌,还未成形,深渊一片黑暗;上帝的灵运行在水面上……"(《旧约·创世记》)

晶:"也许,我不该问?"

165

森:"不不不,我正回答你呢。我是说呀,其实,我们都是从那水面上漂离的,而一切所谓希望,说到底,都是要在那儿重新团聚。"

晶疑惑地看看森:"玄了你!"

森这才把目光收回来:"你不是问她吗?她就像一个'顺水漂来的孩子'——这是借用昆德拉的一句话,你应该看过他那本书。"

"什么意思?"

"按照那位托马斯的意思,是说有些女人——哦,或者说异性吧——你可以跟她们做爱,却不能容忍跟她们一起睡觉;但'顺水漂来的孩子'不一样,她在,你也能安心入睡。在你最软弱、最本真的时候,你也希望她就在你身边……"

"托马斯的意思,还是你的意思?"

"一样啊,哥们儿!"

"谁是你哥们儿!"晶脸上忽现一丝愠色。

森张口结舌,一时倒不知如何答对。

餐桌上的那种尴尬又出现——这里面埋藏的意思是:叫全名吧,未免显出刻意的疏远,昵称呢,又嫌太过亲近;"哥们儿"一词却在调侃中化解了这份两难。

"甭为难,'嘿'一声就行了,我挺习惯。"

"嗯……据说有人发明了一种药,能让人几天几夜不睡觉也不困,照样能工作,而且丝毫不损害身体。可有件事他们没弄懂,睡觉单是为了恢复体力吗?不哇,那更是为了修复灵魂!——让人有机会重新回到那水面上去,同上帝的灵一起运行。"

"你确实有点儿玄了。"

"一点儿都不玄。我常在深夜醒来时,一下子就明白了很多白天总也不能明白的事。"

"你是说,那才是人最本真的时候?"

"你不觉得?"

"这么说,人,最本真的时候也是最软弱的时候了?"

"人最坦诚的时候,恰恰也是最容易受到攻击的时候。睡着了,你看人是多么自由、坦诚,多么没有防范,想怎么就怎么,不管梦见什么你都不会羞愧,不管说什么都是真心。可你看人一醒过来,先要以最快的速度弄清自己的处境,然后穿衣,下床,梳洗打扮;这过程中,表情一会儿比一会儿虚假,肉体的衣服穿好了,心灵的衣服也穿好了。等他们走到街上,你看吧,一个显着比一个强大,透着一副'我才求不着你呢'的神气。"

"其实呢?"

"对呀对呀,其实呢?"森满怀期待地看着晶。

晶轻轻地叹一口气:"唉,你们这些作家!"

两个人默默地又走了一会儿。

"我不过是问你,她怎么样?"

"如果,一个人的睡姿,就像个'顺水漂来的孩子',这说明,他/她值得你爱,一般来说,他/她也已经爱上你了。如果你发现,一个人的睡姿,就像个'顺水漂来的孩子',这说明你也爱上他/她了,而且很可能,你也值得他/她爱……"

"从什么时候?或者说,你们(认识)有多少年了?"

"上帝,从不给人绝境。她就从那片大水上漂来,从我的梦里漂来,你说有多少年了?"

27. 顺水漂来的孩子

远处,森坐在一处缓坡上歇息——那儿算得上一个制高点,可以俯瞰山坡下的一切。她也许是累了,顺便等一等森和晶;但森明白,那是为了不使他脱离她的视野,以便随时知道他是否要她来帮忙。

森的画外音:那书上是这么写的——"他不断回想起那位躺在床上,使他忘记以前生活中任何人的她。她既非情人,亦非妻子,她是一个被放在树腊涂覆的草篮里的孩子,顺水漂来他的床榻之岸……而他在床榻之岸顺手捞起了她……"(昆德拉《生命中不能承受之轻》)

森那副与其说是张望着、不如说是操心着的眼神,正如书中那位托马斯所说,既非情人,亦非妻子,甚至也不是母亲或者女儿,或者说这几个词都不能概括她。她那目光与神情,果真就像个孩子——一心一意的孩子,一心一意地听着一个久远的传说,并为主人公的命运而忘却一切的孩子,一个顺着蓝天、碧水一路"漂来的孩子"。

森的画外音:不过,我跟那位托马斯可不一样。她呢,也不是特丽莎。她是顺水漂来的孩子,但不是我捞起了她,是她捞起了我;不是用手,是用她一心一意的眼神,或是满心灿烂的欢笑,召唤我,要我到她那个"涂满沥青和柏油的草篮"上去,同她一起漂流,在那片太初至今的大水上……

从各种角度,拍摄森在不同背景中对森的张望,或是操心着、担忧着他的那副纯净的眼神——

比如说在会场里,黑压压的听众中间,你一下子就能找到那个默默的身影,和那一双你随时看她、她在看你的眼睛……

比如说在大街上,如潮的人流冲撞得她步履踉跄,但那目光仍是在寻找着你,安慰着你……

或者比如在医院,你在屋檐下的阴凉里等候,她在烈日下、排在长长的挂号队伍中间,不断把一副无所谓的神气送过来……

或是在早点部,她端着餐盘挤出人群,向你走来,时而小心翼翼地盯着餐盘,时而挑起目光像在瞄准你,校正好一条直线,一步一步向你走来,那惯有的灿烂笑容随时准备绽放……

在医院的检查室,朋友们七手八脚地把你抬起来,放下去。从众人的缝隙中你看见,她正不知所措地寻找着你的目光……

在机场,在车站,在公园……以及在梦里,梦里那些奇异的街道、屋舍、旷野和山谷……所有那些仿佛前生或来世的景物中,她那眼神,那伸长着脖颈在寻找、在注视、在担忧或是在宽慰着你的样子,让你随时都会觉得,你已然又跟随着上帝的灵,运行在那水面上了……

森的画外音:是呀是呀,就像我曾经说过的:"它们不能变成语言……一旦变成语言就不再是它们了。"不过,这一回,已不再"是一片朦胧的温馨与寂寥,一片成熟的希望与绝望"。她来了,顺着那太初的大水终于漂来我的跟前了,一切就都不一样了。当然,这儿没有摩西,但是,我们确乎是在不知不觉间,走出了那一片辽阔但无形的"埃及"……

28. 重病之时

躺在"透析室"的病床上,看鲜红的血在"透析器"里汩汩地走——从我的身体里出来,再回到我的身体里去,那时,我常仿佛听见飞机在天上挣扎的声音,猜想上帝的剧本里这一幕是如何编排。[Q]

森的画外独白:把身体比作一架飞机,要是两条腿(起落架)和两个肾(发动机)一起失灵,这故障不能算小,料必机长就会走出来,请大家留些遗言。[Q]

有时候我设想我的墓志铭,并不是说我多么喜欢那路东西,只是想,如果要的话最好要什么。要的话,最好由我自己来选择。我看好《再别康桥》中的一句:"轻轻地我走了,正如我轻轻地来。"在徐志摩先生,那未必是指生死,但在我看来,那真是最好的对生死的态度,最恰当不过,用作墓志铭再好也没有。^Q

仿佛在辽阔无边的水面上,仿佛在迷迷蒙蒙的雾霭里……重病之时,寒冷的冬天里有过一个奇迹——我在梦中学会了一支歌。梦中,一群男孩和女孩齐声地唱:生生露生雪,生生雪生水,我们友谊,幸福长存。莫名其妙的歌词,闻所未闻的曲调,醒来竟还会唱,现在也还会。那些孩子,有我认识的,也有我从未见过,他们就站在我儿时的那个院子里,轻轻地唱,轻轻地摇,四周虚暗,瑞雪霏霏……^K

森的画外音:这奇妙的歌,不知是何征兆。

懂些医道的人说好——"生生",是说你还要活下去;"生水"嘛,肾主水,你不是肾坏了吗?那是说你的生命之水枯而未竭,或可再度丰沛。^K

妻子没日没夜地守护着我,任何时候睁开眼,都见她在我身旁。我看她,也像那群孩子中的一个。

我说:"这一回,恐怕真是要结束了。"

她说:"不会。"^K

"刚才,我想到一句诗,你要听吗?"

"当然。"

"我怕我是走错了地方/谁想却碰见了你!"

"谢谢。"

"只是不知道,来世,我能不能再找到你。"

"一定。我还会顺水漂来……"

那群如真似幻的孩子,在我昏黑的梦里翩然不去。那清明畅朗的童歌,确如生命之水,在我僵冷的身体里悠然荡漾……ᴷ

森的画外音:我真的又活过来。太阳重又真实。昼夜更迭,重又确凿。ᴷ

我又能摇着轮椅出去了,走上阳台,走到院子里……我把梦里的情景告诉妻子,她反倒脆弱起来,待我把那支歌唱给她听,她已是泪水涟涟……ᴷ

29. 今日地坛

碧瓦朱门早都焕然一新。绿地都围上了护栏。所有的道路也都重新铺过。唯祭坛四周的老柏树,仍一如既往的苍翠、镇静,洒一地浓荫。再就是园子东北角的海棠和梨花,正是春光无限,一树树的淡粉与雪白,蜂也依旧,蝶也依旧……

森和森于画外的交谈声——
那些孩子怎么说,让你下来,让他玩会儿?
孩子的想法都差不离,这样的事我碰上不止一次。
你怎么说呢,当时?
有那么一会儿,我真觉着我可以下来让他玩会儿。说不定这么一欠身,一迈腿,也就下来了,一切都好好的,不过是个梦。

森叹了口气,轻得让人不易察觉,然后看一下森。正如所料:噩梦早已消散,至少在森的脸上已找不到丝毫痕迹。
森的顶发明显稀疏,已逾不惑之年,坐下一辆崭新的电动轮椅。森在一旁,嫩绿色的风衣飘飘摆摆,尤显年轻——乍看去倒像是父女俩。

30. 大钟遗址

斋宫北墙外的那一片马尾松,并未比过去长高太多,但茂密依旧。森和森,沿林边细长的小路缓步而行。

森的画外音:这儿是园中最为僻静的地方,游人很少光顾。当年我常来这儿看书,钻进林中,无人打扰,一看就是几个小时。

森在松林对面的一片草地前驻步,默望良久。
"那儿,原来,还有一口大钟。"他说。
"大钟?噢噢我懂,是不是那种……"森双臂合拢,比画着。
森不及回答,绕着草地,测定那口大钟曾在的位置。
森望着他,像在人山人海中望着他时一样。
好半天森才停下来,自语道:"是这儿,应该是这儿。"
森才走近他,想问什么,又没问。
仍怕不够准确似的,森绕着草地再作察看,然后把轮椅开进草地中央,对森说——或仍不过是自语:"没错儿,就是这儿。"
看着他这股突来的认真劲儿,森已经猜到了什么。
有那么一会儿两个人都不说话,默默地望着那片草地出神。
天空中云聚云散,草地上时暗时明。明暗之间似有一缕箫声涌动,但稍纵即逝。
森:"你怎么啦?"
森:"我?没有哇?哦,没事儿。"
森飞快地看他一眼,意思是:没事儿?没事儿值得你这样?
森也感到了这一点,笑笑:"过去,我常在这儿等她。"

森:"干吗不说约会?"

森:"对,约会。"

森:"后来呢?"

森:"什么后来?后来你都知道了。"

森:"我是说那口大钟,哪儿去了?"又是那副一心一意的眼神,一心一意地为他人担忧的样子。

森摇摇头:"不知道。有天来了一伙人,开个吊车,不知把它给搬哪儿去了。"

那一缕箫声终于压抑不住了,涌动得清晰起来,或仅止箫曲,或继而有歌——也可以是从头至尾的无字吟咏,也可以是譬如陆放翁的那首《钗头凤》,或与之类似的意境。不妨把它抄录下来,以供参考:红酥手,黄縢酒,满城春色宫墙柳。东风恶,欢情薄,一怀愁绪,几年离索。错,错,错!

31. 空镜头:地坛情思

老树萌芽,荒林新绿,雾蒙蒙一片轻摇慢荡。箫歌延入:春如旧,人空瘦,泪痕红浥鲛绡透。桃花落,闲池阁,山盟虽在,锦书难托。莫,莫,莫!

箫歌低回,缠绵悱恻,在红墙绿瓦(或是断壁残垣)间如流如淌。

森的画外音:我不能去找她,只能等她来找我,这一点,是贯穿于那个"埋藏着的爱情故事"的基调。

大钟孤零零地守候在空地上。

四顾无人,连鸟儿也在别处。

只有太阳,静静地把树影缩小,而后伸长。

大钟周围的土地上,纷乱的脚印和车辙,明明标写着春天的力量。

森的画外低诵:设若枝丫折断,春天唯努力生长。设若花朵凋残,春天唯含苞再放。设若暴雪狂风,但只要春天来了,天地间总会飘荡起焦渴的呼喊……^D

32. 安静的桃花

森的低诵声延入:我还记得一个伤残的青年,是怎样在习俗的忽略中,摇了轮椅去看望他的所爱之人……也许是勇敢,也许不过是草率,是鲁莽或无暇旁顾,他在一个早春的礼拜日起程……^D

森摇着轮椅,走过融雪的残冬,走过翻浆的土路,走过滴水的屋檐,走过一路上正常的眼睛……^D

画外,森的低诵:那时,伤残的春天并未感觉到伤残,只感觉到春天。^D

森摇着轮椅,走过解冻的河流,走过湿润的木桥,走过满天摇荡的杨花,走过幢幢喜悦的楼房……^D

画外,森的低诵:那时,伤残的春天并未有什么卑怯,只有春风中正常的渴望。^D

森摇着轮椅……走过喧嚷的街市,走过一声高过一声的叫卖,走过灿烂的尘埃……^D

画外,森的低诵:那时,伤残的春天毫无防备,只是越走越怕那即将到来的见面太过俗常……^D

就这样,森摇着轮椅走进一处安静的宅区——安静的绿柳,安静的桃花,安静的阳光下安静的楼房,以及楼房投下的安静的阴影。^D

画外,森的低诵:整个春天,直至夏天,都是生命力独享风流的季节。长风沛雨,艳阳明月,那时候田野被喜悦铺满,天地间充斥着生的豪情……那时候视觉呈一条直线,无暇旁顾……^D

她出来了。

可是怎么回事?她脸上没有惊喜,倒像似惊慌:"你怎么来了?"

"啊老天,你家可真难找。"

她明显心神不定:"有什么事吗?"

"什么事?没有哇?"

她频频四顾:"那你……"

"没想到走了这么久……"

她打断他:"跑这么远干吗,以后还是我去看你。"

"咳,这点儿路算什么!"

她把声音压得不能再低:"嘘——今天不行,他们都在家呢。"

不行?什么不行?他们?他们怎么了?噢……她身后的那个落地窗,里边,窗帷旁,有张焦虑的脸,中年人的脸,身体埋在沉垂的窗帷里半隐半现……目光严肃,或是忧虑,甚至警惕。继而又多了几道同样的目光,在玻璃后面晃动。一会儿,窗帷缓缓地合拢,玻璃上只剩下安静的阳光和安静的桃花。

他看出她面有难色。

"哦,我路过这儿,顺便看看你。"

你听出她应接得急切:"那好吧,我送送你。"

"不用了,我摇起(轮椅)来,很快。"

"你还要去哪儿?"

"不。回家。"^D

33. 长跑者 K

但他没有回家。森沿着一条大路走下去,一直走到傍晚,走到了城市的边缘,听见旷野上的春风更加肆无忌惮……^D

在那儿,森又碰见了 K。这一回 K 什么都没说,便把森的手摇车调转一百八十度,推着他继续跑……

K 推着我跑,灯火越来越密,车辆行人越来越多……K 推着我跑,屋顶上的月亮越来越高,越来越小,星光越来越亮越来越辽阔……K 推着我跑,"隆隆"的喧嚣慢慢平息着,城市一会儿比一会儿安静……万籁俱寂,只有 K 的脚步声和我的车轮声如同空谷回音……^B

森的画外音:K 因为在"文革"中出言不逊,未及成年就被送去劳改。三年后回来,却总不能像其他同龄人一样有一份正式工作……K 就在街道生产组蹬板车。蹬板车之所得,刚刚填平蹬板车之所需。力气变成钱,钱变成粮食,粮食再变成力气,这样周而复始。我和 K 都曾怀疑上帝这是什么意图。K 便开始了长跑,以期那严密而简单的循环能有一个漏洞,给梦想留下一点可能。

K 盼望以他的长跑成绩来获得政治上真正的解放,他以为记者的镜头和文字可以帮他做到这一点。第一年他在春节环城赛上跑了第十五名,他看见前十名的照片都挂在了长安街的新闻橱窗里,于是有了信心。第二年他跑了第四名,可是新闻橱窗里只挂了前三名的照片,他没灰心。第三年他跑了第七名,橱窗里挂前六名的照片,他有点怨自己。第四年他跑了第三名,橱窗里却只挂了第一名的照片。第五年他跑了第一名——他几乎绝望了,橱窗里只有一幅环城赛群众场面的照片。那些年我们俩常一起在地坛里待到天黑,开怀痛骂,骂完沉默着回家,分手时再互相叮嘱:先别去死,再试着活一活看。[B]

K推着我跑,在我的印象中一直就没有停下……[B]

森的画外音:后来有个姑娘爱上了他,并且嫁给了他……热恋中的K曾对我说过一句话。他说他很久以来就想跟我说这句话了。他说:"你也应该有爱情,你为什么不应该有呢?"我不回答,也不想让他说下去。但是他又说:"这么多年,我最想跟你说的就是这句话了。"我很想告诉他我有,我有爱情,但我还是没有告诉他,我很怕去看这爱情的未来。那时候我还没能听懂上帝的那一项启示:梦想如果终于还是梦想,那也是好的,正如爱情只要还是爱情,便是你的福。[B]

K推着我跑,在我的印象中一直就没有停下,一直就那样沉默着跑,夜风扑面,四周的景物如鬼影憧憧……也许,恰恰我俩是鬼——没有"版权"却擅自"出版"了,穿游在午夜的城市,穿游在这午夜的千万种梦境里……[B]

34. 异国透析室

静静的透析室,色彩并不单调:浅蓝色的透析机,淡粉色的护士们的衣装,洁白的四壁和门窗,殷红并汩汩流淌着的是血——由动脉里出来,经条条悬挂的管路,再从静脉回到身体里去。

透析机偶尔发出"嘀嘀"的警报,随即护士的脚步声便一路响来。

病人们倒都悠闲,聊天的,看报的,鼾声如雷的。

森躺在病床上,不断欠身朝窗外的小花园里张望——森和摄影师就在那些花丛中等候,但从这个角度怎么也看不见。

35. 小花园

摄影师捧着书,细看那一段,不由得读出声:"它们是一片朦胧的温馨与寂寥,是一片成熟的希望与绝望,它们的领地只有两处:心与坟墓。比如说邮票,有些是用于寄信的,有些仅仅是为了收藏⋯⋯[E] 你是说这儿?"

森:"还能是哪儿?真够迟钝的你可!"

摄影师再捧起书,反复琢磨。

小花园里鸟语花香,轻风徐徐,"嗡嗡"的蜂鸣有如眠歌。

森伸伸懒腰,打了个哈欠。

摄影师方有所悟:"这个爱情故事,好像⋯⋯是个悲剧?"

森微闭双眼:"你说的是婚姻,爱情没有悲剧。"

摄影师惊讶地看着森,大惑不解:"真够迟钝的,我可?"

"那可不是!"森说:"对爱者而言,爱情怎么会是悲剧?对春天而言,秋天是它的悲剧吗?"

摄影师:"那⋯⋯结尾是什么?"

"等待。"

"之后呢?"

"没有之后。"

"或者说,等待的结果呢?"

"等待就是结果。"

"那,不是悲剧吗?"

"不,是爱情。"

摄影师继续发愣,好半天才把迷幻般的目光凝聚到淼的脸上:"那……你呢?"

淼这才睁开眼睛:"我咋啦?"

"那你跟他,是什么呢?"

"你只有过一次爱情?"

"不好意思,我好像还……一次都没有过。"

"我信吗?"

"我骗你?"

"你还没有过婚姻,这我信。可爱情……"淼指了指心口。

摄影师下意识地也摸摸胸口:"这也算?"

"这不算什么算?"

"我说的是成功的爱情。"

"对爱者而言,爱怎么会是失败?对春天而言,秋天是失败吗?"

淼站起身,走到治疗室的窗根下,欠起脚跟朝里面望,然后笑笑,做个手势,意思是:放心吧,我在呢!

摄影师的目光跟随着淼,跟随着她的每一个动作,直到她又坐回到原来的地方,才终于吞吞吐吐地说:"那,那么,那个女人,她……"

淼:"她会不会回来,是不是?痛快点儿!"

"是是是。那你,怎么想?"

"不知道。"

"不知道?!"

"不知道我是希望她回来,还是不希望她回来。"

摄影师惊得瞠目结舌。

"咋啦你,不要紧吧?"

"不行不行,我得承认我实在是有点儿迟钝。您的意思是?"

"真的,我有时真的是希望她能回来,他们能够重逢,隆重的、精彩的、非同凡响的重逢……可有时候,又不希望。你懂了吗?"

"真是抱歉,我没听出您比刚才多说了什么。"

"唉,你们这些男人,全都一根筋!"

"比如说,她要是回来了,那……你怎么办?"

"所以嘛!"

"所以什么呀?你快把我弄糊涂了。"

"你压根儿就不算明白!"

"那……他呢,他希望她回来吗?"

森把头仰靠在椅背上,眸中映满天光,有一缕流云,有一只白色的鸟,有一丝闪闪烁烁的忧郁……

那只白色的鸟,飞得很高,飞得很慢,翅膀扇动得潇洒且富节奏,但在广袤无垠的蓝天里仿佛并不移动……[H]

森在画外说道——与以往诵读的语速、音调完全一样:"如果上帝不允许一个人把他的梦统统忘掉得干净,就让梦停留在最美丽的位置……所谓最美丽的位置,并不一定是最快乐的位置,最痛苦的位置也行,最忧伤最煎熬的位置也可以,只是排除……"[H]

画外,摄影师问:"排除什么?"

36. 白色鸟

天上,白色的鸟,甚至雨中也在飞翔……贴着灰暗的天穹……更显得洁白,闪亮的长翅一上一下优美地扇动,仿佛指挥着雨,掀起漫天雨的声音……[H]

雨,飘洒在荒林中,飘洒在空地上,飘洒在大钟和钟旁的一顶雨伞上……橘红色的伞面遮住了一对恋人的脸,但可以看出:他们一同坐在那辆手摇车上……

画外,森的回答——语速与那只大鸟收展翅膀的节奏一致:"F是说,只排除平庸……"[H]

白色的鸟像一道光,像梦中的幻影,在云中穿行,不知要飞向哪儿……雨响作一团……世界只剩下这声音,其他都似不复存在……[H]

那对恋人,相拥着,伞下似有喃喃低语……雨在橘红色的伞面上飞溅,密如鼓点,响如心动……因而,能听清的似乎只有这么一句:"搂紧我,哦,搂紧我搂紧我……"

画外,森的回答——或许是受了那鼓点儿般的雨声的感染,语速也似急剧起来:"F是说:只排除不失礼数地把你标明在一个客人的位置上,把你推开在一个距离外,又把你限定在一种距离内:朋友。这位置,这距离,是一条魔谷,是一道鬼墙,是一个丑恶凶残食人魂魄的老妖,它能点金成石、化血为水、把你舍命的珍藏'刷啦'一下翻转成一块丑陋的浮云,轻飘飘随风而散……"[H]

摄影师在画外问道:"谁是F?"

画外,森几近一字一句地回答:"我是我的印象的一部分,而我的全部印象才是我。"[H]

天上,那只鸟在盘旋,穿云破雾地盘旋,大概并不想到哪儿去,专是为了掀起这漫天风雨……[H]

地上,那把橘红色的伞,被风吹起,又被雨打落,在林间的空地上翻滚,像一朵盛开时节忽而凋零的花……恋人已不知何往,唯那喃喃的低语——"搂紧我,哦,搂紧我搂紧我"——变作呼喊,在大钟四周盘桓不去,在天地之间震荡不息……

37. 地坛中的老人

这季节天气变化无常,忽而起了风,开玩笑似的打着呼哨四处野跑;忽而又飘下雨,淅淅沥沥弄起管弦,轻吹慢拨、幽微缠绵。雨大时我们躲进拱门去,园里园外世界全都藏起来,单用茫茫雨雾迷惑你,用浪涌潮翻般的震响恫吓你……^G

森的画外音:我、世启、老孟还有路,几乎天天都到那园子里去。世启不死心,他相信他老婆肯定会回来,早一天晚一天的倒不要紧。

不久,雨过了,太阳憋足了力气,又把炽烈的光焰倾泻下来,仿佛一下子把草木都碾轧成金属,尖厉的颤响从各个角落里漫起来,连成一片、连成一片,激动不安与辉煌的太阳一同让人睁不开眼……^G

森的画外音:那年夏天在这园子里,我们一起经历了许多奇异的事……^G

亮白刺眼的背景中走来了世启、老孟、路和十八;他们边走边争论着什么,像是就一件不久前发生的事各持己见。蒸腾的水雾使他们的身影模糊不清,遍地的颤响把他们的吵嚷声搅得支离破碎——就好像唱机的转速不稳,或似一阵阵耳鸣……很久,随着阳光的渐趋温和,无论声音、景物还是四个人的形象,才都清晰起来——

路说:"他们跳得一塌糊涂是吧老孟?"

老孟拍拍路的肩膀,手在他那熊一样结实的脊背上停留片刻,然后滑落。

"什么你说?"我问路,"什么跳得一塌糊涂?"

世启看一眼路,低声对我说:"别理他,路又说傻话呢。"

"路才不傻呢。"老孟说。

路说:"我才不傻呢是吧老孟?"然后转向世启和我:"我才不傻呢。"然后又对老孟说:"我不傻,是吧老孟?"

老孟又拍拍他的肩膀:"不过别老说这一句,老说这一句可不聪明。"

"我没老说这一句是吧老孟?"

我和世启笑起来……G

风吹草动,好像有什么活物藏身其间,细听细看,又像没有。

古殿(或颓墙)那边"哗啦"一声——可能又有旧墙皮或碎砖瓦掉落下来,惊起了不知名的鸟儿。

鸟儿"哇哇"地叫着飞走了。古殿复归沉寂,但那沉寂中总似有些"吱吱嘎嘎"的响动……

情景,与森的画外音:有件事说起来让人毛骨悚然。在一片茂密的乱草丛中,一对老人悄悄地死在了那儿,发现的时候已经死了七八天了,甚至还要久……两个老人并肩坐在地上,背靠老柏树,又互相依偎着,睁着眼睛,死了也没有倒下去。几条野豆蔓儿已在他们垂吊着的胳膊上攀了几圈。没人知道他们是谁,怎么死的,以及为什么死。两个人都是满头白发,一身布衣,没带任何东西,虽然时值盛夏却没有什么特殊的气味……四周是没腰的野草,稀疏的野花开得不香也不雕琢。两蓬静静的白发与周围的气氛极端和谐……G

祭坛上的茸茸绿草,沿石缝,水一样洇开,纵横回转勾画出一块块铺地长石,仿佛上帝摆设的多米诺骨牌。祭台周围,绿草"嗡"的一声全都茂盛,撒开野花,闪闪耀耀疏密有序,如一幅星图……^G

森的画外音:最先发现这件事的是我、世启、老孟和路。一连几天我们都说,草丛中那两蓬白亮亮的东西不知是什么,后来便把轮椅摇着、推着,走近去看……世启说,他们身上什么东西都没带。老孟想了一会儿,说他们还没傻到要把这辈子的东西带到下辈子去。我说这可糟了,咱没法知道他们是谁了……两张脸除了有些苍白,看起来倒是很坦然很轻松的样子,眼边嘴角似有微笑。这表情让我想起学生考完试放假回家时的心境。^G

路独自叨咕:"他们跳得一塌糊涂,一塌糊涂他们跳得,他们糊涂……"
"他说跳什么?"我问世启。
"跳舞。老孟和路俩净说黑话。他说跳舞,瞎说呢。"
我问老孟:"什么跳舞?跳什么舞?"
"你不懂。你才十八,说(了)你也不懂……"^G

森的画外音:路有一回说,老孟的腿是年轻时跳舞摔坏的,眼睛是因为后来跳不成舞急瞎的,我和世启不信。但老孟的事只有路知道,老孟只对路一个人说……^G

警察来园子里找我们四个,向我们了解发现那对老人时的情景。
"他们就这么坐着,在那片草丛里。"

"就这么坐着？"

"就这么坐着。手垂在地上。"

"这样？"

"不是不是，是这样，垂着。胳膊上缠着野豆蔓儿。"

…………

警察在本子上记下几个字。"嗯，还有什么印象？"

世启说："他们的表情像似很痛苦。"

"不对，"我说，"他们的样子看上去挺坦然。"

世启说："怎么会呢？至少是挺伤心的。"

"一点儿也不，"我说，"俩人脸上都有笑容呢，看来很轻松。"

警察转向老孟和路："请你们二位也谈谈？"

"我的眼睛看不见。路说说吧。嘿，路！"

"老孟！"世启想制止他们。

可路已经开口了："一塌糊涂他们俩跳得，是吧老孟一塌糊涂他们俩？"

老孟不露声色，唯墨镜在夕阳下闪光。

世启在警察耳边低声解释了一下。警察惊愕的目光在路的脸上停留了一阵，又吸吸鼻子确认了老孟身上的酒味儿。

…………

那个警察对我和世启说："好啦，咱们还是说正事儿吧。关于那对老人的表情，你们一个说是很痛苦至少是很伤心，另一个说是很坦然很轻松。对吗？"

"对，"我说，"至少是很平静。"

"是很痛苦，要不就是很伤心。"

"请你们再仔细回忆一下，过些天我来。"

"还有路说的呢。"老孟说。

…………

警察走了，我们四个又到园子门口去。天渐渐黑了，园子里蟋

185

蝉叫、风铃响，凄凄寂寂的，世启的老婆还没有带着儿子回来……G

38. 猜测

我还是认为，那对老人死的时候很坦然，很轻松。世启仍然坚持说不是这样，是很痛苦，至少是很伤心。G

但他们为什么去死呢？成了缠绕我们整整那一个夏天的话题。

"也许是别人都看不起他们，他们痛苦极了。"世启说。

老孟说："为什么不会是他们自己太看不起自己，所以痛苦极了呢？"

"不对，"我说，"准是他们发现了，活着毫无意义。"

老孟说："那样他们一定非常沮丧，不会是很坦然。"

"也许是儿女不孝，他们伤心透了。"世启说。

老孟说："为什么不会是，他们相信自己是个废物是个累赘，而伤心透了呢？"

我说："一定是他们看出生活太不公正，太不公正了。"

"那样他们一定是非常失望非常失望，"老孟说，"他们就不可能很轻松。"

世启说："也许是他们想得到的东西没得到，痛苦极了。"

"他们痛苦极了，干吗不会是因为他们想得到的东西本来就是不可能得到的呢？"老孟说。

"他们感到命运太难捉摸了，"我说，"人拿它毫无办法。人根本没办法掌握它。"

老孟说："结果他们承认自己是个笨蛋，怎么会死得很坦然很轻松呢？"

"也许是他们想干的事没干成,伤心透了。"世启说。

老孟说:"为什么不可能是,他们想干的事本来可以干成,可他们没有尽心尽力地干所以伤心透了呢?"

我对老孟说:"照你说,死是挺可怕的了?"

"我没这么说。"

"对了老孟,我敢说死一点儿都不可怕。"

"你敢说是你敢说,别拉上我,我没这么说。"

"什么沮丧啦、失望啦、承认自己是个笨蛋啦,"我说,"那都是活着的感觉,可我说的是死。死,本身一点儿都不可怕。"

…………

老孟说:"那你为什么没去死?"

我知道,活着的一切梦想还在牵动着我。

世启说:"就这么死了,别人会说什么?"

路说:"别人要说什么就会说什么,是吧老孟别人想怎么说就会怎么说?"

"我才不在乎别人会怎么说呢。"我说。

"可是你活着呢!"老孟说。

"反正我知道死了就什么烦心事都没有了。"

"可我们永远不会死。"G

"什么什么?"世启说,"你说你永远都不会死?"

"我说的是'我们'。当你还能感受到'我们',还能站在'我'或'我们'的角度上说死的时候,你一定是活着呢!"

世启叹一口气:"老孟,我摸不准你的酒劲儿什么时候发作。"

"他们不可能不跳是吧老孟?"

"路,别老这么'是吧老孟是吧老孟'的。自己的事自己拿主意,一句话来回说可不聪明。"

"我没一句话来回说是吧老孟?"G

39. 园神

春天是祭坛上空漂浮着的鸽子的哨音,夏天是冗长的蝉歌和杨树叶子哗啦啦地对蝉歌的取笑,秋天是古殿檐头的风铃响,冬天是啄木鸟随意而空旷的啄木声……[E]

森的轻声诵读:设若有一位园神,他一定早已注意到了,这么多年我在这园子里坐着,有时候是轻松快乐的,有时候是沉郁苦闷的,有时候优哉游哉,有时候悒惶落寞,有时候平静而且自信,有时候又软弱,又迷茫。[E]

春天是一径时而苍白时而黑润的小路,时而明朗时而阴晦的天上摇荡着串串杨花。夏天是一条条耀眼而灼人的石凳,或是阴凉而爬满了青苔的石阶,阶下有果皮,阶上有半张被坐皱的报纸。秋天是一座青铜的大钟,在园子的东北角曾丢弃着一座很大的铜钟;铜钟与这园子一般年纪,浑身挂满铜绿,文字已不清晰。冬天,是林中空地上几只羽毛蓬松的老麻雀。[E]

森的轻声诵读:无论是什么季节,什么天气,什么时间,我都在这园子里待过。有时候待一会儿就回家,有时候就待到满地上都亮起月光。记不清都是在它的哪些角落里了,我一连几小时专心致志地想关于死的事,也以同样的耐心和方式想过我为什么要出生。[E]

……围墙残败但仍坚固,失魂落魄的那些岁月里我摇着轮椅走到它跟前。四处无人,寂静悠久,寂静的我和寂静的墙之间,膨胀和盛开着野花,膨胀和盛开着冤屈。我用拳头打墙,用石头砍它,对着它落泪、喃喃咒骂,但它轻轻掉落一点儿灰尘再无所动。……老柏树千年一日伸展着枝叶,云在天上走,鸟在云里飞,风踏草丛,野草一代代落子生根。我转而祈求,双手合十……睁开眼,伟大的墙还是伟大地矗立着,墙下呆坐一个不被神明过问的人。^L

森的轻声诵读:这样想了好几年,最后事情终于弄明白了:一个人,出生了,这就不再是一个可以辩论的问题,而只是上帝交给他的一个事实;上帝在交给我们这件事实的时候,已经顺便保证了它的结果,所以死是一件不必急于求成的事,死是一个必然会降临的节日。这样想过之后我安心多了,眼前的一切不再那么可怕。比如你起早熬夜准备考试的时候,忽然想起有一个长长的假期在前面等待你,你会不会觉得轻松一点儿?并且庆幸并且感激这样的安排?^E

雪后,月光朦胧,车轮吱吱叽叽碾压着雪路,是园中唯一的声响。这么走着,听见一缕悠沉的箫声传来,在老柏树摇落的雪雾中似有似无,尚不能识别那曲调时已觉其悠沉之音恰好碰住我的心绪。侧耳屏息,听出是《苏武牧羊》。曲终,心里正有些凄怆,忽觉墙影里一动,才发现一个老人背壁盘腿端坐在石凳上,黑衣白发,有些玄虚。雪地和月光,安静得也似非凡。竹箫又响,还是那首流放绝地、哀而不死的咏颂。原来箫声并不传自远处,就在那老人唇边。也许是气力不济,也许是这古曲一路至今光阴坎坷,箫声若断若续并不高亢,老人颤颤的吐纳之声亦可悉闻。一曲又尽,老人把箫管轻横腿上,双手摊放膝头,看不清他是否闭目。我惊诧而至感激,一遍遍听那箫声和箫声断处的空寂,以为是天喻或是神来引领。^L

森的画外音:那夜的箫声和老人,多年在我心上,但猜不透其引领指向何处。直到有一天我又跟那墙说话,才听出那夜箫声是唱着"接受"。接受天命的限制。接受残缺。接受苦难。接受墙的存在。哭和喊都是要逃离它,怒和骂都是要逃离它,恭维和跪拜还是要逃离它……墙,要你接受它,就这么一个意思反复申明,不卑不亢,直到你听见……^L

40. 跳蚤市场

远处,教堂钟楼的尖顶指向天空。近处,广场上人头攒动;那儿有一个只在周末开放的"跳蚤市场",从时新的服装到用过的家具、灯具,从雕塑、图画到各种各样的小艺术品,应有尽有。

晶和森显然刚刚逛过"跳蚤市场",坐在离它不远的一条小街口旁歇息,啃着面包,喝着饮料。晶不断扭头看森,一副欣赏兼着羡慕的样子——潜台词是:啊,你可真是年轻,完全不知道累。森正摆弄着一些刚刚买来的小艺术品,爱不释手,不时对着阳光、从不同角度观看它们。

过往的行人——尤其是老人,尤其是相互搀扶着的老夫老妻——都会放慢脚步,看看森,被她的无比真纯的笑所感染。

森:"这烛台他一定会说好。我担心的是这件裙子,他会说什么。"

晶啃着面包,不眨眼地看着森,甚至把包装纸吞进嘴里也不觉得。

森忽然扭过脸来问:"是不是我花钱太多了?"

晶摇摇头,似乎轻轻地叹了口气:"哎,说真的,真得感谢你。"

森:"感谢? 我?"

晶:"是呀,我们都很感谢你。"

森:"我们？还有谁？"

晶:"所有的人,所有他的朋友。"

森已听出弦外之音,把脸扭开:"为什么？"

晶:"你看他现在活得有多好,又自由,又自信。"

森:"所以得感谢我？"

晶:"是呀！你真是太不容易了……"

森又灿烂地笑起来。

晶:"真的真的,你别笑,我说的是真话。"

森:"我知道。我是笑还有一句话,紧跟着你就要说了。"

晶:"什么？"

森:"是说他的,说他真是福气大。"

晶也笑了:"是,是是。"

森:"所有的人都是这么说的,他真是福气大,我是真不容易。"

晶:"不是吗？"

森:"别人这么说的时候,他'嗯嗯嗯'的一个劲儿点头。别人走了呢,你猜他怎么说？"

"怎么说？"

"说怎么你活蹦乱跳的真不容易,我老弱病残的倒是福气大？"

紧跟而来的森的大笑,仍可谓"疯",可谓灿烂。晶却笑得虎头蛇尾,继而呆望着远处的教堂,和广场上的鸽子。

很久,晶才又自语般地说道:"真的,真的是……真的。"

"你说什么真的、是真的？"

"哦,我是说他可真是,真的是……福气大。"

教堂的钟声响了,一声声清脆又沉重。广场上的鸽子"扑噜噜"都飞起来,围着钟楼的尖顶一圈又一圈地盘旋……

41. 母亲的坟

盘旋的鸽群,仿佛白色的纸花,飘洒在铅灰色的云层下。

森的画外音:母亲去世十年后的那个清明节,我和父亲和妹妹去寻过她的坟。^M

鸽群掠过山峦,掠过山脚下的墓地,掠过一座座沉默的墓碑……

森的画外音:母亲去得突然……那时我坐在轮椅上正惶然不知要向哪儿去,妹妹还在读小学。父亲独自送母亲下了葬。巨大的灾难让我们在十年中都不敢提起她,甚至把墙上她的照片也收起来,总看着她和总让她看着我们,都受不了。才知道越大的悲痛越是无言;没有一句关于她的话是恰当的,没有一个关于她的字不是恐怖。

十年过去,悲痛才似轻了些,我们同时说起了要去看看母亲的坟。三个人也便同时明白,十年里我们不提起她,但各自都在一天一天地想着她。

坟却没有了,或者从来就没有过。母亲辞世的那个年代,城市的普通百姓不可能有一座坟,只是火化了然后深葬,不留痕迹。^M

父亲满山跑着找,终于找到了他当年牢记下的一个标志——一棵不起眼的红枫树,满树的叶子正红得透明,在秋风中摇曳得像一团火。

父亲说:向东三十步左右,就是母亲的骨灰深埋的地方。

但是向东不足二十步已见几间新房,房前堆了石料,是一家制作墓碑的小工厂了;几个工匠正埋头叮当地雕凿着碑石。

父亲憋红了脸,喘气声一下比一下粗重。

妹妹推着我走近前去,把那儿看了很久……^M

"红枫"化作"合欢",画面闪回到母亲生前住过的那个小院——静静的秋阳;静静的屋檐和窗廊;静静的那棵合欢树,花朵都已不见,小巧而且对称的叶子正在变黄、飘落……

森的画外音:记得那天,我又独自坐在屋里,看着窗外的树叶刷啦刷啦地飘落。母亲进来了,挡在窗前说:"北海的菊花开了,我推着你去看看吧。"她憔悴的脸上现出央求的神色。我说:"什么时候?"她说:"你要是愿意,就明天?"……我说:"好吧,就明天。"……母亲高兴得一会儿坐下,一会儿站起,说:"那就赶紧准备准备。"我说:"哎呀,烦不烦?几步路有什么好准备的!"……

母亲出去了,就再也没回来。

邻居们把她抬上车时,她还在大口大口地吐着鲜血。我没想到她已经病成那样。看着三轮车远去,也绝没有想到那是永远的诀别。^N

"合欢"化作"红枫",画面再回到墓地:我们一家三个,在那棵红枫树下合了影。

42. 心中的合欢树

"红枫"再次化作"合欢"。——那是又一棵合欢树了,跟当年的那棵差不多大;小巧而浓密的绿叶上缀满花簇,纤细又敏感的丝丝花瓣伸展得既热烈又洒脱。

森的画外音：母亲去世时，我坐在轮椅里连一条谋生的路还没找到，妹妹才十三岁，父亲一个人担起了这个家。二十年，这二十年母亲在天国一定什么都看见了。二十年后一切都好了，那个冬天，一夜之间，父亲又离开了我们。他仿佛终于完成了母亲的托付，终于熬过了他不能不熬的痛苦、操劳和孤独，然后急着去找母亲了——既然母亲在这尘世间连个坟都没有留下。^O

那鸽群——抑或鸽魂——不知已经几度轮回，好像一直都守望在你的思念里、你的盼望中——时而雪片似的飘落下来，"咕咕"地叫，歪着头看，仿佛认得那棵树；时而又都腾空而起，在山谷间徘徊，哀长的哨音有如天籁，精灵似的影子仿佛跨越着前世、今生……

情景，与森的画外音：我和妻子、和妹妹一家人，把又一棵"合欢"种在山上；把父亲的骨灰和母亲生前的一条白纱巾，合在一起，葬在了它的根下……无所谓是哪座山，也无所谓离得远还是近，它种在我们心里，种在了永远的纪念中。

我们五个，捧着父亲和母亲的遗像，在那棵合欢树前合了影。

森的画外音：在我们的记忆里，那棵合欢树就是他们一生慈爱的象征，那一片大山，就是他们劳苦一生的憩园。

43. 地坛的思念

有一天大雾迷漫，世界缩小到只剩了园中的一棵老树。^A

森的画外诵读：母亲猝然去世之后，我才有余暇设想，当我不

在家的那些漫长的时间,她是怎样心神不定坐卧难宁,兼着痛苦与惊恐与一个母亲最低限度的祈求……E

　　森的画外音:现在我又想到,那时,毕竟,母亲还有着父亲的陪伴……

　　有一天春光浩荡,草地上的野花铺铺展展,开得让人心惊。A

　　森的画外诵读:母亲,以她的聪慧和坚忍,在那些空落的黑夜,在那不眠的黑夜后的白天,她思来想去最后准是对自己说:"反正我不能不让他出去,未来的日子是他自己的,如果他真要在那园子里出什么事,这苦难也只好我来承当。"在那段日子里——那是好几年长的一段日子啊,我想我一定使母亲做过最坏的准备了……E

　　森的画外音:父亲呢？一向老实、憨厚、缺乏魄力的父亲,在母亲走后独自撑起了这个家——那是一段更长、更难的时日呀！那些个孤独的白天和夜晚,不知他是怎样在要求着自己、鼓励着自己……

　　有一天漫天飞雪,园中堆银砌玉,有如一座晶莹的迷宫。A

　　森的画外诵读:母亲从来没有对我说过"你为我想想"。事实上我也真的没为她想过。那时她的儿子还太年轻,还来不及为母亲想。他被命运击昏了头,一心以为自己是世上最不幸的一个,不知道儿子的不幸在母亲那儿总是要加倍的……E

　　有一天大雨滂沱,忽而云开,太阳轰轰烈烈,满天满地都是它的威光。A

森的画外音:父亲也是一样。那时,他的儿子仍然没有长大,还是经常跑到那座荒芜的园子里去,从早待到晚。二十年的日日夜夜,父亲是怎样熬过来的?一定就是在那些困苦甚或危难的时刻,从天上他听见了妻子的嘱托,在心里,他的爱长成为信仰……

44. 老屋的歌

回到开头——第二章,回到——那两间破旧的老屋和后来用碎砖垒成的几间新房,挤在密如罗网的小巷深处,与条条小巷的颜色一致,芜杂灰暗,使天空显得更蓝,使得飞起来的鸽子更洁白……B

森的画外音:我想去那儿,是因为我想回到那个很大的世界里去。那时我刚在轮椅上坐了一年多,二十三岁,要是活下去的话,料必还是有长久的岁月等着我。……父亲不大乐意我去,但闷闷的说不出什么,那意思我懂:他宁可养我一辈子。但"一辈子"这种东西……是要自己养的,就像一条狗,给别人养了就是别人的。B

我摇着轮椅,V领着我在小巷里东拐西弯。印象中,街上的人比现在少十倍,鸽哨声在天上时紧时慢让人心神不定。……过了一棵半朽的老槐树是一家有汽车房的大宅院,过了大宅院是一个小煤厂,过了小煤厂是一个杂货店,过了杂货店是一座老庙很长很长的红墙,跟着那红墙再往前去,我记得有一所著名的监狱。V停了步,说到了。

我便头一回看见那两间老屋……B

森的画外音:到这儿来的年轻人,有些是像V那样等着分配更好的工作的,有些则跟我一样,或轻或重地有着一份残疾。健康的一拨一拨地来了又一拨一拨地走了;残疾的每次招工都报名,但报名与落榜的次数相等。B

老屋内景,及森的画外音:这是我们的角落,斑驳的墙上没有窗户,低矮的屋顶上尽是灰尘结成的网。我们喜欢这个角落。有人说这儿避风,有人说这儿暖和;我只是想离窗户远一点儿——从那儿可以看见一所大学的楼房,一个歌舞团的大门和好几家正式工厂的烟囱。P

森的画外音:应该有一首平缓、深稳的曲子,来配那两间老屋里的时光,来配它终日沉暗的光线,来配它时而的喧闹与时而的疲倦。或者也可以有一句歌词,一句最为平白的话,不紧不慢地唱,便可呈现那老屋里的生活,闻见它清晨的煤烟味儿,听见它傍晚关灯和锁门的轻响。……这样一句话似乎就在我耳边,或者心里;可一旦去找它却又飘散。B

但这样的曲子——就像地坛中那缕箫音——也已经压抑不住似的,在老屋的喧闹与疲倦中隐隐浮现,在那沉暗的光线里缓缓流淌了——既古老,又现代;好像从古至今它一直就在,唯随时代变迁而显得迷茫,甚至于慌张。只是还没有歌词。一时还找不到那样一句平白的话,来符合这老屋里的情绪,以及符合这样的曲调。

45. 三子——路

情景,与森的画外音:冬天的末尾。冻土融化、变得松软时,B大爷在门前那块空地上画好一条条白线,砖瓦木料也都预备齐全,老屋里洋溢着欢快的气氛。但阵阵笑声不单是因为新屋就要破土

动工,还因为 B 大爷带来的"基建队"中有个临时借调来的、弱智的小工。^B

"嘿,三子,什么风把你给刮来了?"
"你们这儿不是要盖房吗?"三子一脸严肃,甚至是紧张。
"嗬,几天不见长出息了怎的,你能盖得了房?"
三子愧怍地笑笑:"这不是有 B 大爷吗?"^B

…………

哦,怎么是路?"路!你怎么来了?"我在角落里喊他。
路走过来:"怎么你在这儿呀,十八?"
"老孟跟你一块儿来的吗?"
路不吭声,朝门外望望,目光迟滞又迷离。
众人七嘴八舌开了:"哟,哪儿来的个'路'呀?""什么'路'哇,好走不?""就说'三子'多省事!方圆十里八里的谁不知道三子?未必有谁能懂得'路'是什么东西。"

…………

路的脸红到耳根,有些喘,想争辩,但终于还是笑,一脸严肃又变成一脸愧怍,笑声只在喉咙里"哼哼"地闷响。
"忘了自己是谁了吧,三子?""小学上了十一年也没毕业的,是谁呀?""两条腿穿到一条裤腿里满教室跳,把新来的女教师吓得不敢进门,是谁呀?"
"我——王海路!妈了个×的,行了吧?!"路猛喊一声,但怒容只一闪,便又在脸上化作歉疚的笑,随即举臂护头作招架的姿势。
果然有巴掌打来,虚虚实实落在他头上。
"能耐你不长,骂人倒学得快!""这儿都是你大妈大婶,轮得上你骂人?""三子,对象又见了几个啦?""几个哪儿够,几打了吧?""怎么样呀,都?"

"不行。"

"喂喂,说明白喽,人家不行还是咱不行?"

……………

"三子!"B大爷喊,"还不快跟我干活去!这群老'半边天'一个顶一个精,你惹得起谁?"

B大爷领着路走了,甩下老屋里的一片笑骂。^B

森的画外音:三子,是王海路的小名儿。路,是老孟叫起来的。老孟从来不叫他"三子",也不叫他"王海路",只叫他一个字——路,不知其中奥妙何在。

路有时候到B大爷那儿去,醉醺醺的,准是老孟教的他喝酒。

B大爷说:"甭喝那玩意儿,什么好东西?"

路说:"您不也喝?"

B大爷说:"我什么时候死都不蚀本儿啦!喝敌敌畏都行。"

路说:"我也想喝敌敌畏。"

B大爷喊他:"瞎说,什么日子你也得把它活下来,死也甭愁、活也甭怕,那才叫有种!"

路便愣着,撕手上的老茧,看目光可以到达的地方。^B

46. 梦之舞

方形的祭坛占地几百平米,空旷、坦荡,独对苍天。玉砌雕栏散落处处,历经百年风雨,已是浑然如初。残损的石门,只剩些光秃秃的石柱兀然挺立,夕阳把它们涂染得仿佛一根根巨大的蜡烛。

森的画外音:有一天,老孟说,路从那祭坛上的某一根石柱旁走进一间其大无比的房子里去了,看见了宇宙初开时的情景……

我问老孟："你说什么,宇宙初开时的情景?"
老孟让我问路。
"他是怎么进去的?"
老孟说鬼知道为什么只有他能进去。
"路,你看见了什么?"
"里头比外头大。"路说。
"怎么会是里头比外头大？路你说什么呢?"
"那房子里头比外头大是吧老孟？就是里头比外头大。"
"里头有多大?"
"看不见边儿那么大,比外头大。"
世启说我："你听他的,他又瞎说呢。"G

暮霭升腾,紫气蓝烟一般,在祭坛上飘浮,在石柱间缭绕。晚风便在所有的殿角檐头摇响了风铃……

老孟说："我怀疑路是看见了一个球,他走到球里去了。球是空的,球壁是用无数颗宝石拼接成的,大大小小的宝石拼接得严丝合缝儿没有一点儿空隙。"
"那又怎么了?"
"路说他刚一进去什么都看不见,漆黑一团没有声音。后来他点了一把火,用他自己的衣裳点了一把火在手里摇,'轰'的一声就再也看不到边儿了。无边无际,无边无际无边无际……"
"老孟,你要是少喝点儿酒就好了。"世启说。
老孟自管说下去："每一颗宝石里都映出一个人和一把火,每一颗宝石里都映出所有的宝石也就有无数个人和无数把火,天上地下轰轰隆隆的都是火声,天上地下都是人举着火。"
世启说："老孟,你今天喝得太多了。"

老孟自管说下去:"我说路,你干吗不跳个舞试试?你干吗不在里头举着火跳个舞?你那时真该举着火,跳个舞看看。"

路惭愧地看着老孟。

"你要是跳起来你就知道了,路,你就会看见全世界都跟着你跳。"

路呆呆的,梦想着跳舞。^G

47. 继续等待

园子里乘凉的人渐渐走空了。远处的城市也似疲惫了,喧嚣声一阵弱似一阵。这季节,"伏天儿"的叫喊会一直持续到深夜。

森的画外音:世启对路和老孟的"瞎说"嗤之以鼻。老孟说别难为世启了,他一心想着什么我还不知道?不过呢,也许他将来能懂,也许这一辈子他也懂不了——路的舞,应该说比那两个老人跳得好。

我、老孟、路和世启,又坐在园子门口等世启的老婆带着儿子回来。远处的街灯昏黄地闪烁,树叶摇曳不时把它们埋没。

世启说:"他们也许不会回来了。"

世启又说:"她走的时候也许就没打算回来,山里的日子现在过得好了。"

世启说:"今天几号了?"

老孟告诉他,是哪年哪月哪天。

世启从衣兜里掏出个冷馒头啃,目光一直不离那条暗淡小路的尽头。"也许我不该让她走。别人跟我说过不能让她回去。别人跟我说,他们走了就不会再回来。"

"那你干吗让她走?"老孟说。

世启说:"我不愿意让别人那么看我。我把存的几百块钱都给他们做了路费。我不愿意别人说我连老婆也弄不住。"

老孟没言声。

世启又说:"我要是去找他们,别人会怎么说?"

"别人要怎么说就会怎么说,是吧老孟?别人要怎么说就会怎么说。"路边说边手舞足蹈。^G

48. 高速公路上

一辆七八米长——卧室、客厅、厨房和卫生间齐备——的房车,行驶在高速公路上。路两边是辽阔的牧场,远处是密密的大森林。

森躺在卧室里睡着了。

晶、森和摄影师,还有曾经——在海滨酒吧前——见过的那几位朋友,一同坐在客厅中。司机是个金发碧眼的男子——他会不会是晶的丈夫呢?

摄影师问森:"你相信那都是真的吗?"

"你指什么?"

"什么火把呀,跳舞呀,巨大的房子里头比外头大呀……"

"实际你问了两个问题。"森说,"一个是老孟和路说的那些事真不真,一个是你信不信。"

摄影师迷惑地看着森。

晶:"好家伙,你也这么哲呀!"

森又灿烂地笑起来:"是嘛,为啥一定是你看见的,比你相信的还要真呢?"

牧场上,一群群奶牛在阳光下悠然自得,吃草或闲逛。某几处山包上,风车林立,随风旋转,有如一片白色的树林盛开着奇异的花朵。

晶想了想,不住地点头:"不错,还有什么比你的信,更真呢?"
另一个人说:"老孟那句话才真是够哲呢——'你要是跳起来你就知道了,全世界都在跟着你跳'!"
摄影师也微微地点头,恍然如有所悟。
又一个人问:"后来呢?世启的老婆,还有儿子,回来了吗?"
森:"不知道。"
摄影师:"老孟呢?老孟现在还活着吗?"
森摇摇头:"不知道。我没见过他们。"
一阵寂静。大家都不说话,愣愣地望着窗外。
汽车又翻过一架大山,眼前仍是辽阔的牧场、森林,数不尽的风车与牛群。

49. 莫名的女人

景物,以及森的画外音:那个夏天快要过去的时候,有一天清晨,雾气还未散尽,园子里来了个女人。她上下打量了我一阵,也不说话,摇摇头走开。她穿着雪白的长裙,裙裾轻拂过绿草地,慢掠过矮树丛,白色的身影一会儿在古殿旁,一会儿在老树下,一会儿又在祭坛上,像个精灵一样默默地在园子里周游。^G

她再次走近我的时候我问她:"您找什么?"
"找一个说好了在这园子里等我的人。"
"哎哟,您可回来了!他等您好几个月了。"
"好几个月?才好几个月?"

"对了,对了,差不多有一年了。"

"怎么会才一年呢?有一万年了。"

"一万年?"

"可能还要长。"她冲我笑笑,目光灼灼,有不息的愿望。

"您不是找世启?"

"世启?"她摇摇头。

"您找的人什么样儿?"

"腿坏了,眼还瞎。"

"老孟!"我说:"怎么会是老孟?!"

"他在哪儿?还是每天都来吗?"^G

景物,以及森的画外音:我把老孟工厂的地址告诉她。她谢过我,长裙又拂过草地、掠过树丛,在翁翁郁郁的草木之中消失不见。我才想起每次世启问今天是几号时,老孟都能准确地告诉他,甚至说出年和月。^G

50. 能跳舞的轮椅

夏天过去了,天短了,天凉了。无论白天还是黑夜,园子里都有果实落在地上的声音。金黄的草叶上有飞蛾产下的卵。老树上,有鸟儿搭成的房。^G

森的画外音:又过了些天,傍晚,世启来时告诉我,他碰见路了。他说路说,老孟用完所有的力气了。路说那个女人带回来一辆能跳舞的轮椅,老孟便和她一起跳舞,像他们年轻的时候一样。他们从黄昏跳到半夜,从半夜跳到天明,从天明跳到晌午,从晌午跳到日落。谁也没有发现是什么时候,老孟用尽所有的力气了,那奇妙的轮椅仍然驮着他翩翩而舞。^G

"路呢?"

"路说完就走了。"

"路去哪儿了?"

"路不说,急匆匆地走了。"^G

森的画外音:我和世启去找路,想问问老孟的事是不是真的。我们找到他家,人们说路去跳舞了。我们找到他的工厂,人们说路去跳舞了。我们找遍所有的地方,找到半夜,人们说路从来不在一个地方待很久,不知道他到哪儿跳舞去了。^G

我们又回到园子门口,天已经快亮了。暗淡的街灯熄灭,那条小路微白而清静。露水很重,把落叶贴在路面上。小路的尽头依然溟濛,世启的老婆和孩子没有回来。

世启说:"我要去找他们,我得去。"

"到哪儿? 大山里去?"我问。

"不管是哪儿。"

"你这腿行吗,在大山里?"

"我管不了那么多了。反正我得去。"

"你的车钱够吗?"

"反正我得去。十八,你怎么办?"

"别再管我叫十八了。太阳一出来我就过了十八了。我妈说我是太阳出来时生的。"^G

51. 浪与水

从老屋往北,再往东,穿过芜杂简陋的大片民居,再向北,就是护城河了……河两岸的土堤上柽柳浓荫、茂草藏人,很是荒芜……

大雨过后,河水涨大几倍,浪也活了,浪涌浪落……更像是一条地地道道的河了。[B]

森的画外音:长久地看那一浪推一浪的河水,你会觉得……其中必定有着什么启示。"逝者如斯夫?"是,但不全是。"你不能两次踏进同一条河?"也不全是。似乎是这样一个问题:浪与水,它们的区别是什么呢?浪是水,浪消失了水却还在,浪是什么呢?浪是水的形式,是水的信息,是水的欲望和表达。浪活着,是水,浪死了,还是水,水是什么?水是浪的根据,浪的归宿,浪的无穷与永恒吧。[B]

就在这样的时候,这样的河边,K跑来告诉我:"三子死了。"[B]
"什么!他不是去跳舞了吗?"

森的画外音:不过,也许,三子就是三子,路就是路,并不能合二为一。或者是,三子死了,而路确实是跳舞去了——这并不妨碍他们其实是一个人。

"怎么回事?"
"雨最大的时候,三子走进了这条河里;在河的下游。"
"不能救了?"
我和K默坐河边。[B]

森的画外音:河上正是浪涌浪落,但水是不死的。水知道每一个死去的浪的愿望,因为那是水要它们去做的表达。可惜,浪却不知道水的意图,不知道水的无穷无尽的梦想与安排……[B]

河上暮霭飘缭,丝丝缕缕地纠缠,撕扯,飞散……我终于听清了老屋里的歌,是这样一句简单的话不紧不慢、反反复复地吟唱:不管是浪活着,还是浪死了,都是水的梦想……^B 吉他依旧,而后加上钢琴——让水的梦想,掀起不息的波浪。不管是浪活着,还是浪死了,都是水的梦想……再有一把小号,"嘀嘀嗒嗒"地吹响,清朗、明澈——一切悲、美之浪,都将因而记起那一片浩渺的太初之水。

52. 牵挂

无边无际的水面,一浪一浪,天赋其美妙的节奏……

叠印:"透析室"里,森像是睡着了;一条条血色充盈的"透析管路"悬挂床边,随着血泵的转动——或不如说是随着那波浪的节奏——微微颤动。

森的画外音:现在我常有这样的感觉:死神就坐在门外的过道里,坐在幽暗处,凡人看不到的地方,一夜一夜耐心地等我。不知什么时候它就会站起来,对我说:嘿,走吧。我想那必是不由分说。不管是什么时候,我想我大概仍会觉得有些仓促,但不会犹豫,不会拖延。^K

无边无际的水面,一浪一浪,天赋其美妙的节奏……

叠印:清澈的阳光里,飘荡着钟声……我站在院子里,最多两岁,刚刚从虚无中睁开眼睛,尚未见到外面的世界先就听见了它的声音,清朗、悠远、沉稳,仿佛响自天上。^J

森的画外音:"轻轻地我走了,正如我轻轻地来"——我说过,徐志摩这句诗未必牵涉生死,但在我看,却是对生死最恰当的态度,作为墓志铭真是再好也没有。^K

无边无际的水面,一浪一浪,天赋其美妙的节奏……

叠印:森坐在轮椅上,宽厚的肩背上是安谧的晨光,是沉静的夕阳……他转动轮椅的手柄,前进、后退、转圈,一百八十度,三百六十度,七百二十度……像是舞蹈,又像是谁新近发明的一种游戏……^H

森的画外音:死,从来不是一次性完成的。陈村有一回对我说:人是一点儿一点儿死去的,先是这儿,再是那儿,一步一步终于完成。他说得很平静,我漫不经心地附和,我们都已经活得不那么在意死了。^K

无边无际的水面,一浪一浪,天赋其美妙的节奏……

叠印:一群男孩和女孩齐声地唱,生生露生雪,生生雪生水,我们友谊,幸福长存……那些孩子,有我认识的,也有的我从未见过,他们就站在我儿时的那个院子里,轻轻地唱,轻轻地摇,四周虚暗,瑞雪霏霏……^K 忽然我看见,森也站在其间——一心一意的眼神还是那样望着淼,或是在寻找他……

森的画外音:是呀,我正在轻轻地走,灵魂正在离开这个残损不堪的躯壳,一步步告别着这个世界……^K 可是她呢,淼,怎么办?那个"顺水漂来的孩子"她还年轻啊!

无边无际的水面,一浪一浪,天赋其美妙的节奏……

叠印:那群轻摇慢唱的男孩和女孩忽而消失,院子里只剩下了森。她四顾茫然,甚至有些惊恐,就像是刚刚走出伊甸园的夏娃……这时,瑞雪霏霏之中走来了一个人——一个男人,扛着一架摄影机……啊,是他——摄影师!现在我们才看出他的英俊与健美,他的温和与厚道。见森孤独无助地站在大雪中,摄影师扔下他的机器,惊叫着,几个大步跑过去,搂住了她……

画外音——
晶:你注意到没有,那个摄影师,对你妻子非常有好感?
森:真的吗?
晶:有一次我问他怎么还不结婚,你猜他说什么?
森:我咋知道?
晶:他说他一直在找,可一直都没碰到像森这样的人。
森:唔……那,那就请他再等等吧,但愿不会太久……
晶:你啥意思?
森:哦,不不,是真的。
晶:哎哟老天!你已经变得不太像你了。
森:不会吧?
晶:当年,对另一个女人,你为什么不能再大度些呢?
森:是呀,是呀。不过,这好像不是什么大度不大度的问题。
晶:那,什么问题?
森:你相信有灵魂吗?

无边无际的水面,一浪一浪,天赋其美妙的节奏……
叠印:漫天飞舞的鸽群,也似有意符合着那浪起浪落的节奏……

森的画外音:要是不注意,你会觉得从来就是那么一群在那儿飞着,但若凝神细想,噢,它们已经生生相继不知转换了多少回肉身! 一群和一群,传达的仍然是同样的信息,继续的仍然是同样的路途,经历的仍然是同样的坎坷,期盼的仍然是同样的团圆,凭什么说那不是鸽魂的一次次转世呢?[C]

53. 地坛·夕阳与旭日

老树轰轰烈烈地生长,野草终日欢唱。^C

情景,及淼的轻声诵读:有一年,十月的风又翻动起安详的落叶,我在园中读书,听见两个散步的老人说:"没想到这园子有这么大。"我放下书,想,这么大一座园子,要在其中找到她的儿子,母亲走过了多少焦灼的路。多年来我头一次意识到,这园中不单是处处都有过我的车辙,有过我的车辙的地方也都有过母亲的脚印。^E

有一天我在这园子里碰见一个老太太,她说:"哟,你还在这儿哪!"她问我:"你母亲还好吗?"
"您是谁?"
"你不记得我,我可记得你。有一回你母亲来这儿找你,她问我您看没看见一个摇轮椅的孩子……"^E

淼的轻声诵读:我忽然觉得,我一个人跑到这世界上来玩,真是玩得太久了……^E

有一天夜晚,我独自坐在祭坛边的路灯下看书,忽然从那漆黑的祭坛里传出一阵阵唢呐声。四周都是参天古树,方形的祭坛占地几百平米空旷坦荡独对苍天,我看不见那个吹唢呐的人,唯唢呐声在星光寥寥的夜空里低吟高唱,时而悲怆时而欢快,时而缠绵时而苍凉,或许这几个词都不足以形容它,我清清醒醒地听出它响在过去,响在现在,响在未来,回旋飘转亘古不散。^E

森的轻声诵读:必有一天,我会听见喊我回去。那时您可以想象一个孩子,他玩累了可他还没玩够呢,心里好些新奇的念头甚至等不及到明天。也可以想象是一个老人,无可置疑地走向他的安息地,走得任劳任怨。还可以想象一对热恋中的情人,互相一次次说"我一刻也不想离开你",又互相一次次说"时间已经不早了",时间不早了可我一刻也不想离开你,一刻也不想离开你可时间毕竟是不早了。^{E}

重复第七章——摄影机对准那一轮巨大的落日,拍它沉降的过程,沉降之时的深稳与宁静,拍那辉煌残照之下的荒藤野草、古殿风铃,或今日外景地上的乱石土冈、败壁残基……

森的轻声诵读:我说不好我想不想回去。我说不好是想还是不想,还是无所谓。我说不好我是像那个孩子,还是像那个老人,还是像一个热恋中的情人。很可能是这样:我同时是他们三个。我来的时候是个孩子,他有那么多孩子气的念头所以才哭着喊着闹着要来,他一来一见到这个世界便立刻成了不要命的情人,而对一个情人来说,不管多么漫长的时光也是稍纵即逝,那时他便明白,每一步每一步,其实一步步都是走在回去的路上。当牵牛花初开的时节,葬礼的号角就已吹响……^{E}

风走,云流,远树如烟,成群的雨燕在天地之间盘桓、嘶喊……一切都似天赐之缘。

森的轻声诵读:但是太阳,他每时每刻都是夕阳也都是旭日。当他熄灭着走下山去收尽苍凉残照之际,正是他在另一面燃烧着爬上山巅布散烈烈朝晖之时。有一天,我也将沉静着走下山去……那一天,在某一处山洼里,势必会跑上来一个欢蹦的孩子……

当然,那不是我。

但是,那不是我吗?

宇宙以其不息的欲望将一个歌舞炼为永恒。这欲望有怎样一个人间的姓名,大可忽略不计。^E

引文所出篇目及代码:A《想念地坛》 B《老屋小记》 C《给友人的一封信》 D《比如摇滚与写作》 E《我与地坛》 F《轻轻地走与轻轻地来》 G《我之舞》 H《务虚笔记》 I《合欢树》 J《关于庙的回忆》 K《重病之时》 L《墙下短记》 M《复杂的必要》 N《秋天的怀念》 O《老家》 P《没有太阳的角落》 Q《病隙碎笔 1》

2007 年 11 月 1 日完成

附：想电影

电影曾经是一门艺术，现在则更强调它是一宗产业。似乎，人们已不再向它要求深情和深意，只期待它的耀眼与票房。是呀，动辄千万的投资投给谁？当然是不单能保本，还能够赚取丰厚利润的人。这好像没什么不对。但这就推动了一个循环：以盈利来争取投资，以投资来获取利润，利润越高越可争取到大投资，投资越大越能获取高利润。投资、制作与销售，统一思想统一步伐，形同垄断，小本经营几乎无法生存。再加上杂七杂八的其他牵制，艺术日益沦为点缀，沦为累赘，否则就只好"藏在深闺人未识"。就像早年有人点破的一种现象：年轻作家不得不为劣质小报写些听命文章，以求自由写作之有日，年轻画家又不得不为那听命文章画些蹩脚的插图，以期随心挥洒之有时。关键是，已然熬成婆的大导和大腕儿，总还是在上述循环中手忙脚乱，无暇旁顾，让人担心百花齐放之无期。

"嫁得瞿塘贾，朝朝误妾期。早知潮有信，嫁与弄潮儿。"嫁谁也未必可靠，莫如自己来弄潮。某种电影，有钱的不拍，没钱的拍不起，咱就自个儿想吧。想象一部电影，既无需投资，又不要谁来批准，高兴了写成本子，也不期拍摄，唯供气味相投者自娱自乐，恰如雨淋淋的天气里喝杯小酒。馆子里的大菜烧来炖去，贵且不说，轰轰烈烈的总让人想起饲养场，想起《千与千寻》中那一对吃成猪的爹娘。真美食家是要自己动手的，不计利润，也不摆谱儿，吃的是心情。只可惜我这腿脚不济，否则真想扛架摄像机，把"想"扩大到"拍":夏日凄艳的夕阳,深秋温润的风雨,树影摇摇,落叶飘飘……院子里有群悠闲的猫,树荫下有个与猫共舞的老人,天上鸽音,地上人群……窗口边一只绚丽的蝴蝶,窗口中一缕淡雅的倩影,往事如烟,心在何方……忽然间,一个孩子闯进画面,小脸儿凑近镜头问:"您干吗?"拍电影。"这能拍电影?"当然能,不拍也能。"不拍怎么能呢?"想呀,想电影,心里的电影一定是最难忘的电影。孩子蹲下来,往镜头里看:"什么名儿?"没名儿。"没名儿呀!"孩子撇嘴,接着又问:"是不是特打?"打什么?孩子"嗨"地大吼一声,抬脚踢开一只猫。唉唉,你还没到懂电影的年龄呢。"那,您能拍拍我们幼儿园的事吗?"拍你们打架?孩子不吭声,羞愧地笑。"那您说拍什么?"还是你自己说吧。孩子蹲在那儿想,想自己的电影……

2008 年春

猎　人

早年,地坛里有个遛弯儿的老太太,手里一根拐杖常引得路人驻步。拐杖是一整条鹿腿做的:鹿蹄黑亮,腕部弯曲成手柄,筋骨分明,皮毛犹在。众人把玩一回,而后感叹:"真东西,漂亮!"老太太落座石阶,面目冷峻。

有人问:"这东西您哪儿来的?"

"抢来的!"老太太没好气儿。

"不不,咱是问您哪儿买的?"

"哪儿也不卖!"

"那,您这东西是?"

"你才东西哪!"

"哎哟喂老太太,您别生气呀,咱是说……"

"猎人留下的。我那相好的,留下的。"

众人窃笑,不敢再问。老太太倒说开了——

猎人年轻时不打猎。猎人好跑,也能跑,跑一万米能把别人落下两三圈。猎人心憨,打小儿就实在;跑到一万米,他心想这也算跑?就又跑,一圈一圈总也不像要停下的样子。众人就喊:"行嘞,行嘞!""够啦,傻小子!"可猎人压根儿没明白他们为啥要这么喊。

猎人跑得高兴,出了体育场,跑上大马路。不知啥时候喊声却变成了:"加油!加油!""嘿,这哥们儿行啊!"路人以为他是在跑马拉松。

跑马拉松他也不含糊,跑过终点也不见有人追上来。可喊声就又变回来:"行嘞,行嘞!""哪儿这么个傻小子,还不快停下!"猎人心说我有的是劲儿哪,干吗停下?你们也不瞧瞧这四周的景色够多美!

那时候不是唱吗:我们的田野,美丽的田野……在群山那面,有野鹿和山羊……雄鹰在飞翔,一会儿在草原,一会儿又向森林飞去……

他就这么跑哇,跑哇,跑过田野,跑向群山,天也黑了,月亮也上来了,周围也没人喊了。行吧,今天就到这儿,回去领奖去,奖还能是别人的?

奖还真就是别人的了。万米奖,给了那个让他落下两圈的人。马拉松奖,给了一个他见也没见过的家伙。猎人问:我的呢?人家说:你是谁?

就这样,他干脆跑到山里打猎去了。那时候还允许打猎呢。

算　命

　　早年,地坛里有两个会算命的人。一位半宿半宿地在林子里吹箫,大家叫他"箫兄";一位整天在园子里边走边饮,人称"饮者"。

　　有一天大雾弥漫,我独自守着棵老树发呆,忽一阵酒气袭来,饮者已现近旁,醉眼迷离地正瞅着我笑呢。我说您好。他说有啥不好?我说您总这么高兴。他说不高兴咋办?那时我二十几岁,已经盼着死了——两条腿算是废了,工作又找不到,日子嘛倒还剩着一大半,以后的路可怎么走呢?

　　饮者正一口一口地往嘴里灌黄汤。我说:要不您给我算上一命?

　　他拉着我的手看了看,又问过八字,说我命属木,生于冬,必多病,二十岁上少不了要住医院,而后厄运频频,步履维艰,直到……

　　直到啥时候?我忙问。

　　另一个声音却在身后响起:单说以往,也算本事?

　　回头看时,雾气缭绕中箫兄一身黑衣,抱箫而立。

　　饮者缓缓起身,与箫兄久久对视。同行相轻,据说二人久存芥蒂。

　　那就算算未来?饮者说,语气中有明显的挑战味道。

　　箫兄摸出两张纸条说:您写一句,我写一句。

　　片刻写罢,二人换看,抚掌大笑,似芥蒂已去。

　　饮者问:如何给他看呢?

箫兄答:只末尾一字吧。

饮者又问:剩下的加封?

箫兄点头:待未来拆启。

末尾一字,饮者的是"之",箫兄的是"也"。我说这不跟没看一样吗?饮者说:提前拆看也行,就怕不准了。箫兄道:不准了,而且不好了。我说你们把我当傻瓜吗?他们说:您请便。

那么,未来是什么时候?

不得不拆时。

如何才算不得不拆时?

笑声朗朗,二人已隐形大雾之中。

而后多年,园中时有酒气飘绕,林间常闻箫声彻夜,却很少再见到他们;偶尔见了,也绝口不提此事——行内的规矩:命,是说一不二的。

转眼几十年,不知多少回我想拆开那两封纸条看看,总又怕时机不对。直到不久前躺进急救室,这才想,拆吧,免得死也不知他们都写些什么。

两句话,竟似一联:虽万难君未死也;唯一路尔可行之。

为无名者传

爷爷的爷爷的爷爷……重复五十遍,那个人,该叫他什么?就叫"百太祖"吧。按十七八年一辈算,他应该是活在三国时期。甫家的家谱上说他,"于长坂坡前,被一赵姓将军一枪毙命"。查遍史书,唯《三国演义》第四十一回疑似相关:"赵云怀抱后主,直透重围,砍倒大旗两面,夺槊三条;前后枪刺剑砍,杀死曹营名将五十余员。"但愿百太祖正在其中,否则正史、野史均无他丝毫痕迹。

传说,百太祖与百太奶尚在胎中,即经两家父母指腹为婚。二人青梅竹马,情投意合,孰料婚龄将至,甫家败落,亲家寻因种种,欲毁婚约。直至百太祖戎装待发,欲见娇娘一面,百太奶家仍闭门不允。幸有"红娘"内应,正所谓"月上柳梢头,人约黄昏后","月移花影动,疑是玉人来","菩提树滴菩提水,滴入红莲两瓣中",或如后世民歌所唱"抱住哥哥亲了个嘴,肚里的疙瘩化成水",总之百太祖夜闯闺房,给百太奶留了个种。

否则一千七百年后,甫家最终也难有一位妇孺皆知的名人了。

送郎从军一幕自古雷同,譬如"车辚辚,马萧萧,行人弓箭各在腰,爷娘妻子走相送,尘埃不见咸阳桥",譬如"紧紧握住红军的手,亲人何日返故乡?"男儿重功名,百太祖一骑绝尘。女子为情生,百太奶以泪洗面,忍辱负重,为甫家养育着九十九太祖,终日所盼唯夫君早日归来。譬如"将军百战死,壮士十年归",譬如"鸡娃子叫来狗娃子吵,当红军的哥哥回来了",人分古今,相思无异。然"烽火连三月,家书抵万金",其时通讯靠喊。百太奶岂知,爱子呱呱落地日,正是夫君尸横疆场时。家谱记载,百太祖首战刀未血刃,已成他人枪下鬼。又如民歌所唱"人人说咱们二人天配就,你把妹妹闪在那半路口",百太奶闻讯昏厥三刻,自此终身独守,再不曾嫁。

千年悠悠,亦如白驹过隙。却说这百太祖的直系一百代孙,自幼乖巧伶俐,取名志高,孰料长大成人却不忠不孝。不忠者,他不仅与风靡一时的小说《红岩》中那个叛徒同名同姓,且行径与下场亦无二致;否则,必也会像其百代先人们一样,无论正史、野史,均无痕迹。而"不孝有三,无后为大",甫家到志高一辈已是数代单传,偏这厮被人一枪毙命时,尚未有后。

听妈妈讲那过去的事情

二〇一七年,你外公尚未成婚,在 E 州做刑警。他师傅,刑警队长老路,正要退休。那年 E 州出了件大案,简单说吧,恐怖分子要在机场、车站搞一次连环爆炸。警方所知仅止于此,所幸抓获了一名嫌犯——据线人的情报,此人还是主谋之一。欲救万千无辜于危难,务必得从他嘴中掏出更多线索,这任务就交给了路队和你外公。

嫌犯果然顽固,任你千条妙计,他自一言不发。审问多日,师徒俩气得肝疼牙痒,仍无所获。嫌犯倒嚣张起来:"杀了我吧,这是你们唯一能做的。"老路拍案道:"我们能做的还很多!"嫌犯冷笑,继而闭目养神。

师徒俩出了审问室,在天井里抽烟。老路说:"这样下去咱非输不可。"二人抬头仰望,空中仿佛滚过隆隆巨响。老路说:"碰上这号不要命的谁也没辙。"二人低头默想,似已见那血肉横飞的惨景。

突然,老路把烟头一甩,盯住你外公说:"就不敢给他动动刑?"

"虐囚可是犯法的呀,师傅!"

天井里半晌无言。谁都明白:审问失败最多算你无能,若动刑,麻烦可就大了,就算上级睁只眼闭只眼,新闻媒体也饶不了你!

外公蹲在角落里,很久,冒出句话:"师傅,您说,这小子肯定知情吗?"

师傅就笑:"你是想,这两难局面会不会还给咱留着个缺口?"

天井里一无声息。谁都明白:真正的麻烦并不在媒体,而在良心——一边是法纪严明而致百姓的安危于不顾,一边是知法犯法却有望拯救万千无辜于危难。

半天,外公又说:"师傅,您说上面这情报……准吗?"

师傅又笑:"你不过是把缺口换了个部位。"

外公还要说什么,老路打断他:"甭说啦,老弟,有缺口还怕没部位吗?比如,动刑就一定能奏效?违法,就不能不走漏风声?唉!早年我有个老同事,也碰上这么个局面,左右无路,便一枪把缺口开在了自己的脑袋上……"

天上云飞风走,七月天,天井里竟冷得人发抖。可是那老同事的灵魂流连未去?老路的神情渐趋坚忍,焦灼的目光却平缓了许多。

他站起身,拍拍你外公的肩膀:"老弟,找个好人结婚吧。别的事交给我。"

"师傅,您想干吗?!"

"不干吗,今晚先去睡个好觉。"

第二天外公一上班就听说,昨夜,那个顽固的家伙终于开口了。外公顿觉不妙,忙去找他师傅。老路已被停职。上级的好意,让你外公去拘捕路队。师傅仍然坐在那个天井里,据说自审问结束后他就没动过地方。见你外公来了,他伸出双手。外公不忍,流泪道:"师傅,您的良心是完整的,可我算什么?"师傅说:"老弟,甭瞎想。要是不给我判了,咱这事就还算不上完整……"

何　宅

何先生勤劳致富,不惑之年买下一所宅园,地处城边湖畔,闹中取静。夫妻俩难得为自己放了一回长假,装修好房子,配全了家具,园子里种满花草树木,便又去远方忙生意了。宅园交给一位远房阿叔和爱犬黑妞看管。

阿叔年近花甲,每日打扫房间,维护庭院,忙得不可开交。黑妞风华正茂,整日闲逛,常引来些异性在篱笆墙外乱喊乱叫。何先生按时给阿叔邮来工资,以及黑妞和宅园的各类养护费。

日复一日,并不见先生回来,打扫卫生便改为每周一次。后来先生的生意越做越远,渐渐做出了国,卫生又改为每月打扫一回。如是三年,仍不见先生的影子,阿叔渐觉寂寞,又看这十几间房空得可惜,便从乡下把儿子一家接来同住。黑妞也是孤单,隔着篱笆不知让谁给弄大了肚子。

黑妞生下两双儿女,众人说定能卖个好价钱。阿叔不肯,留下酷似黑妞的一只,其余都送给了爱狗的人。

黑妞十几岁去世,阿叔在园中给她立了块碑。

年复一年,黑妞的重外孙也已成年,何先生这才回来。其时阿叔也已过世,临终把工作交给了儿子阿仔。黑妞的重外孙也是通体透黑,取名黑娃。

先生明显消瘦,每日唯出门看病,回家服药、散步、睡觉,一切都由阿仔照料。先生看来病得不轻,总把阿仔认成阿叔,把黑娃喊成黑妞,阿仔百般解释,先生终不理会。

阿仔问:"先生的家人啥时回来?"

先生只说儿女都在海外成了家,便转开话题:"阿婶和儿子都还好吗?"

阿仔想,反正是解释不清,就说:"都好,老婆在家种田,儿子读书。"

"怎么不让他们来城里玩儿呢?"

"不瞒先生,他们都来住过一阵,听说您回来,就让他们走了。"

"走什么嘛,这儿有的是地方住啊!"

"乡下人不懂事,整天乱吵,影响先生。"

"唉,还有什么可影响的!都让他们来吧,也帮帮你我。"说罢大把大把的钞票掏给阿仔:"田,雇人种;孩子,来城里上学。娘儿俩一起坐飞机来!"

阿仔的家眷来后不久,先生即告病危。阿仔一家急得团团转,让先生去医院先生也不去,只说不如死在家里。

弥留之际,先生示意阿仔一家挨近他坐,然后又喊那条狗:"黑妞,黑妞……"黑娃竟懂得是喊它,跑过来,舔舔先生的手。

阿仔觉得应该让先生走得明白,就又解释:"这狗不是黑妞,是她的重外孙了。我也不是阿叔,我爹他也早就……"

先生闭目叹道:"你真以为我不知道吗?也看不见黑妞的坟?"

料理完先生的后事,阿仔携妻带子回了老家;担心何家的人来继承遗产,找不到家门,临行时在篱笆墙上挂了块牌子:何宅。

历　史

　　有一年夏天,表妹阿含去 V 州开会,亲历了一桩奇事。

　　V 州是我们老家,但早已故人全无。周日休会,阿含想去看看祖上的老宅,可走了大半个 V 州城也没找到。实际上她对祖居所知甚少,唯行前听她母亲描述了个大致的方位,说那是城中不多的几家大宅门之一。阿含只好见了古旧的大宅门就去问:知不知道这宅子最早的主人姓什么? 被问者无不摇头瞪目,报以满脸的警惕。

　　市中心商家云集,客流如潮。在一家餐馆吃过午饭,阿含想找个清静的地方歇歇,便走出餐馆后门。谁料眼前一池莲花,半坡绿草,曲径亭台,林木掩映。这是啥地方? 阿含正自窃喜,却见几位古装男子正于池畔饮酒谈笑。是拍电影吧? 阿含心想不如去看看有没有熟人。可当阿含渐走渐近时,却见那几个男子陡然惊慌,竟至呆若木鸡。阿含并不在意。阿含在影视界人气正旺,初来界内的年轻人见了她难免举止无措,只是这几位稍嫌过分。阿含问他们拍的什么片子,谁的导演,谁的摄像,那几位却是张口结舌,面面相觑。也不知谁找来的这几块料! 阿含卧身草丛,以鞋为枕,心想不如睡他一觉。似睡非睡间,听有仆人来添酒加菜,眯眼看时,却见那厮紧盯着阿含一双赤裸的秀足,顾自筛糠。阿含气了,腾地坐起来,正待发作,却见那厮撇下箪壶已然抱头鼠窜。再看几位男子,也只剩一个。阿含方觉事有蹊跷,问道:"出了什么事?"所剩的一位颤巍巍地说:"敢问仙人自何方来?"阿含顿感周身发冷,细看,那人脑后的一条长辫明明是长在头皮上的!阿含再不敢多言,匆忙抓起鞋子,一溜烟跑回宾馆。众人见她面无人色,便问何致如此?阿含愣怔半晌,才说:"刚才我,可能是走……走进了过去。"

没人信她的话。但不久前我查家谱,见有记载:我爷爷的四次方——即我二百年前的那位老祖宗,二十岁行冠礼后,与三五好友聚于后花园内饮酒庆贺,见一神秘女子飘然而至,衣着奇诡,举止粗陋,目光放浪,言语怪诞,来去倏忽。众好友皆失魂落魄,即刻四散而逃。唯我那老祖宗如罹花痴,对神秘女子念念不忘,食不甘味,夜不安寝,行若走木,坐比雕石,自此再不言娶,终身鳏居。

看来阿含所言不虚。她确曾掉入时间隧道,或曰"时空蠕洞",走进了二百年前我那老祖宗的二十岁生日。唯一事难解:我那老祖宗果真终生未娶的话,我可算怎么回事?茫茫历史,想必另有蹊跷。

不 治 之 症

G大夫医道精湛,中西博采,内外兼修。有一回我问他什么病最难治,他不假思索地说:疼。哪儿疼?哪儿疼都不好办。

曾经有个病人,十几年中不知跑了多少家医院,也治不好他的头疼病。G大夫问他:"怎么个疼法呢?"他一会儿说跳疼,一会儿说刺疼,一会儿又说满脑袋串着疼,疼得什么事也干不成。G大夫给他做了全面的神经科检查,包括眼、耳、鼻、牙,又给他拍了全方位的头部X光片,结果一切正常。

"扎扎针灸吧,好不好?"

"好吧,麻烦您给我开几周病假。"

过了些日子,G大夫问他:"怎么样,有点儿变化没有?"

那人双眉紧锁:"唉,还是疼,疼得我什么事也不能干。"

G大夫又给他做了B超和脑血流图,还是看不出毛病。

"再吃点儿中药看看吧。"

"行呀,麻烦您还得给我续几周病假。"

又过了些日子,G大夫问他:"怎么样,疼得轻点儿没有?"

那人依旧一脸苦闷:"不疼则已,一疼起来,还是没法儿工作。"

"不会吧?"G大夫面有疑色。

那人立刻恼了:"您这叫什么话,莫非是我骗人?"

G大夫又让他去做了CT。不出所料,什么问题也没有。

"这样吧,再做做理疗,同时拔拔火罐儿。"

"行吧,您干脆给我开上一个月的假。"

"假就甭开了。总闲着也不好,说不定干点儿活,这头疼慢慢就好了。"

那人气哼哼地走了,再也没来。

听者无不大笑:咳,是个骗假条的。

G大夫却顾自叹息说:还是得怨医学无能;一个人来了,说他这儿疼,那儿疼,可你有什么办法判断他是不是在说谎呢?

甭给他开假条,看他还来不来!

G大夫苦笑道:就怕不都这么简单,前不久又有个病人,也是头疼,看遍了各大医院,能做的检查都做了,偏方、验方也不知吃了多少,结果呢,连病因都找不到;可他就说疼,疼得厉害。

这家伙也要假条吗?

当然,假条还是得开。

骗子,甭给他开!

是呀,有了前面的经验,我也想试试他,后来就不给他开了。

不来了吧?

不来了,可他死了。

死了?!

没过多久就听说他死了。

什么毛病?

至死不知。

2008年末七篇一并修改完成

今晚我想坐到天明

夜里有一肚子话要说
清晨却忘个干净
白昼疯狂扫荡
喷洒农药似的
喷洒光明。于是
犹豫变得剽悍
心肠变得坚硬
祈祷指向宝座
语言显露凶光……
今晚我想坐到天明
坐到月影消失
坐到星光熄灭
从万籁俱寂一直坐到
人声泛起。看看
白昼到底是怎样
  开始发疯……

另外的地方

时至今日
箴言都已归顺
那只黑色的鸟儿,在笼中
能说会道。
一张雄心勃勃的网上
消息频传
真理战胜真理
子弹射中子弹。

这时你要闭上双眼
置身别处,否则
光芒离你太近
喧嚣震破耳鼓。
话语覆盖话语
谎言揭露谎言
诸神纷至沓来
白昼会抹杀黑暗。

但你要听,以孩子的惊奇
或老人一样的从命
以放弃的心情

从夕光听到夜静。
在另外的地方
以不合要求的姿势
听星光全是灯火,遍野行魂
白昼的昏迷在黑夜哭醒。

而雨,知道何时到来
草木恪守神约
于意志之外
从南到北绿遍荒原。
风不需要理由
耕耘不需要理由
阳光和时间都不需要它
上帝说好呀,此外无言。

最后的练习

　　最后的练习是沿悬崖行走
梦里我听见,灵魂
像一只飞虻
在窗户那儿嘤嘤作响
在颤动的阳光里,边舞边唱
眺望即是回想

　　谁说我没有死过?
出生以前,太阳
已无数次起落
悠久的时光被悠久的虚无
吞并,又以我生日的名义
卷土重来

　　午后,如果阳光静寂
你是否能听出,往日
已归去哪里?
在光的前端或思之极处
时间被忽略的存在中
生死同一

节　日

呵,节日已经来临
请费心把我抬稳
躲开哀悼
挽联、黑纱和花篮
最后的路程
要随心所愿

呵,节日已经来临
请费心把这囚笼烧净
让我从火中飞入
烟缕、尘埃和无形
最后的归宿
是无果之行

呵,节日已经来临
听远处那热烈的寂静
我已跳出喧嚣
谣言、谜语和幻影
最后的祈祷
是爱的重逢

遗 物

如果清点我的遗物
请别忘记这个窗口
那是我常用的东西
我的目光
我的呼吸、我的好梦
我的神思从那儿流向世界
我的世界在那儿幻出奇景
我的快乐
从那儿出发又从那儿回来
黎明、夜色都是我的魂灵

如果清点我的遗物
请别忘记这棵老树
那是我常去的地方
我的家园
我的呼喊、我的沉默
我的森林从那儿轰然扩展
我的扩展从那儿通向空冥
我的希望
在那儿生长又在那儿凋零
萌芽、落叶都是我的痴情

如果清点我的遗物
请别忘记这片天空
那是我恒久的眺望
我的祈祷
我的痴迷、我的忧伤
我的精神在那儿羽翼丰满
我的鸽子在那儿折断翅膀
我的生命
从那儿来又回那儿去
天上、地下都是我的飞翔

如果清点我的遗物
请别忘记你的心情
那是我牵挂的事呵
我的留恋
我的灵感、我的语言
我的河流从你的影子里奔涌
我的波涛在你的目光中平静
我的爱人
没有离别却总是重逢
我是你的你也是我的——路程

希米，希米

希米,希米
我怕我是走错了地方
谁想却碰上了你!
你看那村庄凋敝
旷野无人、河流污浊
城里天天在上演喜剧。

希米,希米
是谁让你来找我的
谁跟你说我在这里?
你听那脚步零乱
呼吸急促、歌喉沙哑
人都像热锅上的蚂蚁。

希米,希米
见你就像见到家乡
所有神情我都熟悉。
看你笑容灿烂
高山平原、风里雨里
还是咱家乡的容仪。

希米,希米
你这顺水漂来的孩子
你这随风传来的欣喜。
听那天地之极
大水浑然、灵行其上
你我就曾在那儿分离。

希米,希米
那回我启程太过匆忙
独自走进这陌生之乡。
看这山惊水险
心也空荒,梦也恓惶
夜之望眼直到白昼茫茫。

希米,希米
你来了黑夜才听懂期待
你来了白昼才看破樊篱。
听那光阴恒久
在也无终,行也无极
陌路之魂皆可以爱相期?

永 在

我一直要活到我能够
坦然赴死,你能够
坦然送我离开,此前
死与你我毫不相干。

此前,死不过是一个谣言
北风呼号,老树被
拦腰折断,是童话中的
情节,或永生的一个瞬间。

我一直要活到我能够
入死而观,你能够
听我在死之言,此后
死与你我毫不相干。

此后,死不过是一次迁徙
永恒复返,现在被
未来替换,是度过中的
音符,或永在的一个回旋。

我一直要活到我能够

历数前生,你能够
与我一同笑看,所以
死与你我从不相干。

预 言 者

迷迷荡荡的时间呵
已布设好多少境遇！
偷看了上帝剧本的
预言者，心中有数。

因之一切皆有可能
而我只能在此，像
一名年轻的号手，或
一位垂暮的琴师。

应和那时间借以铺陈的
音乐，剧中情节，或
舞中之姿，以及预言者
未及偷看的，无限神思。

生 辰

这世界最初的声音被谁听去了?
水在沙中嘶喊,风
　自魂中吹拂
无以计数的虚无
如同咒语,惊醒了
　一个以"我"为据的角度。

天使的吟唱,抑或
诸神的管弦,那声音
　铺开欲海情天
浪涌云飞,也许是
　思之所极的寂寞
　梦之所断的空荒
未来与过去,模铸进
　一个名为"尘世"的玩具。

一阵不可企及的钟声里
一方透明的隔离后面——
玻璃的沁凉与沉实,被
　感觉到的时刻
天使和魔鬼相约而至,跳入

一个孩子的眼睛
　他的皮肤
　他的身体
　他的限定,和他
不可限定的痴迷……

一条小街,无来由地
作为开端,就像
老祖母膝下的线团
　滚开去,滚开去……
数不清的惊奇牵连成四季
　冬去春来
　花落花开
编织出一个球体的表面
　河汉迢迢
　关山漫漫
或缠绕成——比如说
　潘多拉的应许
　斯芬克斯的诘问。

但那最初的声音里,你可听见
早已写下了最终的消息?
不过要等到秋天,等到
　金风如舞
　细雨如歌
方可悉闻她的旋律。是呀
老祖母早已心知肚明,而你
　要记住她的表情

要跟随她的姿态
当一切都皈依了永恒复返
你或许才能听清,老祖母
默然而知或怡然哼唱的
　那个曲调。

秋 天 的 船

我躺倒在甲板
枕断桅残樯,听浪
依旧传达水的消息——
　连绵不断
　连绵不断……
浸入我的行船。秋天
多么安静、畅朗、舒然
让人潜心体会,沉没的
　每一个深度
　每一次瞬间
像浪一样,回归
　水的心田……

淹没即是皈依
我久已的盼望——
　在忘川之滨
　看水色天魂……
秋风不止于收获,而在它
　镇定的节奏
　沉缓的歌吟
内容并不要紧,虽说

在所难免,就像我已漂泊了
　　上万个暑夜寒晨。
多少次欲沉又浮,都只为
那节奏尚未降临;心绪
　　慌张,不能听清那
　　深处的思问。
而如今,在这张苍老的琴上
随处一敲,便都是
　　美妙的弦音……

在遥远的春天
第一次传闻死的消息
我曾注目一个老人——
　　混浊的眸光
　　伛偻的脊背,以及
背后深阔的天际……
你惊诧于他的坦然,直到
四季更迭,死神的嗤笑
响进我的每一个骨节
方才幡然醒悟,他
并不在看,而只是听
听那无死无碍的风呵
　　吹响落叶
　　吹散浮云
　　吹动浪的玄想,吹醒
无处不在的——歌神

和弦,适合这个季节

舒缓,深稳,回荡
　　　似天地应合……
顾自弹拨,顾自
前行,每一步都是
　　宿命的歌唱
怒放的春花和夏天的苦雨
一切歧途,都因之
　　得以匡正。
但是仔细听吧——就像
那位老人,你是否听出
　　死即迁徙
　　在却无穷
始终就是一件事呀:你
　　和我,死也不能逃离。

鸽　子

所有窗外都是它们的影子
所有梦里都是它们的吟哦
像撕碎的纸屑，飞散的
　那些格子，和那些
　词不达意的文字……
被囚禁的欲望羽化成仙
触目惊心，一片雪白
　划过阴沉的天际
在楼峰厦谷人声鼎沸的地方
　彻日徘徊。
峭立千仞的楼崖上
孤独的心在咕咕哼唱
　眺望方舟。
那洪水已平息了数千年
但在它们眼里
　却从未结束
汪洋，浩瀚，苍茫……
最是善辨方向的这些鸟儿呵
在拥挤不堪的欢庆声中
　四处流浪……
一遍遍起飞又一遍遍降落

中了魔法似的,一圈又一圈
　　徒劳而返。
风中伫立,雨中谛听
风雨中是否残留着
祖先的消息？风雨中
你是否想起了,数千年
　　淡忘的归途？

说一件最简单的事吧
你我之间,到底隔着什么？

每一双望眼都是一只孤单的
鸽子,每一行文字都是一群
　　眺望的精灵。
期期艾艾,吟吟咏咏
漫天飘洒的可是天堂中
祭祀的飞花？抑或菩提树
　　已枝叶飘零？

那绵长的哨音响自童年
　　历长风沛雨
　　过大漠群山
而如今,已思绪舒缓
响在我暮年的每一个
　　宁静瞬间。
于是我看见——
　　窗外是它们牵连的身影
　　梦里是它们浩渺的吟哦

于是我听到——
　　所有的吟哦都在呼唤
　　所有的呼唤全是情缘
情缘入梦,化作白色鸟群
在苍茫的水面上,汇合成
　　古老的哀歌。

这哀歌,唤醒童年的信仰
白色的鸟群,一代代
承载着转世的鸽魂。
归途如梦,还是
　　梦即归途? 不过
这流浪的心呵,真有必要
询问终点吗? 梦却忘记了
　　梦的缘由。
幸而鸽魂不散,哀歌不停
要我听从那由来已久的
投奔,抑或永恒的轮回
　　心欲靠拢
　　梦即交融
生命之花在黑夜里开放
在星光的间隙,千遍万遍
　　讲述爱的寓言。
白色的鸟群便从黑暗中聚拢
于曦光微明的水面——
　　无边无际地飞开
　　无边无际地漫展
　　无边无际于
　　在之无穷……

不 实 之 真

我们是相互独立的
　　一个个宇宙
我们出自被分裂的
　　同一个神

西绪福斯猜中了
　　斯芬克斯的谜语
救世之神来传布
　　创世之神的旨意

　　因而,我是永行之魂
你,是我向往的我们
他,是我们轮回的路
这游戏是,创世发明

　　玩偶,是玩偶的游戏
路途,是路途的标记
无限,是有限的眺望
有限与无限互为证据

　　可能性,使戏剧归于想

不现实，使音乐可以观
画中遍布着远方的声音
梦的自由，在不实之真

  从而我们走进这
   相互交叠的宇宙
继而仰望那
   万法归一的神

   天父令开始再到开始
神子说徒劳未必徒劳
众生的脚步轮回不止
圣灵的降临可在随时

冬妮亚和尼采

寒冷的火焰和炽热的冰霜
我真受够了。如今只盼
在那条细雨迷蒙的小街上
小酒店滴水的屋檐下
相遇我久别的一位小学同学
他众所周知的名字是：尼采。

小街中央的那座老房子
曾住着我童年的冬妮亚。
也是这样的雨中，我躲在
小酒店的橱窗后，等她出来
看她那双红色的小雨靴
优雅地走过，路上的泥泞。

但我害怕我的幼儿园，害怕
一个骨瘦如柴的孩子。一个
骨瘦如柴的孩子给所有的孩子
排座次，一个骨瘦如柴的孩子
让所有的孩子卑躬屈膝。唯有
冬妮亚和尼采，能对他嗤之以鼻。

寒冷的火焰和炽热的冰霜
让那可怕的孩子长大到
比比皆是;而我步履蹒跚
也已是老态龙钟。这一条
细雨迷蒙的回家的路呵
让我魂牵梦绕,走尽终生。

美丽的冬妮亚,她还在吗?
还有我那位智慧的尼采同学……

葛里戈拉

葛里戈拉　快救救我吧
请在来的路上　染红晚霞
将星光布满天穹
让晚风吹过面颊

葛里戈拉　快救救我吧
请在来的路上　放出花香
将故事洒进树影
让月光遍地如霜

葛里戈拉　快救救我吧
请在来的路上　唤醒流萤
将童谣教会蟋蟀
让田间处处蛙鸣

葛里戈拉　快救救我吧
请在来的路上　疏浚银河
将云彩铺进梦里
让夜神唱响天国

葛里戈拉　快救救我吧

请在来的路上　想想办法
将天真留给孩子
让英雄都能回家

葛里戈拉　快救救我吧
请你即刻上路　人都病啦

我 在

我在我里面想：我是什么？
我是我里面的想。我便
飞出我，一次次飞出在
别人的外面想：他是什么？

这样的事正在发生
想它时，都成为过去。
这样的事还将发生
想它时，便构成现在。

我仰望一团死去的星云
亿万年前的葬礼，便在
当下举行。于是我听见
未来的，一次次创生。

一次次创生我里面的想
飞出我，创生他外面的问。
一九五一年便下起一九五七年的雪
往日和未来，都刮着今日的风。

【诗后语】　本人写诗，实属"票友"。以上姑且称为诗的文字，修修改改历时总也在十年以上,故每一首都不能确定其完成日期。仰慕诗歌已久,偶尔自娱自乐而已;终不怕献丑的原因,全在林莽老兄与蓝野老弟的鼓励。

2009 年 5 月 2 日

后　记

投胎多不慎,老天未留情。
弱冠身夺半,不惑肾回零,
知命方上岗,耳顺意何从?
荒歌犹自唱,写作即修行。
娶妻贤且惠,相知并柔情。
忽来心绞痛,恰似庆钟鸣。
但得嘎巴死,余憾唯一宗,
老妻孤且残,何人慰其终?
至此思情敌,私念鼓侠风。

我，或者『我』

昼信基督夜信佛

大概是我以往文章中流露的混乱,使得常有人问我:你到底是信基督呢,还是信佛法?我说我白天信基督,夜晚信佛法。

这回答的首先一个好处是谁也不得罪。怕得罪人是我的痼疾,另一方面,信徒们多也容易被得罪。当着佛门弟子赞美基督,或当着基督徒颂扬佛法,你会在双方脸上看到同样的表情:努力容忍着的不以为然。

这表情应属明显的进步,若在几十年前,信念的不同是要引发武斗与迫害的。但我不免还是小心翼翼,只怕那不以为然终于会积累到不可容忍。

怕得罪人的另一个好处,是有机会兼听博采,算得上是因祸得福。麻烦的是,人们终会看出,你哪方面的立场都不坚定。

可信仰的立场是什么呢?信仰的边界,是国族的不同?是教派的各异?还是全人类共通的理性局限,以及由之而来的终极性迷茫?

人的迷茫,根本在两件事上:一曰生,或生的意义;二曰死,或死的后果。倘其不错,那么依我看,基督教诲的初衷是如何面对生,而佛家智慧的侧重是怎样看待死。

这样说可有什么证据吗?为什么不是相反——佛法更重生前,基督才是寄望于死后?证据是:大凡向生的信念,绝不会告诉你苦难是可以灭尽的。为什么？很简单,现实生活的真面目谁都看得清楚。清楚什么？比如说:乐观若是一种鼓励,困苦必属常态;坚强若是一种赞誉,好运必定稀缺;如果清官总是被表彰呢,则贪腐势力必一向强大。

在我看,基督与佛法的根本不同,集中在一个"苦"字上,即对于苦难所持态度的大相径庭。前者相信苦难是生命的永恒处境,其应对所以是"救世"与"爱愿";后者则千方百计要远离它,故而祈求着"往生"或"脱离六道轮回"。而这恰恰对应了白天与黑夜所向人们要求的不同心情。

外面的世界之可怕,连小孩子都知道。见过早晨幼儿园门前的情景吗?孩子们望园却步,继而大放悲声;父母们则是软硬兼施,在笑容里为之哭泣。聪明些的孩子头天晚上就提前哀求了:妈妈,明天我不去幼儿园!

成年人呢,早晨一睁眼,看着那必将升起的太阳发一会儿愣,而后深明大义:如果必须加入到外面的世界中去,你就得对生命的苦难本质说是。否则呢？否则世上就有了"抑郁症"。

待到夕阳西下,幼儿园门前又是怎样的情景呢？亲人团聚,其乐陶陶,完全是一幅共享天伦的动人图画！及至黑夜降临,孩子在父母含糊其辞的许诺中睡熟;父母们呢,则是在心里一遍遍祈祷,一遍遍驱散着白天的烦恼,但求快快进入梦的黑甜之乡。倘若白天挥之不去,《格尔尼卡》式的怪兽便要来祸害你一夜的和平。

所以,基督信仰更适合于苦难充斥的白天。他从不作无苦无忧的许诺,而是要人们携手抵抗苦难,以建立起爱的天国。

譬如耶稣的上十字架,一种说法是上帝舍了亲子,替人赎罪,从而彰显了他无比的爱愿。但另一种解释更具深意:创世主的意志是谁也更改不了的,便连神子也休想走走他的后门以求取命运的优惠,于是便逼迫着我们去想,生的救路是什么和只能是什么。

爱,必是要及他的,独自不能施行。
白天的事,也都是要及他的,独自不能施行。
而一切及他之事,根本上有两种态度可供选择:爱与恨。
恨,必致人与人的相互疏远,相互隔离,白天的事还是难于施行。
唯有爱是相互的期盼,相互的寻找与沟通,白天的事不仅施行,你还会发现,那才是白天里最值得施行的事。
白天的信仰,意在积极应对这世上的苦难。

佛门弟子必已是忍无可忍了:听你的意思,我们都是消极的喽?
非也,非也!倘其如此,又何必去苦苦修行?
夜晚,是独自理伤的时候,正如歌中所唱:"那故乡的风和故乡的云,为我抚平伤痕。我曾经豪情万丈,归来却空空的行囊……"
你曾经到哪儿去了?伤在何处?
我曾赴白天,伤在集市。在那儿,价值埋没于价格,连人也是一样。
所以就,"归来吧!归来哟!别再四处漂泊……"
夜晚是心的故乡,存放着童年的梦。夜晚是人独对苍天的时候:我为什么要来?我能不能不来,以及能不能再来?"死去原知万事空",莫非人们累死累活就是为了最终的一场空?空为何物?死是怎么回事?死后我们会到哪儿去?"我"是什么?灵魂到底有没有?……黑夜无边无际,处处玄机,要你去听、去想,但没人替你证明。

白天(以及生)充满了及他之事,故而强调爱。黑夜(以及死)则完全属于个人,所以更要强调智慧。白天把万事万物区分得清晰,黑夜却使一颗孤弱的心连接起浩瀚的寂静与神秘,连接起存在的无限与永恒。所谓"得大自在",总不会是说得一份大号的利己之乐吧?而是说要在一个大于白天、乃无穷大的背景下,来评价自我,于是也便有了一份更为大气的自知与自信。

"自在"一词尤其值得回味。那分明是说:只有你——这趋于无限小的"自",与那无边无际趋于无限大的"在",相互面对、相互呼告与询问之时,你才能确切地知道你是谁。而大凡这样的时刻,很少会是在人山人海的白天,更多地发生于只身独处的黑夜。

倘若一叶障目不见泰山,拘泥于这一个趋于无限小的"我",烦恼就来了。所谓"驱散白天的烦恼",正是要驱散这种对自我的执着吧。

执着,实在是一种美德,人间的哪一项丰功伟绩不是因为有人执着于斯?唯执迷才是错误。但如何区分"执着"与"执迷"呢?常言道"但行好事,莫问前程","只问耕耘,不问收获",执于前者即是美德,执于后者便生烦恼。所以,其实,一切"迷执"皆属"我执"!用一位伟大的印第安巫士的话说,就是"我的重要性"——一切"迷执"都是由于把自我看得太过重要。那巫士认为,只因在"我的重要性"上耗费能量太多,以致人类蝇营狗苟、演变成了一种狭隘的动物。所以狭隘,更在于这动物还要以其鼠目寸光之所及,来标定世界的真相。

那巫士最可称道的品质是:他虽具备很多在我们看来是不可思议的神奇功能,但并不以此去沽名钓誉;他虽能够看到我们所看不到的另类存在,但并不以此自封神明,只信那是获取自由的一种方式;他虽批评理性主义的狭隘,却并不否定理性,他认为真正的巫士意在追求完美的行动、追求那无边的寂静中所蕴含的完美知识,而理性恰也是其中之一。我理解他的意思是:这世界有着无限的可能性,无论局限于哪一种都会损害生命的自由。这样,他就同时回答了生的意义和死的后果:无论生死,都是一条无始无终地追求完美的路。

是嘛,历史并不随某一肉身之死而结束。但历史的意义又是什么呢？进步、繁荣、公正？那只能是阶段性的安慰,其后,同样的问题并不稍有减轻。只有追求完美,才可能有一条永无止境又永富激情的路。或者说,一条无始无终的路,唯以审美标准来评价,才不至陷于荒诞。

基督信仰的弱项,在于黑夜的匮乏。爱,成功应对了生之苦难。但是死呢？虚无的威胁呢？无论多么成功的生,最终都要撞见死,何以应对呢？莫非人类一切美好情怀、伟大创造、和谐社会以及一切辉煌的文明,都要在死亡面前沦为一场荒诞不成？这是最大的,也是最终的问题。

据说政治哲学是第一哲学,城邦利益是根本利益,而分清敌我又是政治的首要。但令我迷惑的仍然是:如果"死去原知万事空",凭什么认为"及时行乐"不是最聪明的举措？既是最聪明的举措,难道不应该个个争先？可那样的话,谁还会顾及什么"可持续性发展"？进而,为了"及时行乐"而巧取豪夺他人——乃至他族与他国——之美,岂不也是顺理成章？

"但悲不见九州同"确是一种政治的高尚,但信心分明还是靠着"家祭无忘告乃翁",就连"王师北定中原日"也难弥补"死去原知万事空"的悲凉与荒诞。所以我还是相信,生的意义和死的后果,才是哲学的根本性关注。

当然,哲学难免要向政治做出妥协。那是因为,次一等的政制也比无政府要好些,但绝不等于说哲学本身也要退让。倘若哲学也要随之退一等,便连城邦的好坏也没了标准,还谈的什么妥协!妥协与同流合污毕竟两码事。

佛法虚无吗?恰恰相反,它把"真"与"有"推向了无始无终。而死,绝不等于消极,而是要根本地看看生命是怎么一回事,全面地看看生前与死后都是怎么一回事,以及换一个白天所不及的角度,看看我们曾经信以为真和误以为假的很多事都是怎么一回事……

故而,佛法跟科学有缘。说信仰不事思辨显然是误解,只能说信仰不同于思辨,不止于思辨。佛门智慧,单凭沉思默想,便猜透了很多物理学几千年后才弄懂的事;比如"唯识"一派,早已道出了"量子"的关键。还有"薛定谔的猫"——那只可怜的猫呵!

便又想到医学。我曾相信中医重实践、轻理论的说法,但那不过是因为中医理论过于艰深,不如西医的解剖学来得具体和简明。中医理论与佛家信念一脉相承,也是连接起天深地远,连接起万事万物,把人——而非仅仅人体——看作自然整体之局部与全息。倒是白天的某些束缚(比如礼仪习俗),使之在人体解剖方面有失仔细。而西医一直都在白天的清晰中,招招落在实处,对于人体的机械属性方面尤其理解得透彻,手段高超。比如器官移植,比如史铁生正在享用着的"血液透析"。

要我说,所谓"中西医结合",万不可弄成相互的顶替与消耗,而当各司其职,各显其能;正如昼夜交替,阴阳互补,热情与清静的美妙结合。

不过,说老实话,随着科学逐步深入到纳米与基因层面,西医正在弥补起自身的不足,或使中医理念渐渐得其证实也说不定。不过,这一定是福音吗?据说纳米尘埃一旦随风飞扬,还不知人体会演出怎样的"魔术";而基因改造一经泛滥,人人都是明星,太阳可咋办!中医就不会有类似风险——清心寡欲为医,五谷百草为药,人伦不改,生死随缘,早就符合了"低碳"要求。不过这就好了吗?至少我就担心,设若时至一九九八年春"透析"技术仍未发明,史铁生便只好享年四十七岁了,哪还容得我六十岁上昼信基督夜信佛!

世上的事总就是一利一弊。怕的是抱残守缺。

佛家反对"二元对立",我以为,反对的是二元的势不两立。二元的势不两立,实际是强烈的一元心态。然而,这世界所以是有而不是无,根本在于二元的对立。所以,佛家实际是在强调二元和谐。一切健康的事物,都是基于二元的和谐,身体、社会、理想、修行……莫不如此。

"万法归一"是说这世界的本源,"三生万物"是指这个现实的世界。二者的位置一旦颠倒,莫说他史铁生了,众生的享年都要回零。

佛法之"空",料与"空空的行囊"之"空"绝不一致。亚里士多德说,无中生有是绝不可能的。老子却说,有生于无。不过佛家还有一说:万法皆空。空即是有,有即是空,所以我猜佛家必是相信:有生于空。空,并不等于无。根本的二元对立,并非有与无的两极,而是有与空的轮回,或如尼采所说的"永恒复返"。

而"有",也不见得就是有物质。有什么呢?不知道。物理学说:抽去封闭器皿中的一切物质,里面似乎还是有点儿什么的。有点儿什么呢?还是不知道。那就可以猜想一回了:有的是"空"!万法皆空,而非万法皆无,所以"空"绝非是说一切皆无。空不是无,空只好是有了。那么它又是一种怎样的有呢?空极生有,料必是一种无比强大的势能!即强烈地要创生出无限时空、无限之可能性的趋势。创世的大爆炸,据说就始于一个无限小的奇点,这个"点"可否让我们对那个"空"有所联想?

说佛法跟科学有缘,佛门弟子多会引为骄傲。但,若说二者的问题也有同根,未必信众们就都能不嗔不痴。

所谓同根,是说二者的信念有一个相同的前提,即先弄清楚这个世界的究竟,而后,科学的理想叫"人定胜天",佛法的心愿是"人人皆可成佛"。问题是谁都没说,如果世界尚未究竟或终难究竟,人当如何?就算可以究竟,究竟者也总在极少,尚未究竟和终难究竟的大多数又拿什么去作信的根基?我相信佛门确有其非凡的智慧,确有其慧眼独具的奇妙功法,能够知晓甚至看到理性所无从理解的事物。但是第一,这仍是极少数人的所能。第二,再强大的能力也是有限,因为无限意味着永不可及。第三,老调重弹——成佛是一条动态的恒途,绝非一处万事大吉的终点;然而,一个"成"字,一个"究竟",很容易被理解为认知的极点与困苦的穷尽。

所以,一条同根,很可能埋藏了近似的危险:大凡理想或心愿,一旦自负到"人定胜天",或许诺下一处终极乐园,总是要出事的。科学正在出事,譬如自然生态的破坏。信仰如果出事,料想会是在心态方面。

理想,若总就在理想的位置上起作用,"老夫聊发少年狂"倒也不是什么坏事。然而"言必行,行必果"一向是人间美德(柏拉图认为,政治可以有高贵的谎言,神却不可说谎),那么一旦行之未果——世界依旧神秘,命运依旧乖张,信仰岂不要受连累?

首先质疑它的就是科学。科学以其小有成果而轻蔑信仰,终至促生了现代性迷障。问题是,在实证面前,信仰总显得理亏——"看不见而信"最是容易被忘记。怎么办呢?便把"果"无限地推向来世。这固然也是一种方略,可以换得忍耐与善行,但根基无非是这么一句话:好处终归是少不了你的!可这样的根基难免另有滋生,比如贪心,比如进而的谋略,直至贿赂之风也吹进信仰。君不见庙堂香火之盛,有几个不是在求乞实际的福利!众生等不及"终归"——既可终归,何不眼前?这逻辑本来不错,更与科学的"多快好省"不谋而合!只是,这夜晚的信仰怎么就变得比白天还白了?

"不不,"于是有佛门高徒说,"这是误解,说明你还不懂佛!"随即举出诸多佛法经章、高僧本事,证明真正的佛说与那庙里的歪风毫不相干。

那,为什么您讲的就是真正的佛说?

那么你认为,我讲的对还是不对?

问题是,大众所信的佛法,未必跟个例高人所理解的一样。不管谁到那烟雾腾腾的庙堂里去看看,都会相信,这世上广泛流行的是另种"佛法"。

如何另种?

求财的,求官的,求不使东窗事发的……许愿的,还愿的,事与愿违而说风凉话的……有病而求健康的,健康而求长寿的,长寿而求福乐的,福乐不足而求点石成金或隔墙取物的……

那就是他们的事了。

怎么就成了他们的事呢?莫非也是佛说?

何为神说,何为人传,基督信仰千百年来都有探讨。哪是佛说,哪是人言呢?佛门也曾有过几次集结,高僧们相约一处,论辩佛法真谛,可惜这一路香火已断多时。失去大师们的不断言说与探讨,习佛已流于照本宣科,徒具其表。失去高僧的指点与引领,人性就像流水,总是要往低处去的。如今是人们由着性儿地说佛与"佛说",人性的贪婪便占上风;众生要"多快好省"地上天堂,庙堂前便"鼓足干劲"地卖起票来。这类"信"徒,最看佛门是一处大大的"后门儿",近乎朝中有人好办事。办什么事呢?办一切利己利身之事。如何能办到呢?耐心听"芸芸众生"们说吧,其津津乐道者,终不免还是指向某些神功奇迹——免灾祛病呀,延年益寿呀,准确或近乎准确地推算前世和预测未来呀……等等这些我都信,只不信这叫信仰。佛家(道家)的某些神奇功法我也见过,甚至亲身体验过,但我仍认为"看不见而信"才是信仰的根本。如果信仰竟在于某些神奇功法,高科技为什么不算?科学所创造的奇迹还少吗?可就算你上天入地、隔墙取物、福如东海、寿比南山,莫非这世上就不会有苦难了?没有了当然好,可那就连信仰也没有了。信仰,恰是人面对无从更改的生命困境而持有的一种不屈不挠、互爱互助的精神!

听说有人坐飞机赶往某地,只为与同仁们聚会一处,青灯古刹、焚香诵经地过一周粗茶淡饭、草履布衣的低碳生活。想来讽刺,那飞机一路的高排放岂是这一周的低消费所能补偿!真是算不过这笔账来?想必是另有期图。

又据说,有位国人对西人道:"还是我佛的能耐大。瞧瞧你们那个上帝吧,连自己儿子的死活都管不了!"

先不论基督与佛均乃全人类所共有,岂分国族!却只问这类求佛办事的心态,原因何在?说到基督与佛,何以前者让人想到的多是忏悔,后者却总让人想起许愿?忏悔,是请神来清理我的心灵;许愿,却是要佛来增补我的福利。忏悔之后,是顺理成章地继续检讨自己;许愿之后呢,则要看看佛的态度,满足我愿的我为你再造金身,否则备选的神明还很多。

哈！这不过是你的印象罢了。事实上,此类信徒各门各派里都有。

那么,您是否也有与我相同的印象呢？

印象能说明什么！可有什么"统计学"证据吗？

"现象学"的行吗？现象之下自有其本质在,正如佛说"因果"。

……那么你的"夜晚信佛法",到底信的什么？

首先我相信佛法是最好的心理疗法。佛看这人间不过是生命恒途中极其短暂的一瞬,就好比大宴上的一碟小菜,大赛前的一次热身,甚或只是大道上的一处泥淖。佛的目光在无始与无终之间,对于这颗球体上千百年来的蝇营狗苟,对于这一片灯红酒绿的是非地、形同苦役的名利场,说到底,佛是一概地看不上！而如今的心理疾病多如牛毛,又都是为了什么？比如说方兴未艾的"抑郁症",你去调查吧,统计吧,很少不是因为价值感的失落。说白了,就是"我的重要性"一旦在市场上滞销、掉价、积压而后处理,一向自视重要的"我"便承受不住,"抑郁症"即告得手。佛所以是最好的心理医生,因为他从根本上否定了人的市场价格,坚定了生命的恒久价值。而这样的疗法,还是那句话:很难在叫卖声声的白天里进行,而要等到夜深人静。

说到这儿想起件事,前不久与朋友谈起"城市文学"。"乡土文学"谁都知道,可什么是"城市文学"呢？两个人说来说去,忽有所悟:"城市文学"的特点,根本在一个"市"字上。城市,乃市场的引发,而市场的突出作为是价格的诞生。正所谓异化吧,价格功高镇主,渐渐就脱离开价值而自行其是了。于是乎讨价还价,袖子里捏手指,而后发展到满街贴广告和电视台上吹牛皮……原本是为了货通有无的集与市，慢慢竟变成了骗术比拼的大赛场。败下阵来的自然是郁郁寡欢，待其两眼发直、浑身发抖，便取名为"抑郁症"。有趣的是，先是亏本者抑郁，慢慢演化，亏心者倒荣耀起来，称为"成功人士"，其居住地宏伟壮观谓之"高尚社区"。久之，价格成长为重中之重，价值一败涂地。成者王侯败者寇。怕为寇者，或打肿自己充肥，或就做成宅男宅女不见天日，想起市场就显露出"抑郁症"所规定的种种征候。

其次我相信，佛家对死后的猜想并非虚妄。看看那些大和尚，圆寂之时是何等的从容淡定，你自会相信那既非莽汉式的无畏，亦非志士般的凛然，而是深思熟虑，一切都已了然于心，或就像那位印第安巫士所说：一切都已"看见"。当然了，此等境界绝非吾辈常人所能为之——譬如爱因斯坦看见了时间的弯曲，譬如霍金看见黑洞，咱咋就啥也不见呢？故凡俗之如我类，切莫指望什么神功奇迹，不如原原本本都留给极少数人吧。

不过呢，死亡毕竟在向你要求着态度。当然回避也是一种，勇敢也是一种，鲁莽还是一种——两眼一闭跳下去，跟蹦极一般。我选择钻牛角尖，死乞白赖地想一想，谁料结果却发现：死是不可能的。

死是什么？死就是什么都没有了，什么什么都没有了。可什么什么都没有了，怎么会还有个死呢？什么什么都没有了，应该是连"没有"也没有了才对。所以，如果死意味着什么什么都没有了，死也就是没有的。死如果是有的，死就不会是什么什么都没有了。故而"有"是绝对的。

"有"又是什么呢？有，是观察的确认——现代物理学也明确支持这一观点。"无"呢？"无"也一样是观察——准确说是观察所不及——的确认，因而仍不过是"有"的一种形态。推而演之，死也就是生的一种形态。

那么,观察意味着什么呢?观察意味着观察者的确在。而这个观察者,既然能够认知他者,也就一定能够自认。这自认,便创生了"我"。

"我死了",此言若非畅想,就一定是气话,现实中绝没有这回事。

"你死了"呢,或用于诅咒,或用于告慰。前者是说,你没死但你该死。后者是说你并没有死,不过是到了另一世界,或处于另一种存在状态罢了。

只有"他死了"这句话没毛病,必有相应的现实为之作证。比如说"史铁生死了",这消息日夜兼程,迟早会被证实。

(由此也可见,我是我,史铁生是史铁生。)

总结一下吧:死,绝不意味着什么、什么都没有了。而一切"有"都是被观察的,一切"无"都是观察所不及的。所以"有"也好,"无"也好,都离不开观察者。那么,谁是最终的观察者呢?"我"!而"你"和"他","我们"、"你们"和"他们",都不免是被观察者。

最后一个问题:设若真有来世,我怎么能认出此一世的我即是彼一世的我呢?首先,无论哪一世的你,不自称"我"又自称什么?其次,柏拉图说"学习即回忆",被回忆者是谁?第三,一生止于吃喝屙撒睡的人太多太多,想必来世也就难于分辨,而一个独特的心魂自然就便于被回忆。

(以上四小节均引自史铁生作品《论死的不可能性》*。)

在我想,求"往生"是不是有点儿多余?今生、来世其实是一

---

* 见后文《回忆与随想:我在史铁生》。——编注

样的,吃喝屙撒睡的固然一样,特立独行的也是一样,不知不觉的固然一样,大彻大悟的就更应该能看出些一样来。什么呢?生即是苦,苦即是生。如此又求的什么来世!今天就是昨天的明天,明天就是前天的后天……生还是苦,苦还是生,又何必在意此一生还是彼一生呢?我只相信,明天的意义,唯在进一步完美行动的可能。不过这已经有了保证:佛的目光在无始无终之间——史铁生要死就让他死吧,"我"才是那目光的无限仰望者与承受者。

那么"脱离六道轮回"呢?说真的,我半信半疑。所信者,你下辈子可以不是人、畜牲、恶鬼,等等;所疑的是,莫非你可以是"无"吗?你只要是"有"那就麻烦。"有"就是"有限",正如"无限"其实就是"无"。你看吧,哪一种"有"不是有限的?你想吧,唯观察所不及者谓之"无",而那正是因为它的无限。这样我们就有救了,就算我们有一天不再是人,也不是畜牲、饿鬼和什么什么,我们总还得是"有"(因为"无"是无的呀),进而就还得是"我"。"我"位于有限而行一条无限的路,那才是佛或上帝的恩宠!

而一条无限的路,正所谓日夜兼程,必是昼夜轮换的路!如果黑夜过于深沉,独善其身或自在之乐享用得太久,就好比心病患者会依赖上心理医生,人是会依赖于黑夜而不由得逃避白天的。然而白天就在黑夜近旁。不能使病者走进白天的医生是失败的医生,他培养了另一种"我执"。

况且此"执"是因乐而生。譬如乐不思蜀,乐具腐蚀,岂止是不思蜀,其实是不思苦,进而养成享乐的贪图。乐无止境,难免日趋狭隘,偶像繁多,倒给"菩萨"们都分配了工作,管升官的、管发财的、管文凭和职称的……最后连掩盖罪行都有专管。尤其,这享乐与灭苦的期求,一旦进入白天,与疯狂的市场合谋,爱愿常不是它们的对手。

所以我想,佛门弟子要特别地看重地藏菩萨。"我不下地狱谁下地狱""地狱不空誓不成佛",地藏的这两句伟大誓言,表明他是一位全天候的觉者!虽然一个"成"字似乎还是意味着终点,但他把终点推到了永远,从而暗示了成佛之路的无限性。道路的无限即是距离的无限,即是差别的无限,即是困苦的无限,也便意味着拯救之路的无限,幸而人之不屈不挠的美丽精神也可以无限——唯此,无始无终的存在才不至于陷入荒诞。

"我不下地狱谁下地狱"简直就是十字架上真理的翻版,"地狱不空誓不成佛"明显与基督精神殊途同归。是呀,一切黑夜的面死之思,终要反身投入到白天的爱愿(当然,一切爱愿总也要面对死的诘难)。

你会发现,白天的事难免都要指向人群,指向他者,因而白天的信仰必然会指向政治。但政治并不等于政府,否则有政府的地方就不该再有不同政见。因而,政治的好坏也就不取决于国的强大与否,而在乎于民之福患。国之强大,仅仅是为了保卫民的福利,否则何用?所以,以强大为目的的政治是舍本求末,以爱为灵魂的政治才是奉天承运,才会是好政治。

然而,爱也是有危险的。比如以死相威胁的"爱情",比如期求报答的"友爱",比如只为谋权的"爱国爱民",比如盛气凌人甚或结党营私式的种种"信徒"……问题是鱼目混珠,真假何辨?其实呢,以平常常心观之,真假自明——正所谓"人人皆有佛性",也正是神在的最好证明。

我有个朋友,初到某地,两眼一抹黑,有个老太太帮他渡过了道道难关,他说我可怎么报答您呢?老太太说:你去帮助别人就是。我听说有个过马路的老头儿,四望无车无人,却还是静静地等候红灯。人说您这不是犯傻吗?他说:我不知道在哪个楼窗里,会不会有个孩子正看着我。我还知道有位女士,不知听哪个昏僧说,促成一桩婚姻便为来世积下一份善缘,于是不遗余力地乱点鸳鸯谱——管他们有情与无情!

爱的危险还有一条:仅仅的爱人。您信吗?仅仅的爱人,会养成铺张浪费,甚至穷奢极欲的坏毛病——情形就像被溺爱的孩子。所谓"爱上帝"说的是什么?是说要爱世间一切造物。所谓"爱命运"说的是什么?是说对一切顺心与不顺心的事,都要持爱的态度。

"我执"多种多样,并不以内容辨;无论什么事,一旦"我的重要性"领衔,即是"我执"。譬如常说的"立功、立德、立言",尤其前面再加一句"为天下人",都是再好没有,但请留神,"我"字一重,多么慷慨大义的言辞也要变味。不过,这事最为诡异的地方是:一味地表现"自我"是"我执",刻意地躲避"自我"还是"我执";趋炎附势的是"我执",自命清高的还是"我执";刚愎自用的是"我执",自怨自艾的也是"我执"。那么"我"就得变傻子吗?对不起,您又"我执"了。我什么都不说成吗?成是成,但这仍然是"我执"。简直就没好人走的道儿了!不,这才是好人走的道儿呀:好人,才看见"我执",才放弃"我执",才看见放弃"我执"有多难,才相信多难也得放弃"我执"——这下明白了,成佛的路何以是一条永行的恒途。

《伊索寓言》中有一篇说到舌头,说那是人间最好和最坏的东西,因为它可以说出最美和最丑的语言。信仰的事着实跟舌头有一拼,它既可让人行无比的善,也可让人作滔天的恶。譬如曾经和现在,也譬如此地和别处,人们为信仰而昏昏,也为信仰而昭昭;为信仰而大乱,也为信仰而大治;为信仰而盛气凌人,也为信仰而谦恭下士；为信仰而你死我活，也为信仰而乐善好施……再问何根何源？以我的愚钝来想，大凡前一类都还是那个"我执"。

如何灭尽"我执"呢？不知道。我真的不知道，因为我感到我永远都灭不尽那玩意儿。我感到我只能是见一个杀一个，没什么彻底的办法。我感到诚实是第一位的，比如说白天就是白天，黑夜就是黑夜。黑白颠倒你试试看，或者只需想一想，会不会把白天弄成了自闭症，一到夜里又妄想狂？

2010 年 11 月 4 日

回忆与随想：我在史铁生

1. 论死的不可能性（附一篇）

史铁生居然活满了一个花甲,用今天年轻人的话说:这也太夸张了！不过这是真的,六十岁,对我来说就这感觉。

二十一岁双腿瘫痪,轮椅坐了四十年,到底也没能找出个确凿的病因来。三十岁上两个肾又相继失灵,其时"透析疗法"还相当简陋,所幸我一时还不必就靠它；大夫的对策是在我的肚皮上钻一个洞,相当于下水改道,并建议我"争取再活十年"。谁料,这个史铁生轻易就完成了定额,而后的日日夜夜全是"灰色收入"。

靠两个残肾坚持到四十八岁,终于不行了,去"透析",大夫说我是福将:现在各项技术都成熟了,您翩翩而至。翩翩个鬼吧,人肿得像一具溺水的尸首。

把身体比作一架飞机,要是两条腿(起落架)和两个肾(发动机)一起失灵,这故障不能算小,料必机长就会走出来,请大家留些遗言。

躺在透析室的病床上,看鲜红的血在透析器里汩汩地走——从我的身体里出来,再回到我的身体里去,那时,我常仿佛听见飞机在天上挣扎的声音,猜想上帝的剧本里这一幕是如何编排。(随笔《病隙碎笔1》)

那时我常有这样的感觉:死神就坐在门外的过道里,坐在幽暗处,凡人看不到的地方,一夜一夜耐心地等我。不知什么时候它就会站起来,对我说:喂,走吧。我想那必是不由分说。不管是什么时候,我想我大概仍会觉得有些仓促,但不会犹豫,不会拖延。(散文《轻轻地走与轻轻地来》)

关于生死,有个著名的比喻:一只鸟儿,在漫无边际的黑夜里飞,冷不丁撞进了一个窗口,里面灯火辉煌,人声鼎沸,三教九流,七情六欲……鸟儿左冲右突,或许还前思后想,或许还上下寻觅,猛然间又莫名其妙地从另一窗口飞出,重入茫茫黑夜。

撞进窗口的就叫作"生",重入黑夜的即谓之"死"。倘其出出进进呢?我猜就是人们常说的"转世轮回"吧。

我常摇着轮椅在街头闲逛,看人群如蚁,车流如潮,看一张张兴奋与焦灼的面孔,或一群群"鸟儿"快乐或慌张地飞去飞来……总是不由得想,这急匆匆的脚步都是要赶去哪里,去赴什么约会?不急不忙你慢慢地看,很容易认出哪些是刚撞进窗口来的,却很难看出哪些即将重入黑夜。但不管是哪一个飞进来,哪一个飞出去,这一片灯火辉煌与人声鼎沸都不会因之而有本质的改变。

除非是我死了。我死了,一切都将化作虚无。

但是,"我死了"这件事,令人由衷地怀疑。

"我死了",此言若非畅想,就一定是气话,现实中绝没有这回事。

"你死了"呢,或用于诅咒,或用于告慰。一是说你没死,但你该死。一是说你并没有死,不过是到了另一世界,或处于另一种存在状态罢了。

只有"他死了"这话没毛病,必有相应的现实为之作证。比如说"史铁生死了",这消息日夜兼程,迟早会被证实。

事已至此,我的希望,同时也是我的忧虑,就都在一件事上了:我能不能在临死之时保持住镇静,能不能在脱离史铁生的瞬间免于惊慌,以便今生的某些思绪能够扼要地保存下来,不随那史的灰飞烟灭而灰飞烟灭。倒不是说今生的思绪有多么高明,多么值得流传,恰恰相反,都是些粗陋的荒唐之想,但我希望来生能够继续。倘若来生一切都还是要从头来过,疯牛似的转个没完,生命岂不太过荒诞?但愿我一直清醒,闻死神之逼近,仍能够有条不紊,携带好今生记忆,以备来世那位尚不知其姓名的我少走弯路。至于有没有来生,有没有灵魂,都应该不是问题。

对于死,可以说人人都配得上是预言家——有谁会料想不到自己迟早是要死的呢?不过看上去大家都活得泰然、潇洒,并不见有谁为那必来的灭顶之灾而惶惶不可终日。然而,一旦周围有死亡事件发生,从人们的表情上看,不怕死的还是很少。泰然和潇洒,不过是对问题的悬置、拖延,甚或苟且——死期离我尚远。

从书上见过一位真正参透了生死的老人,他说他每天早晨醒来,见自己依旧是博尔赫斯,便一脸的苦笑。我猜这绝不能够是勇敢,必须是一种智慧,便循其不经意间留下的蛛丝马迹去想,终于弄懂了**死的不可能性**。言外之意:怕死,乃人类最为严重并悠久的一项愚昧。

出生是怎么回事?你从虚无中来。死亡呢?回虚无中去。那么,来也于斯,归也于斯,我就不明白了:为什么你就不能**再**从那儿来呢?如果你不能**再**从虚无中来,凭什么你曾经就能从那儿来?生前的虚无与死后的虚无,有什么两样吗?

死是什么?死就是什么都没有了,什么什么都没有了。可什么什么都没有了,怎么会还有个死呢?什么什么都没有了,应该是连"没有"也没有了才对。所以,如果死意味着什么什么都没有了,死也就是没有的。死如果是有的,死就不会是什么什么都没有了。故而"有"是绝对的。

"有"又是什么呢?有,是观察的确认——现代物理学也明确支持这一观点。"无"呢?"无"也一样是观察——准确说是观察之不及——的确认,因而仍不过是"有"的一种形态。推而演之,死也就是生的一种形态。

那么,观察意味着什么呢?观察意味着观察者的确在。而这个观察者,既然能够认知他者,也就一定能够自认。这自认,便创生了"我"。

总结一下吧:死,绝不意味着什么什么都没有了。而一切"有"都是被观察的,一切"无"都是观察所不及的。所以"有"也好,"无"也好,都离不开观察者。那么,谁是最终的观察者呢?"我"呀!而"你"和"他","我们"、"你们"和"他们",都不免是被观察者。正所谓"铁打的营盘流水的兵",史铁生们来了走,走了来,而"我"是不死的。

最后一个问题:设若真有来世,我怎么能认出此一世的我即是彼一世的我呢?首先,无论哪一世的你,不自称"我"又自称什么?其次,柏拉图说"学习即回忆",被回忆者是谁?第三,一生止于吃喝屙撒睡的人太多太多,想必来世也就难于分辨,而一个独特的心魂自然就便于被回忆。

但是且慢。来也于斯,归也于斯,却又说斯是乌有,岂不矛盾?一点儿都不矛盾,这恰恰是说**生生相继**,且是紧密相继——生生之间并无断档。

不是吗?自古至今已有多少人死去了,但心魂之旅却不曾须臾间断,生命的路途依旧艰苦卓绝,激情洋溢……至于某一(或种种)姓名所标记的肉身嘛,当然是要灰飞烟灭的,但某一(或种种)姓名所代表的记忆,却因为存在的无限,因为"日光之下,并无新事"①,而必致其"永恒复返"②。

附:所谓轮回,或永恒复返

尼采对于"永恒回归"的证明,或可简略地表述如下:生命的前赴后继是无穷无尽的,但生命的内容,或生命中的事件,无论怎样繁杂多变也是有限的;有限对峙于无限,致使回归(复返、再现)必定发生。休谟说:"任何一个对于无限和有限比较起来所具有的力量有所认识的人,将绝不怀疑这种必然性。"③(随笔《人间智慧必在某处汇合》)

不过,"永恒回归"只是说路途的难免重复,并不意味着个体的必然复返。一副牌,不停地玩下去,迟早会出现重复排列,但不等于会重复在一个人手里。

但问题是你怎么知道,眼前的这个人,就一定不是前世的那个人呢?

时间呀!时间首先就不允许。重复排列所需要的时间,肯定要远远超过一个人的有生之年。

可我们说的是隔世,你知道隔世是多久吗?

这个我没兴趣。我只问:你怎么能认出这个人就是前世的你?

这让我想起一群鸽子。二十年前我住在雍和宫附近,不管是什么时候,从我那间小屋的窗口望出去,金碧辉煌的那几座牌楼上总是栖息着一群鸽子。

---

① 《旧约·传道书 1:9》。
② 尼采语。
③ 大卫·休谟《自然宗教对话录》第八部分。

不注意,你会觉得从来就是那么一群在那儿飞着,细一想,噢,它们生生相继已不知转换了多少回肉身!一群和一群,传达的仍然是同样的消息,继续的仍然是同样的路途,克服的仍然是同样的坎坷,期盼的仍然是同样的团聚……凭什么说那不是鸽魂的一次次转世呢?(散文《人间智慧必在某处汇合》)

不错,但那是**种**的接续,**族**或**类**的生生不息,并不意味着个体的"复返"或"轮回"。比如说你,史铁生,打赌吗?早晚是个灰飞烟灭!

那你得先告诉我,"史铁生"指的都是什么?

废话,当然是指你。史铁生就是你,你就是史铁生。

未必,实在是未必!史铁生不过是我曾居住过的一具肉身罢了:一架骨骼,一套脏器,四肢、五官、血管、神经和一个大脑。而这一切又都不过是细胞的组合,就像那群鸽子,一个个细胞就像一只只鸽子,看起来好像一直都是它们,实际呢,新陈代谢早不知有多少回了。

那又怎样?

好,我告诉你:史铁生须臾生死,史铁生流变不居,史铁生在其有生之年早不知被更新多少遍了。我的意思是,这个史铁生早就不是那个史铁生了——"铁打的营盘流水的兵"!

可他还是得叫史铁生。

不错,那是因为 DNA 的相对稳定——细胞虽一代代老化、死亡,可新一代的组合还是遵循着原有的设计。不过单凭这一点,我相信您只能认出史铁生的尸体,或不幸他已然形同一株植物。而一个活生生的人,久别重逢,你靠什么来辨认他呢?只能是**记忆**,即某些共同的经历,共同能够回忆起来的人和事。因为,**一个人真正的所是,就在于他的记忆**!"喂,您还认得我吗?""不好意思,您是?""还记得那年在'马里昂巴'吗?夏天,你,我,还有那位大胡子的摄影师……""噢,史铁生!你可真是变得太厉害了!"

这就有趣得很了。DNA所能证明的只是一个人的肉身——也可以叫"住所",叫"故居";而记忆能够证明的,那才是我,或者"我",即那"住所"或"故居"的主人。(唯因如此,神话中的人们才能够隔世相认——肉身已然更新,DNA已经改写,所幸还有前世的记忆可供沟通。)所以,记忆＝心魂＝我或者"我",DNA＝肉身＝种种姓名所标分的一具具心魂的载体。又所以,我≠史铁生;最多是,我≈史铁生。顺理成章吗?

很多事是不可能实证的,唯顺理成章就对。

是吗?那就又有个顺理成章的问题了:你这个"永恒的行魂",能否说一说你的前世呢?当然了,说不出也没关系,可那您就别在这儿瞎扯了!

是呀是呀,我说过,这是我"出生望死"时唯一的忧虑。但问题并不在于我说不说得出我的前世,即便我说得出谁又肯相信呢,谁又能证明其真伪呢?所以,真正的问题是:设若我的前世活得毫无特色,比如说只是一味地吃喝玩乐,无所用心,一生风平浪静,死水一潭,甚至从未感到过身心之别,可让我根据什么来辨认他呢?你能在森林里认出每一棵树吗?你能在荒漠中认出每一粒沙吗?若非司机独特,你能从一批批流水线上下来的汽车中认出哪辆是哪辆吗?我无意贬斥平庸,尤其是在"政治正确"的意义上。但说句老实话吧,一世平庸接续起又一世的平庸,可有什么值得辨认,又有什么可供辨认的呢?无非是一遍又一遍地活着,活得无知无觉,接续得模糊但却顺畅罢了。

而如果相反,前世心魂因其艰难的跋涉,困苦的思索,深刻的疑问而超越了生理性存在,今世心魂就有了辨认它的机会。比如在书店,阅尽千般皆不是,忽一本古人的书立刻唤醒了你的才情,激活了你的灵感。又比如伫立街头,迷茫四顾,忽一番路人的闲话,让你久有的困顿一朝畅通。所谓"众里寻她千百度,蓦然回首,那人却在灯火阑珊处"仅仅是灵感吗?可灵感又是什么呢?有谁给过它顺理成章的解释吗?那么,依我看,灵感就是心魂的隔世接续。柏拉图说"学习即回忆",回忆什么?或对于什么的回忆?想来只有前世。所谓天赋,即由学习所唤醒的隔世之思、之想,甚至于之能。否则天才是怎么来的?莫扎特四岁作曲,还有那个数学神童高斯,总不会都是现趸现卖吧?如此重要的现象,仅靠"天才"二字了事,倒不如"转世"的猜想来得积极。

接续,是心魂的接续。DNA的重复率很低,碰上了也没多大意义。庄子说"乘物以游心",我们搭乘一部有限的生理之车,去行那无限的心魂之路罢了。唯一路未尽的行旅,一生未解的悬疑,或比如《自新大陆》中那一缕时隐时现的律动,才是你辨认前世今生的根据。否则很难。

当然了,心魂的接续,文明的传承,还有其显明或通常的一路——就比如唤醒你"灵感"的那本书。你把某位古圣贤的思想以印刷品的形式接回家,隔世重逢般地融入你的思绪,那么不管他叫老子还是叫苏格拉底,你就都是他们的接续者了,完全不必有什么族与国的顾忌。顺便说一句:谁要是以国、族的立场来确认真理,谁最终就一定会以自己的利益来确认真理;而这个"自己",难免只是那具终将灰飞烟灭的肉身。而"永恒的行魂"行踪无限,思虑深远,岂是一条人为的国界或一标偶然的族别可以圈定!

对于生命之必在,对于"我"之不死,如果你仍有怀疑,谢天谢地,现代物理学——准确说是量子力学——给了我们一个足可以乐观的理由。

《上帝掷骰子吗》一书中说:"不存在一个客观、绝对的世界。唯一存在的,就是我们能够观测到的世界……测量行为创造了整个世界。"

（随笔《门外有问》）

这就是说，不可能存在一个失去观察的世界。那么显然，也就不可能有一个失去观察**者**的世界。而这观察者，当然不是说只有人类才可担当；因为跟每个人一样，人类也是有其生前与死后的，那时将由谁或什么来担此"观察"的重任呢？但不管是谁，或是什么，这担当者必得是**生命**——谁说生命只能是 RNA、DNA 以及蛋白质的构成呢？为什么不可能有更优质的材料和更高明的设计，从而有种种别样的生命呢？

但有一条，就连"创世主"也是不能改变它的：既是观察，就必然是由此及彼，由己及他，这意味着距离的必然，差别的必然，困苦的必然。

不过，我并不完全赞成《上帝掷骰子吗》一书之所说。因为，"我们能够观测到的世界"一语，已然暗示了还有我们的观测所不及的世界，或拒绝被我们观测到的世界。所以，"一个客观、绝对的世界"之确在的证明是：它并不因为我们的观测不及，就满怀善意地也不影响我们，甚至伤害我们。就是说，固然我们无法谈论我们所不知的事物，但这不等于它因此就不给我们小鞋穿。

2. 生，或永恒的欲望（附一篇）

确实，就像电影，黑暗中没来由地亮起一块银幕，随即有了声音，有了形象……在一阵阵似乎遥远又似乎贴近的风中，声音和形象试图拼接起来，一开始并不成功。

不过，在这之前并没有黑暗，是后来的一切照亮了黑暗——即照亮与黑暗同时发生。所谓后来，是指那些声音和形象，慢慢地，终于拼接出一种意味。什么意味，另当别论。但很可能，那正是人终于想表达点儿什么和终于能够表达点儿什么的初始缘由。

所以我相信，生命是起源于一种欲望，或者也可以说一种引诱。

　　我的那块银幕上,先是呈现出一片泛了黄的白色屋顶,继而是一扇亮白而朦胧的窗,还有一条近乎于黑的房梁。它们也在一次次地努力着,试图拼接起来。如果我说,这拼接的过程中有些"咔嚓、咔嚓"类似光盘损坏般的声音,对于今天的回忆,应该说也不过分。随之,屋顶和窗户都渐渐地清晰起来。屋顶上有一片水波般散开的环形纹饰,正中间垂挂下一盏吊灯。窗上则显露一格格暗淡的窗棂,以及凌乱的树影。"咔嚓、咔嚓"的声音突然停顿——跳过了残损,树影剧烈地晃动起来,风终于落实在不远不近的窗外……一种意味总算是拼接成功。什么呢?我记得是:怨屈。无比的怨屈伴随着哭号喷涌而出,一泻千里,充斥于整个世界……

　　完全可以说这是婴儿的体操。

　　但也是人之根本处境的提示。这个未经我知便已被命名为"史铁生"的小小躯体,将在其必然长大和不断残损的过程中给我带来六十几年怎样的折磨,回过头看,其实都已经写在那一次成功的拼接中了。这么说吧:一部名为《史铁生》的剧本,已经写好,剩下的全是我怎么演的事了。

　　　　我站在炕上,扶着窗台,透过玻璃看它。屋里有些昏暗,窗外阳光明媚。近处是一排绿油油的榆树矮墙,越过榆树矮墙远处有两棵大枣树,枣树枯黑的枝条镶嵌进蓝天,枣树下是四周静静的窗廊。——与世界最初的相见就是这样,简单,却印象深刻。复杂的世界尚在远方,或者,它就蹲在那安恬的时间四周窃笑,看一个幼稚的生命慢慢睁开眼睛,萌生着欲望……(散文《轻轻地走与轻轻地来》)

　　那地方名叫"草厂胡同39号",我到达史铁生的第一站。或者说,我就出生在那儿。或者说是史铁生,就出生在那儿。准确说是有个男孩儿,在那儿出生,并在那儿被命名为"史铁生"。

我没有考证过,但应该没问题,所谓"草厂胡同"一定是因为那儿曾经有一座皇家的草料仓库。因为附近还有条小街叫"新太仓胡同"。再远些,还有个地方叫"海运仓胡同"。

草厂胡同,地处明、清两代京城的东北角,城墙与护城河的拐弯处。距此不远便是地坛,一座废弃已久的古园,早年皇上祭地的场所。小时候我跟着一群与我年纪相仿的孩子常到那儿去捉蛐蛐,逮蜻蜓,踢足球……正如我后来所写:"许多年前旅游业还没有开展,园子荒芜冷落得如同一片野地,很少被人记起。"那群无忧无虑的孩子中的一个,那个碰巧名为史铁生的少先队三道杠,他当然不会想到,未来,在我们一起出生二十二年以后,几乎每天都要摇着轮椅走过雍和宫,走过护城河,走进地坛红墙绿瓦的拱门,走到那片浓荫匝地的老柏树下,去读书、闲逛、默坐或呆想。

关于地坛,至少还可以有三种介绍——

①地坛离我家很近。或者说我家离地坛很近。总之,只好认为这是缘分。地坛在我出生前四百多年就坐落在那儿了;而自从我的祖母年轻时带着我父亲来到北京,就一直住在离它不远的地方——五十多年间搬过几次家,可搬来搬去总是在它周围,而且是越搬离它越近了。我常觉得这中间有着宿命的味道:仿佛这古园就是为了等我,而历尽沧桑在那儿等待了四百多年。(散文《我与地坛》)

②坐在那园子里,坐在不管它的哪一个角落,任何地方,喧嚣都在远处。近旁只有荒藤老树,只有栖居了鸟儿的废殿颓檐、长满了野草的残墙断壁,暮鸦吵闹着归来,雨燕盘桓吟唱,风过檐铃,雨落空林,蜂飞蝶舞草动虫鸣……(散文《想念地坛》)

③可是,地坛已经没有了。我是说我写过的那个地坛,已不复存在。时隔三十多年,沧桑巨变,那园子已是面目全非,"纵使相逢应不识",连我都快认不得它了。人们执意不肯容忍它似的,不肯留住那一片难得的安静,三十多年中它不是变得更加从容、疏朗,它被修葺得齐齐整整、打扮得招招摇摇,天性磨灭,野趣全无,是另一个地坛了。(剧本《地坛与往事》)

小时候我常想:我为什么偏偏是出生在这儿,而不是别处?很多年后我才找到一个答案:一个人只能出生在一个地方。可又为什么偏偏是**我**,出生在**这儿**呢?因为每个人都自称为"我",我使我所在的地方成为"这儿"。可我为什么就叫"史铁生",这儿又为什么就叫"草厂胡同39号"呢?

大概三四岁吧,就常有这类问题跳进心中。是的,心中,而非大脑。多年后我才弄懂,我并不在我的大脑里,我在我的心中;或者说,我非大脑,我即心灵。大脑乃史铁生之一部分,更像是一台计算机,那时我还不太会用,故不能把问题表达得准确。很可能,人这一生,即心和脑的一次经常的携手与对抗。

我记得一个小小的身影,立于窗外的石阶前,看一缕朝阳透过玻璃,在屋里变成一条耀眼的玫瑰色,缓缓移过墙上的一张年画——《我们热爱和平》,慢慢接近着旁边的一架老挂钟……老挂钟"滴滴答答"地响,那条耀眼的玫瑰色越来越细窄、越来越浓艳,忽悠一下跳出窗外,融入满院子轰轰烈烈的夏日光芒……或许,我就是在那一刻走进了史铁生的吧?

那一刻,在茫茫宇宙中这一颗尘埃般的星球上,正是日出日落,月圆月缺,星移斗转……正是春风化雨,骄阳似火,天高云淡,大雪纷飞……那一刻,正有一场战争在朝鲜半岛打得火热,奶奶教我唱一首歌:"嘿啦啦啦啦,嘿啦啦啦啦,天空出彩霞呀,地上开红花呀……"那一刻硝烟起处正有多少灵魂脱离开肉体,茫然不知何往……那一刻也正有多少母亲十月怀胎一朝分娩,相应地,也就有多少懵懂的灵魂,正哭着、喊着来到人间……那一刻晨钟暮鼓,那一刻地远天长,那一刻"花间一壶酒"、"高处不胜寒""梦里不知身是客""铁马冰河入梦来"……那一刻,存在之网正一如既往地编织,不舍昼夜,上帝的创造正按部就班地进行……历史,岂是几个人合谋的撰写?实际上每一秒钟都有无限的可叙述性。

  其实,我是出生在离那个四合院不远的一家医院。生我的时候天降大雪。一天一宿罕见的大雪,路都埋了,奶奶抱着为我准备的铺盖蹚着雪走到医院,走到产房的窗檐下,在那儿站了半宿,天快亮时才听见我轻轻地来了。(散文《轻轻地走与轻轻地来》)

有一天母亲整理旧文件,忽然飘落下一张小纸片,捡起来看看,竟是我的出生证。纸已发黄,印制也很简陋,唯钢笔填写的几个关键词依然端庄秀丽:史铁生　男　1951年1月4日4时20分　北京市道济医院

那是家教会医院,整个建筑就像座教堂,有着哥特式的尖顶。楼窗高而窄,被满墙的"爬山虎"遮去大半,因而楼道里总是幽幽暗暗,幸有"白大褂"们穿行其间,才有了些亮色。但在我的印象里,那缕缕亮色,总是与孩子们的哭声紧密相关。这医院后来改名为"北京市第六医院";我从小多病,一发烧,奶奶就领我到那儿去——

  ……走过一条又一条胡同,天上地上都是风、被风吹淡的阳光、被风吹得断续的鸽哨儿声。那家医院就是我的出生地。打完针,嚎啕之际,奶奶买一串糖葫芦慰劳我,指着医院的一座西洋式小楼说,她就是在那儿听见我来了的,那天下着罕见的大雪。(散文《故乡的胡同》)

那张小纸片让母亲感慨良久,没想到历经劫难它竟一直安睡

在这里。我却是头一回见它——像一位久闻其名却从未谋面的老朋友,跟我的想象颇有差距。母亲小心地把它收好,意思是再不可怠慢。我却想象那个冬日的黎明:静静的产房外面,幽暗的走廊尽头,一缕白色的身影窈窕、曼妙,与窗上的冰凌花交相辉映……古旧的木地板上一串轻盈的脚步声,与窗外的飞雪一样的节奏……年轻的护士小姐走到桌前,坐下,仪态端庄,神色安宁,接着蘸水笔碰响了墨水瓶,继而是笔尖走过纸面的沙沙声……就这样,上帝借一双纤柔的手和一颗宁静的心,签署了我与史铁生的携手到来,揭开了一场绝不宁静的戏剧。

我还记得,墙上的那张年画上,是一个男孩儿和一个女孩儿,怀中都抱了一只鸽子,背景是蓝天、白云,清澈,深远。标题是:我们热爱和平。

但那更像是一个传说,亦真亦幻。出生,甚或是一个谣言也未可知。而生命确凿的开始,我说过,在于欲望,或者叫引诱——

  我蹒跚地走出屋门,走进院子,一个真实的世界才开始提供凭证。太阳晒热的花草的气味,太阳晒热的砖石的气味,阳光在风中飘舞、流动。青砖铺成的十字甬道连接起四面的房屋,把院子隔成四块均等的土地,两块上面各有一棵枣树,另两块种满了西番莲。西番莲顾自开着硕大的花朵,蜜蜂在层叠的花瓣中间钻进钻出,嗡嗡地开采。蝴蝶悠闲飘逸,飞来飞去,悄无声息,仿佛幻影。枣树下落满移动的树影,落满细碎的枣花。青黄的枣花像一层粉,覆盖着地上的青苔,很滑,踩上去要小心。天上,或者是云彩里,有些声音,缥缈不知所在的声音——风声?铃声?还是歌声?说不清,很久我都不知道那到底是什么声音,但我一走到那块蓝天下面就听见了它,甚至在襁褓中就已经听见它了。那声音清朗,欢欣,悠悠扬扬不紧不慢,仿佛是生命固有的召唤,执意要你去注意它,去寻找它、看望它,甚或去投奔它。

我迈过高高的门槛,艰难地走出院门,眼前是一条安静的小街,细长、规整,两三个陌生的身影走过,走向东边的朝阳,走进西边的落日。东边和西边都不知通向哪里,连接着什么,唯那美妙的声音不惊不懈,如风如流……(散文《轻轻地走与轻轻地来》)

这欲望是仅仅属于我呢,还是也属于史铁生?很可能,此前我与史铁生还不能区分,与这个世界也还不能区分。正是这个叫作"欲望"的东西,将把我们分开,分开成我与史铁生,分开成我与别人、我与世界,分开成世界的这儿和那儿,因而——

我永远都看见那条小街,看见一个孩子站在门前的台阶上眺望。朝阳或是落日弄花了他的眼睛,浮起一群黑色的斑点,他闭上眼睛,有点怕,不知所措,很久,再睁开眼睛,啊好了,世界又是一片光明……有两个黑衣的僧人在沿街的房檐下悄然走过……几只蜻蜓平稳地盘桓,翅膀上闪动着光芒……鸽哨声时隐时现,平缓悠长,渐渐地近了,噗噜噜飞过头顶,又渐渐远了,在天边像一团飞舞的纸屑……这是件奇怪的事,我既看见**我的眺望**,又看见**我在眺望**。(散文《轻轻地走与轻轻地来》)

所以,六十年过去了,我总是不能满意于种种依靠**灭欲**来维系的信仰。我总是不由得要问:所谓"第一推动",到底是谁在推动?所谓"有生于无",究竟是靠的什么?

西方哲人说,无中生有是不可能的。东方哲人却说,有生于无。不过东方哲人还有一说:万法皆空。又说:空即是有,有即是空。所以我猜东哲的本意是:**有生于空**。空,并不等于无。而有呢,也不见得就是有物质。有什么呢?不知道。物理学家说:抽去封闭器皿中的一切物质,里面似乎还是有点儿什么的。有点儿什么呢?还是不知道。那咱就有权瞎猜了:有"空"!万法皆空而非万法皆无,所以这个"空"绝非是说一切皆无。那么,这个"空"里面又有什么呢?有着趋于无限强大的"势",即强烈地要成为"有"的趋势,或倾向——我想不如就称之为"欲望"吧。在现有的汉语词汇中,没有比用"欲望"来表达它更恰当、更传神的了。(散文《智能设计》)

欲望,无不是出于孤独,出自寂寞;就像一渴望着二,二渴望着三,三渴望着万事万物。你听那教堂的钟声与歌咏,在天空中聚合;你听那寺庙的鼓乐与吟哦,在大地上滚动;你看那人间的历史从未间断,舞台上的戏剧永不谢幕——这永恒的欲望之舞呵,空极致有,静极生动,万法归一复又万物铺陈……阴晴圆缺,悲欢离合,空荒的宇宙这才充满了热情!

所以,"一"不是"无",而是"空"。就好比春情萌动的少年那一颗空空落落的心。就好比我在史铁生,十一二岁的时候,蹲在满院子春花盛开的老海棠树下,空空落落的心里全是渴望。渴望什么呢?说不清,但总是觉得,很快就会有什么动人的事情发生了……

那些天珊珊一直在跳舞。暑假将尽,她说一开学就要表演这个节目。

晌午,院子里很静,各家各户上班的人都走了,不上班的人在屋里伴着自己的鼾声。珊珊换上那件白色的连衣裙,"吱呀"一声推开屋门,走到老海棠树下,摆一个姿势,然后翩翩起舞。

我煞有介事地在院子里转一圈,然后在南房的阴凉里坐下。

西番莲正开得热烈,草茉莉和夜来香无奈地等候着傍晚。

蝉声很远,近处是"嗡嗡"的蜂鸣,是盛夏的热浪,是珊珊的喘息。她一会儿跳进阳光,白色的衣裙灿烂耀眼,一会儿跳进树影,纷乱的图案在她身上漂移、游动;舞步轻盈,丝毫也不惊动树上午睡的蜻蜓。我知道她高兴我看她跳舞,跳到满意时她瞥我一眼说:"去!"——既高兴我看她,又说"去",女孩子真是搞不清楚。

我仰头去看树上的蜻蜓,一只又一只,翅膀微垂,睡态安详。其中一只通体乌黑,是难得的"老膏药"。我正想着怎么去捉它,珊珊忽然喊我:"喂,快看呀你!"随之她开始旋转,旋转得娇喘吁吁,旋转得树影纷乱……连衣裙像降落伞一样张开,紧跟着一蹲,裙裾铺开在老海棠树下,圆圆的一大片雪白,一大片闪烁的图案。

"嘿,芭蕾舞!"

"笨死你,这叫芭蕾舞呀?"

但我听得出,珊珊其实喜欢我这样说。(散文《珊珊》)

不过我对珊珊没兴趣。为什么没兴趣?多年以后我才听到一句切中少年史铁生之心绪的话:陌生即性感。这话有理,但理在何处却一时懵懂不知。不过,知与不知无关大局,觉与不觉才至关重要。

少年史铁生的兴趣,有点儿像我笔下的画家Z——

Z的生命应该开始于他九岁时的一天下午,近似于我所经历过的那样一个冬天的下午。开始于一根插在瓷瓶中的羽毛。一根大鸟的羽毛,白色的,素雅,蓬勃,仪态潇洒。开始于融雪的时节,一个寒冷的周末。开始于对一座美丽的楼房的神往,和走入其中时的惊讶。开始于那美丽楼房中一间宽绰得甚至有些空旷的屋子,午后的太阳透过落地窗一方一方平整地斜铺在地板上,碰到墙根弯上去竖起来,墙壁是冬日天空一般的浅蓝,阳光在那儿变成空蒙的绿色,然后在即将消失的刹那变成淡淡的紫红。一切都开始于他此生此世头一回独自去找一个朋友,一个同他一般年龄的女孩儿——一个也是九岁的女人。(长篇小说《务虚笔记》)

或者,也有点儿像同一篇小说中的诗人 L——

可能有两年,或者三年,L 最愿意做的事,就是替母亲去打油、打酱油、打醋、买盐。因为,那座美丽的楼房旁边有一家小油盐店……L 盼望家里的油盐早日用光,那样他就可以到那家小油盐店去了……便可望见那座橘红色的房子了,晚霞一样灿烂……单单是在学校里见到她,诗人不能满足,L 觉得她在那么多人中间离自己过于遥远。L 希望看见她在家里的样子,希望单独跟她说几句话,或者,仅仅希望单独被她看见。这三种希望,实现任何一种都好……有时候这三种希望能够同时实现:T 单独在院子里跳皮筋儿、踢毽子、跳"房子"。

"喂,我来打油的。"

"干吗跑这么远来打油呢你?"

"那……你就别管了。"

"桥西,河那边,我告诉你吧离你家很近就有一个油盐店。"

"我知道。"

"那你干吗跑这么远?"

"我乐意。"

"你乐意?"女孩儿 T 笑起来,"你为什么乐意?"

"这儿的酱油好。"诗人改口说。

T 愣着看了 L 一会儿,又笑起来。

"你不信?"

"我不信。"

少年诗人灵机一动:"别处的酱油是用豆子做的,这儿的是用糖做的。"

"真的呀?"

"那当然。"

"噢,是吗!"

"我们一起跳'房子',好吗?"

好,或者不好,都好。只要能跟她说一说话,那一天就是个纪念日。

……但家里的油盐酱醋并不是每天都要补充。十二岁,或者十三岁,L想出了一条妙计:跑步。以锻炼身体的名义,长跑。从他家到那座美丽的房子,大约三公里,跑一个来回差不多要半小时——包括围着那红色的院墙慢跑三圈,和不断地仰望那女孩儿的窗口,包括在她窗外的树下满怀希望地歇口气。还是那三种希望,少年L的希望还不见有什么变化。

那女孩儿却在变化,逐日地鲜明、安静、茁壮。她已经不那么喜欢跳皮筋儿跳"房子"了。她坐在台阶上,看书,安安静静,看得入迷……经常,她在自己的房间里唱歌、弹琴,仍然是那支歌:"当我幼年的时候,母亲教我唱歌,在她慈爱的眼里,隐约闪着泪光……"

"喂!"L在阳台下仰着脸喊她,问她:"是'**当**我幼年的时候',还是'**在**我幼年的时候'?"

"是'当',"女孩儿从窗里探出头,"是'当我幼年的时候'。你又来打油吗?"

"不。我是跑步,懂吗?长跑。"

"跑多远?"

"从我家到你家。"

"噢真的!一直都跑?"

"当然。是'当我**幼年**的时候',还是'当我**童年**的时候'?"

"'幼年'。当我幼年的时候,母亲……"少女 T 很快地再轻声唱一遍。

诗人将永远记得这支歌,从幼年记到老年。(长篇小说《务虚笔记》)

不过,他更像少年 L 的地方,是诚实——

"妈妈,"有一天他对母亲说,"我是不是很坏?"

"怎么啦?"母亲在窗外。

L 躺在床上,郁郁寡欢,百无聊赖,躺在窗边,一本打开的书扣在胸脯上,闪耀的天空使他睁不开眼。

母亲走近窗边,探进头来:"什么事?"

小小的喉结艰难地滚动了几下:"妈妈,我怎么……"

母亲甩甩手上的水,双臂抱在胸前。

"我怎么成天在想坏事?"

母亲看着他,想一下。母亲身后,初夏的天空中有一只白色的鸟在飞,很高很高。

母亲说:"没关系,那不一定是坏事。"

"你知道我想什么啦?"

"你这个年龄的男孩子都会有一些想法,只是这个年龄,你不能着急。"

"我很坏吗?"

母亲摇摇头。那只鸟飞得很高,飞得很慢。

"唉,"未来的诗人叹道,"你并不知道我都想的什么。"

"我也许知道。"母亲说,"但那并不见得是坏想法,只是你不能着急。"

"为什么?"

"喔,因为嘛,因为你其实还没有长大。或者说,你虽然已经长大了,但你对这个世界还不了解。这个世界上人很多,这个世界比你看到的要大得多。"

那只鸟一下一下扇着翅膀,好像仅此而已,在巨大的蓝天里几乎不见移动。L不知道,母亲已经在被褥上看见过他刚刚成为男人的痕迹了。(长篇小说《务虚笔记》)

于是,年轻的恋人四处流浪。

心在流浪。

春天,所有的心都在流浪,不管人在何处。

都在挣扎。在河边。在桥上。在烦闷的家里,不知所云的字行间。在寂寞的画廊,画框中的故作优雅。阴云中有隐隐的雷声,或太阳里是无依无靠的寂静。在熙熙攘攘的街头,目光最为迷茫的那一个。

空空洞洞的午后。满怀希望的傍晚。在万家灯火之间脚步匆匆,在星光满天之下翘首四顾。目光洒遍所有的车站,看尽中年人漠然的脸——这帮中年人怎都那样儿?走过一盏盏街灯。数过十二个钟点。踩着自己的影子,影子伸长然后缩短,伸长然后缩短……一家家店铺相继打烊。到哪儿去了呀你?你这个浑蛋!

(你这个冤家——自古的情歌早都这样唱过。)

细雨迷蒙的小街。细雨迷蒙的窗口。细雨迷蒙中的琴声。

直至深夜。

春风从不入睡。

一个日趋丰满的女孩。一个正在成形的男子。

精力旺盛,甚或力量凶猛,一天二十四小时都是早晨八九点钟的太阳。

跟警察逗闷子。对父母撒谎。给老师提些没有答案的问题。在街上看人打架,公平地为双方数点。或混迹于球场,道具齐备,地地道道的"足球流氓"。

也把迷路的儿童护送回家,却对那些家长们没好气:"我叫什么?哥们儿这事可归你管?"或搀扶起跌倒在路边的老人,但对其儿女也没好话:"酬劳?那就一百万吧,哥们儿我也算发回财。"

不知道中年人怎都那样儿!

不知道中年人是不是都那样儿?

一群鸽子,雪白,悠扬。一群男孩和女孩疯疯癫癫五光十色。

鸽子在阳光下的楼群里吟咏,徘徊。男孩和女孩在公路上骑车飞跑。

年年如此,天上地下。

太阳地里的老人闭目养神,男孩和女孩的事他了如指掌——除了不知道还要在这太阳底下坐多久,剩下的他都知道。

一个日趋丰满的女孩,一个正在成形的男子——流浪的歌手,抑或流浪的恋人,在瓢泼大雨里依偎伫立,在漫天大雪中相拥无语。

大雨和大雪中的春风,抑或大雨和大雪中的火焰。

老人躲进屋里。老人坐在窗前。老人看得怦然心动,看得嗒然若失:我们过去可是多么规矩,现在的年轻人呀!

曾经的禁区,现在已经没有。

但,真的没有了吗?

亲吻,依偎,抚慰,阳光下由衷的袒露,月光中油然地嘶喊,一次又一次,呻吟和颤抖,鲁莽与温存,心荡神驰但终至束手无策……

肉体已无禁区。但禁果也已不在那里。

倘禁果已因自由而失——"我拿什么献给你,我的爱人?"

春风强劲,春风无所不至,但肉体是一条边界——你还能走进哪里?肉体是一条边界,因而,一次次心荡神驰,一次次束手无策。一次又一次,那一条边界更其昭彰。

无奈的春天,肉体是一条边界,你我是两座囚笼。

倘禁果已被肉体保释——"我拿什么献给你,我的爱人?"

所有的词汇都已苍白。所有的动作都已枯槁。所有的进入,无不进入荒茫。

一个日趋丰满的女孩,一个正在成形的男子,互相近在眼前,但是:你在哪里?

你在哪里呀——

群山响遍回声。

群山响彻疯狂的摇滚,春风中遍布沙哑的歌喉。(散文《比如摇滚与写作》)

我觉得,这样的歌,自我落生之日始就开始唱了。唱过了童年,唱过了少年和青年,甚至唱过了中年,一直唱到今天我才发现它。一直唱到要离开它时这才看见它。或者说,也只有到了这样的时候才能看见它。因此我对"脱离六道轮回"一直都不是很有兴趣。

如果消灭了欲望,也就消灭了创造,也就消灭了一切,还谈什么信仰?人的一切善恶美丑、喜怒哀乐、爱恨情仇以及种种信仰,莫不是基于这个叫作"欲望"的东西。就好比没有了戏剧,还谈什么角色和演员?没有了音乐,还谈什么音符和节奏?就算这"欲望"自以为是,欲壑难填,胡作非为终致这颗星球毁于一旦,但它绝毁灭不了"空"。而空极必反,必使"有"重整旗鼓,卷土重来……末法寂去日,万法如来时!

说真的,我不大能记住种种宗教的来龙去脉,我的信仰仅仅是**我的**信仰。就像我也不大记得住——书写的,或公认的——历史细节,我只是记得我的心愿,或史铁生所走过的路途。所以,我信什么,仅仅是因为什么让我信,至于哪门哪派实在只是增加我的糊涂。

终于有一天奶奶领我走下台阶,走向小街的东端。我一直猜想那儿就是地的尽头,世界将在那儿陷落、消失——因为太阳从那儿爬上来的时候,它的背后好像什么也没有。谁料,那儿更像是一个喧闹的世界的开端。那儿交叉着另一条小街,街上有酒馆,有杂货铺,有油坊、粮店和小吃摊……还有从城外走来的骆驼队。"什么呀,奶奶?""啊,骆驼。""干吗呢,它们?""驮煤。""驮到哪儿去呀?""驮进城里。"驼铃一路丁零当啷、丁零当啷地响,骆驼的大脚蹚起尘土,昂首挺胸目空一切,七八头骆驼不紧不慢招摇过市,行人和车马都给它们让路。我望着骆驼来的方向问:"那儿是哪儿?"奶奶说:"再往北就出城啦。""出城了是哪儿呀?""是城外。""城外都有什么呀?""行了,别问啦!"我很想去看看城外,可奶奶领我朝另一个方向走。我说"不,我想去城外",我说"奶奶我想去城外看看",我不走了,蹲在地上不起来。奶奶拉起我往前走,我就哭。"带你去个更好玩儿的地方不好吗?那儿有好些小朋友……"我不听,一路哭。

越走越有些荒疏了,房屋凌乱,住户也渐渐稀少。沿一道灰色的砖墙走了好一会儿,进了一个大门。啊,大门里豁然开朗,完全是另一番景象:大片大片寂静的树林,碎石小路蜿蜒其间;满地的败叶在风中滚动,踩上去吱吱作响;麻雀和灰喜鹊在林中草地上蹦蹦跳跳,坦然觅食……我止住哭声。我平生第一次看见了教堂,细密如烟的树林后面,夕阳正染红了它的尖顶。

我跟着奶奶进了一座拱门,穿过长廊,走进一间宽大的房子。那儿有很多孩子,他们坐在高大的桌子后面只能露出脸。他们在唱歌。一个穿长袍的大胡子老头儿按响风琴,琴声飘荡,满屋子里的阳光好像也随之飞扬起来。奶奶拉着我退出去,退到门口。唱歌的孩子里面有我的堂兄,他看见了我们但不走过来,唯努力地唱歌。那样的琴声和歌声我从未听过,宁静又欢欣,一排排古旧的桌椅、沉暗的墙壁、高阔的屋顶也好像都活泼起来,与窗外的晴空和树林连成一气。那一刻的感受我终生难忘,仿佛有一股温柔又强劲的风吹透了我的身体,一下子钻进我的心中。后来奶奶常对别人说:"琴声一响,这孩子就傻了似的不哭也不闹了。"我多么羡慕我的堂兄,羡慕所有那些孩子,羡慕那一刻的光线与声音,有形与无形。我呆呆地站着,徒然地睁大眼睛,其实不能听也不能看了,有个懵懂的东西第一次被惊动了——那也许就是灵魂吧。后来的事都记不大清了,好像那个大胡子老头儿走过来摸了摸我的头,然后光线就暗下去,屋子里的孩子都没有了,再后来我和奶奶又走在那片树林里了,还有我的堂兄。堂兄把一个纸袋撕开,掏出一个彩蛋和几颗糖果,说是幼儿园给的节日礼物。

这时候,晚祷的钟声敲响了——唔,就是这声音,就是它!这就是我曾听到过的那种缥缥缈缈响在天空里的声音啊!

"它在哪儿呀,奶奶?"

"什么,你说什么?"

"这声音啊,奶奶,这声音我听见过。"

"钟声吗?啊,就在那钟楼的尖顶下面。"

这时我才知道,我一来到世上就听到的那种声音就是这教堂的钟声,就是从那尖顶下发出的。暮色浓重了,钟楼的尖顶上已经没有了阳光。风过树林,带走了麻雀和灰喜鹊的欢叫。钟声沉稳、悠扬、飘飘荡荡,连接起晚霞与初月,扩展到天的深处或地的尽头……(散文《消逝的钟声》)

是呀,不单是观者必在,而且是欲者必在,行者必在,思者必在,信者必在……总之是"三生万物",总之是动静无穷。这一场热情奔放并危机四伏的人间戏剧,不过是那"无限之在"或"无穷之动"间的一组配器。而每一种乐器都有自己的一套乐谱,每一个演奏者都有自己一生的心事,每一瞬间都有无限的可叙述性,所以我常猜想——

  我们是相互独立的
    一个个宇宙
  我们出自被分裂的
    同一个神(诗歌《不实之真》)

附:我在哪儿

那么,我在哪儿呢?我——在——哪儿?这问题绝不简单。

我在宇宙中?这话等于没说,或不过是"我在"的同义反复。因为,若非我在,这问题根本就不会被提出。

或者,我在地球上?还是等于什么也没说。因为,迄今所知,类似的问题非地球人莫属。

那么,我在北京吗?哦,北京大了去啦,无论谁,穷其一生也只能是居其几点、行其几线罢了。就算你真能用脚印把北京铺满,北京也还是无限地大于你。北京绝不止于一处地域,不止于被书写的种种历史,北京有着数不尽的记忆和欲望,有着不断消逝又不断生长着的心情,而每一种心情又都有着无穷的牵系。所以,"我在北京"也还是什么都没说。

然而,"我在哪儿"这问题绝不是个假问题。

那就再缩小些:我在北京市东城区。再缩小些:我在东城区北新桥大街,我在北新桥大街前永康胡同,我在前永康胡同40号,我在40号东南角的老海棠树下,我在那树下的一辆轮椅上,我在那轮椅上的史铁生中。

(让人想起一首歌:"遥远的夜空,有一个弯弯的月亮。弯弯的月亮下面,是那弯弯的小桥。小桥的旁边,有一条弯弯的小船。弯弯的小船悠悠,是那童年的阿娇")

所以最终的回答是:我在史铁生。

这话听着别扭。而且,怎么听起来就像是说:史铁生者,一间牢笼是也,而我被囚其中?(阿娇也是)

不是就像,而是确凿,史铁生确凿就是一间牢笼。双腿报废之前倒还更像是一辆囚车,而后呢,索性只剩下一个干巴巴的主题:牢笼。

不过你完全可以这样想:艺术既然是"源于生活,高于生活",人既然可以"诗意地栖居",我为啥不能是居于史铁生又超乎于史铁生呢?还有句古话,"乘物以游心",怎么讲?在我想,意思就好比是说:史铁生嘛,不过一具偶然所乘之器物,而游心一事非我莫属。所以又要谈到"超越自我","超越自我"就是说你完全可以弃车而游!无论是车子报废了,还是存心弃之于路边,你都可以继续你的心游——靠想象力你甚至可以走进另维时空、另类天体、另种生命状态,沉溺于种种虚拟生活,参与进某些莫须有的人和事……

问题之妙在于:这样的时候,我,又是在哪儿呢?

按一位印第安巫师的说法,世界本不具有客观意义,而不过是你依据某种可能的方式——比如理性——所得的一系列感受,而感受世界的途径不一而足,理性仅仅是其中相当狭窄的一种。

这样来看,我其实是在一缕独立、自恰且不断更新着的消息之中!确切说,是这样一缕消息造就了我。简单说,我即是这样一缕消息!

但,怎么好像还是啥也没说呢?单是换了个主语——"我"换成了"一缕动态的消息",如此岂不还是得问:这一缕消息又是在哪儿呢?

唔,这一缕消息是在无数缕这样的消息之中!或者说,是缠绕于、浸淫于或者连通在——无数缕千差万别,但同样是独立、自恰且不断更新着的消息之中。这样说吧,在一缕尘世之名为"史铁生"而根本之名为"我"的消息中,包含着一个亘古不变的消息:这世间同时存在着无数缕独立、自恰且不断更新着的消息,他们各具其尘世之名,但统统自称为"我"。而在无数缕自称为"我"的消息中,跟尘世之名为"史铁生"的那缕消息一样,也都包含着那一个亘古不变的消息。因此也可以这样说:每一个"我"都包含在所有的"我"中,而所有的"我"也都包含在每一个"我"中。

是呀,这才是我或"我"的真实处境。这才叫作"存在"。也才是"生即是苦,苦即是生"的根本缘由,即人间的一切艰难困苦莫不由此引出。

这一缕消息的独立、更新和变化,都不难理解,但何言**自恰**呢?这一缕消息,既然是缠绕于、浸淫于或连通在无数这样的消息中,何言自恰呢?

就因为我只能是我,我永远不可能是你或他。我只能是以我的角度看世界,尽管狭隘,我也无法摆脱开我的角度。就连我试图站在你或他的角度——这件事,也依然是拘于我的角度而有的移情。因而我必须、也必然是自恰的——这事由不得你,由不得他,当然也由不得我。

无论有多少个"我"的消息传来和侵入,无论有多少个"我"的消息包含着多少个"我"的消息传来和侵入,最终总归要在我这儿——被观察,被移情,被猜想,被理解和误解之后——变成为"你"或"他"的消息。

所以我常自窃想,一旦我脱离此世,不管到了哪儿,若被问及我前生何在,最靠谱的回答就还是:我在史铁生。

我在史铁生——这句话既指出了我的自由,也暗示了我的限制。自由者,我既可以超越史铁生,更可以有朝一日脱离开史铁生。限制呢,是说我偶然地拘于史铁生,但绝对或永恒地拘于我。——即便千轮万回你做了神仙,做了圣人、智者,也看不出这事儿会有什么大的改变。

3. 我与史铁生(附一篇)

我与史铁生,言下之意:我是我,史铁生是史铁生。——这样的逻辑让我由衷地轻松、快慰。是嘛,凭什么我一定得是,甚至永远都得是史铁生呢?虽然在某种程度上我尊重他,但若让我总就是他则令人沮丧。

对于"我是史铁生"这一狭隘的陈述,我曾认可,继之狐疑,时至今日却相信:我由来已久,我永在不熄;比如说我曾在那丁(一),现居此史(铁生),而未来的住所尚无定局——就像"量子",其生成在所难免,但具体是于何时何地,则非生成之后而不可确知。故先哲有言:"人是被抛到这个世界上来的。"言外之意我们来得蹊跷,在得偶然,但又注定是无可逃脱,甚至死也难逃——这我已在《论死的不可能性》中给出了证明。

尼采的"永恒复返",意思是说:我们将不得不一次次来到世上,以一具偶然之躯所限定的角度,来观与行,来思与问,以及来歌与舞。这很像我写过的那群徘徊于楼峰厦谷间的鸽子。

鸽魂的每一次转世都是不容分说,就好比履行一项霸王条款——你来了,你才知道你来了;你到了哪儿,你才知道这是哪儿;你哭着喊着不肯接受,而后才看出没理可讲。事实上,任何事物的发端都是"有生于空",没理可讲的。而后才谈得上理。从这个意义上说,应该是:我在故我思。麻烦的是,懂了些理,却回过头来质问在——你凭啥让我在?以及为啥是在此,而非在彼?有这类情绪的人应该了解一点量子力学,学一学佛法,或读一读《创世记》。

虽说是"太阳底下本无新事",但比如同一首曲目,却可因为演奏家的个性差异,而有不同的诠释。戏剧也是一样,导演或演员的水平不一,也能把同一出戏剧演绎得判若天壤。我想,这并不与"永恒复返"相违背,这恰恰符合了尼采的"超人"说。所谓超人,并非是指一种特殊的人,或一种酷似人形的神,而是指人类所独有的一种能力——在"永恒复返"的舞台上,在"太阳底下本无新事"的剧情中,使想象力永葆鲜活充沛,让心魂自由拓展,超越一切既往的阻碍与束缚。这也便是上帝为我们安排下一条永恒之路的意图吧。

但是数不胜数的前世与今生相互缠绕,回想起来却很难泾渭分明。好在混淆、错位、重叠……皆可视为遗传中的变异;据说变异乃遗传设计中最为精妙的一笔,否则一曲赞歌世代相传、一丝不苟,生命岂不太过枯燥?所以,各位若在后面的叙述中发现此类问题,请不必纠正;变异,或"创造性误解",亦属**在**之一种,正如理想、梦想甚至猜想,也都是一种现实。

当然也可以纠正,纠正将诞生您自己的作品,或您自己的路途。就这一点而言,戏剧和生活真是难分彼此。只可惜,人们更习惯用现实的眼睛去看戏剧,很少以戏剧的角度来想现实。

要是您忙了一白天,晚上去看戏,戏散了您先别走,我告诉您一个迷人的去处:后台。我们——我和您,设想自己还原成两个孩子,两个给个棒槌就认真(纫针)的孩子,溜进后台。两个孩子本想向孙悟空表达一腔敬意,想劝唐僧以后再别那么刚愎自用,想安慰一下牛郎和织女,再瞅机会朝王母娘娘脸上啐口唾沫。可两个孩子忽然发现,卸了妆的他们原来都是同事,一个个"好人"卸了妆还是好人,一个个"坏蛋"卸了妆也是好人,一个个"神仙"和"凡人"到了后台原来都是一样,他们打打闹闹互相开着玩笑,他们平平等等一同切磋技艺。"孙悟空"问"猪八戒"和"白骨精"打算到哪儿去度蜜月?于是"唐僧"和"王母娘娘"都抱怨市场上买不到像样的礼品。这时候两个孩子除了惊讶,势必会有些说不清的感动一直留到未来的一生中去。(散文《游戏·平等·墓地》)

戏剧多在夜晚出演,这事值得玩味。只为凑观众的闲暇吗?莫如说是"陌生化",开宗明义的"间离":请先寄存起白昼的娇宠或昏迷,进入这夜晚的清醒与诚实吧,进入一向被冷落的另一种思绪——

> 但你要听,以孩子的惊奇
> 或老人一样的从命
> 以放弃的心情
> 从夕光听到夜静。
> 在另外的地方
> 以不合要求的姿势
> 听星光全是灯火,遍野行魂
> 白昼的昏迷在黑夜哭醒。(诗歌《另外的地方》)

尤其千百年前,人坐在露天剧场,四周寂暗围拢、头顶星光照耀,心复童真,便容易看清那现实边缘亮起的神光,抑或鬼魅。燠热悄然散去,软风抚摸肌肤,至燥气全无时,人已随那荒歌梦语忘情于天地之间……可以相信,其时上演的绝不止台上的一出戏,千万种台下的思绪其实都已出场,条条心流扶摇漫展,交叠穿缠,连接起相距万里的故土乡情,连接起时差千年的前世今生,抑或早已是魂赴乌有之域……(杂文《诚实与善思》)

不过这一回,我只想说说我在史铁生的经历。

说到经历,我建议,暂且放弃"自传"或"回忆录"的种种完全写实的陋习。因为只要写,就不可能完全实;只要"回忆",就难免"随想",而这些"想",当时还未发生。比如吧,您说您是北京人,可北京大了去啦,您哪儿都到过吗?有些事,恐怕您还不如某一外地人知道得全面。又比如,您说您亲历了某一事件,但那事件的诸多细节与缘由您都了解吗?有些事,恐怕您永远都被蒙在鼓里。再比如,您自信是某一场运动的发起者,但追根溯源说不定您就会发现,您不过是被某一场运动所发起的。

所以我对历史从不大信任。历史赖于记述,或者说丰繁的历史赖于狭隘的记述。就算记述得准确,也只能说它在某一点或某一线上不曾偏离实际。可不曾**偏离**却不等于不曾**偏废**,记述者只可能在某一局部、某一瞬间以某一种心情来尊重可见的史实,但任一瞬间都有遍布天下的无数只蝴蝶在扇动其花里胡哨的翅膀,每一只都与很多只有约,很多只也都对每一只多情,合成一气请问历史何缘何故?所以古人以一个"易"字给出总结。正所谓"一中有多,多中有一",以致全局从不具稳定性,那又凭什么要我们对某一记述稳定地接受上几千年呢?

我总有个恶作剧式的念头挥之不去:倘若考古学家挖出的一个类人头骨竟属特例,比如是畸形或怪胎,又怎么说?不久前电视上讲到一个女孩儿,长到十岁就不再长,身体比例和各项功能均与常人无二,唯每一部分都是常人的 $1/X$。设若考古学家挖到的恰是这样一具类人遗骨,他们会不会兴奋地宣布又发现了一系人类的远亲?

故本文无意提供任何确凿的历史,只想说说我在史铁生的所见所闻、所思所想,而且难免不是全部。就历史而言,每个人都是特例,数不清的心流已被时光消磨殆尽,或仍将被历史埋没得无影无踪。至于每一局部都携带了全息,则只具理论性意义。

对我来说,史铁生就像是一辆车,或者别的什么运载工具,都可以。正常情况下,这"车"是靠两腿直立行走,失常后——比如说截瘫了,倒似返璞归真,更像是一辆车了:轮椅。目前我坐的是一辆电动轮椅,不料狗却认为它怪,见了我们总要绕着圈儿地喊,眼睛里流露着迷茫。据说狗的智力相当于四五岁的孩子。四五岁的孩子见了我和我的轮椅,无一例外地都要问:"妈妈,它怎么自己会走呀?"孩子和狗的智力,都还不足以把它总结为一辆车,看它仍不过是一把椅子;椅子自己会走,岂非咄咄怪事?就像很多人都看不出,史铁生实在也就是一辆车。因而我吓坏了狗,又惊着了孩子,应该说这责任不在我,是史铁生对不住他们;尤其对不住狗,孩子终会从妈妈那儿获知真相,狗的目光却终陷冤屈——妈妈也弄不清到底是出了什么事。

我搭乘"史铁生之车",已历六十寒暑。车呢,自始至终行驶在一条路上,从未出轨。从未出轨的原因,是他不可能出轨。不可能出轨的原因在于,他走到哪儿,哪儿便是轨了。早年在地坛里消磨时光,曾遇两位老者,一人一句、对对子似的给我算过一命,上句是"虽万难君未死也",下句是"唯一路尔可行之"。多年以后我才纳过闷儿来,这两句话是怎么都不会错的:你活着,你算命;你走着,就必然是在一条路上。

"史铁生之车"在一条量子般的轨道上行驶,每个"下一秒钟"

都可能是急转弯,但也可能就这么日出日落地走上多年,就好比那只"薛定谔之猫"的生与死。

看着路两边的风光,感受着车厢的晃动,听着城市的喧嚣和旷野上的寂静……我总觉着,在无比深远或其实是非常切近的地方,正如伟大的吴尔夫所说,是一片"令人着迷的混沌状态",是"乱作一团的情感纷扰",是"永无休止的奇迹——因为灵魂每时每刻都在产生着奇迹"。那位智慧的女人要我们守住这奇迹,"守住自己这热气腾腾、变幻莫测的心灵旋涡",而同样智慧的另一个女人——我的母亲,则从来都看我是个多梦的孩子。

顺便说一下:前不久读到一篇文章,题为"可怕的是精神出轨",这与我的想法大相径庭。精神并不是那辆"车",莫如说精神比那辆"车"更贴近"我"。精神是难免要出轨的,精神的出轨是人类的幸事,甚或殊荣,否则我们倒像是受控于一种翻来覆去的程序了。精神,甚至可以同时在多条路径上摸索,忽而天,忽而地,不拘一格。可以说,精神正是由不断地出轨所成就的。

"史铁生之车"时而会停靠在一个小站,我便隔了车窗,与些萍水相逢的人说些有味儿和没味儿的话,并从此猜想他们的以往与未来。也会有几个不期而遇的家伙,从此在我的视野中时隐时现,或就在近旁,搅动起我的千般思绪、万种梦想……

但是,就在我的近旁并不等于说不与史铁生相距千里,不与他水阻山隔,甚或阴阳两界。怎么讲?这意思我在《我的丁一之旅》中说起过。比如思念,可以瞬间把我带到千里万里之外;比如猜想,可以送我出生入死,去那无中生有之域看望故友与新交;比如羡慕,常令我神不守舍,恍恍惚惚竟似那块"假宝玉"梦游太虚幻境一般;又比如苦闷,甚至让我屡屡有过越狱出监的冲动……这时候你看那史铁生吧,却依旧坐在他的轮椅上形同蜡像,貌似坚强,与我划清界限。

但母亲说我"多梦",主要是指白日梦,也可以叫胡思乱想。

就说被史铁生吓坏了的那只狗吧,我盯着它的眼睛看,毫不怀疑那里面也居住着如我一样的灵魂。甚至,那灵魂未必就比我更简陋,只不过它的"车"不行。好比说吧,它其实也会哭,也会笑,唯其"狗形之车"的表情选项太少,给不出多样的表达。甚或其实它也在说话,各种感想,可为什么表现出来的却通常是喊呢?我猜它的语言系统早已删繁就简,比禅宗一派更加地不信任言说,以免跟人似的培养出许多花花肠子。(《伊索寓言》中,有对舌头的极其精彩的论述。)

人狗之别,可以比作两个一样聪明的人,但你的电脑相当尖端,我的电脑比较初步。因而你"喊里喀喳"就设计出了飞机、坦克,我呢,"稀里哗啦"结果只画出一具铧犁或一驾马车。

可是!可是你们那些飞机呀,火箭呀,外交、金融、高科技呀,到底啥意思?就为把人搞得更忙、更累、更不安全?就为了搞出更多的尔虞我诈和抑郁症来?我甚至怀疑:狗,早已走过了人的荒唐路,而后看那灯红酒绿实属空虚无聊,听那炮火连天纯系执迷不悟,这才放弃荣华,杜绝诡诈,做一种最为诚实的动物去了。

对此,那史坚决不信,坐在轮椅上叹气连连,笑我想入非非。想入非非,这我承认。我的特点就是想入非非。但想入非非可有什么不好吗?

比狗的道行还深的,比如说是一只喜鹊。有一年我跟一群作家在某星级酒店开会,那酒店厅廊四合有如一座庭院,中央一池碧水,水上一座小岛。我本在餐厅里吃饭,被一拨拨劝酒的人搞得面部痉挛,便走到厅廊里来透透气儿。隔着玻璃幕墙,见那池心小岛上有只喜鹊独自优哉游哉地蹦跶,时而跳上树枝,时而钻入花丛,时而环顾四周,时而闭目养神……我敲敲玻璃,它睁眼看看,我再敲敲玻璃,它干脆掉转身去。我不想再回餐厅了,坐在那儿一连抽了三棵烟,谁想那喜鹊竟也一直在那小岛上流连不去,望望天,望望地,再看看我,若思若想,甚或竟是笑我痴愚吧……我开始怀疑它仅仅是一只喜鹊了。我开始怀疑人们对鸟类智力的偏见了。我开始怀疑人一定就比其他动物更聪慧了。我开始猜测,仙鹤是一位寂寞的舞者,老虎是一条独行的好汉,天鹅是一群传布爱愿的圣徒……它们都不善言辞,莫非都已懂得了沉默是金?比如说三毛的那句名言:"爱如禅,不能说,一说就错。"我开始猜测,它们已入"无我"或"大我"之境,故不让姓名把整体切碎——它们从来就叫仙鹤,就叫老虎,就叫天鹅……不分彼此,莫论你我。就像我写过的那群鸽子,永远都是以鸽子的名义在天地间盘桓,永远都是以其艰难的路途、卓绝的寻觅和对团聚的渴盼,在一座座神魂颠倒的城市里传达着生命本真的消息。我甚至猜测它们已然超越了时间,因为它们确认了一条命定的恒途——在祖祖辈辈、无尽无休的迁徙中,没有什么成就可以作为路标,唯美丽地飞翔是其投奔。

人却忘记了自己的天赋之名,被形形色色的国名、族姓乃至个人符号所分割,为区区小我奋斗不止,从而难免"人生苦短"的叹息。即便是"人生在世须尽欢,莫使金樽空对月"般的洒脱,也依然显露出哀怜与苦涩。

如果你以人类的整体之名活着,你还怕什么死呢?你见过人死,你见过人类死吗?你见过生命之无吗?你被一个偶然的尘世之名给绑架了!否则你应该记得"去年在马里昂巴",应该记得是如何地一路走出非洲,应该具备舞者的心境、好汉的性格、圣徒的使命和那鸽群的渴盼……又何苦谈死而色变!

离开那只喜鹊,我想:急于去做那只逍遥的喜鹊,或仍是人的一种贪欲。离开那家饭店,我想:那只喜鹊,果真那般智慧的话,就一定是任劳任怨地走过了这人间的种种荒唐路。如今,在即将离开这个世界的时候,我想:地藏菩萨才真是伟大,他明明可以脱离"六道轮回"了,却还是要回到这苦难的人间,发愿"地狱不空誓不成佛"。

而我等的来与再来,皆因前缘未了,急什么急!

在以时间为坐标的路途上行驶,任何车,都不可能不是往前开的。但这并不意味着,"史铁生之车"已被拘于一条线性的——如多米诺骨牌般的——路上了。事实上这辆"车"耳闻目睹、四通八达,种种消息随时都在袭来,令人应接不暇——广播、电视、报纸和书刊,以及流言飞语、道听途说,再加上你自己的奇思怪想、捕风捉影、无事生非……所有这些东西或在近旁向你取媚邀宠,或在远不可及的地方神秘地纺织,说不定什么时候就会让你哭,让你笑,让你郁闷,让你躲进一个角落谁也不想见,但也说不定哪一幅图景或怎样一种梦境又会让你如醉如痴、感慨万端、思绪蹁跹,让你忽然就满怀激情地奔赴远方……

但不管怎样,不管多么四通八达,你仍然是在**一条**路上。很多消息都不过是耳旁风,很多风景都是过眼烟云,很多人和很多事都是稍纵即逝、永劫不复。但是你必须要知道,有一群六十几亿之多的同类分布于同一球面,有一个无穷无尽的世界围拢在你身边,你逃不出去。只有一条走过之后才能确定其在的路,要你去走,你不走也还是在走……

时间的不可超越,依我看,并非仅仅是说光速的不可逾越,更可能是指命运的不可更改。在许多科幻作品中,人驾驶着超光速飞船回到了过去,并试图改造过去,我想这是不可能的。所以不可能,并不仅仅在于"你可能会杀死你未婚的爷爷"这一类具体的悖谬,更在于:现在参与过去之逻辑上的不可能。假定真有那样的运载工具,我们也只可能从旁看看过去,就好像坐在黑压压的观众席中看一场已然拍摄完毕的电影,却绝不可能走进那电影,更甭说参与其中了。对于过去,我们可以看着它笑,看着它哭,在一旁惊叹或嘲讽,却再不可能改变其丝毫。就像人们常说的,电影是一门遗憾的艺术,而过去恰是一种充满遗憾的现实。为什么呢?就因为"时间"是由"意义"造就的,"过去"是被"往事"选定并占有的,倘若能够再参与,就又成了现在,即以一种新的意义选定并占有了目前这新的时间。

其实,前述悖谬说的也是这个意思:你那位不曾被谋杀的爷爷,以其不曾被谋杀和随后生养了你的父亲等等一系列不可更改的历史,早已选定并占有了那段时间。如果你能够杀死他,你就得同时能够改变随后的**一切**历史。为什么是"随后的**一切**历史"呢?因为就算你爷爷不是拿破仑,不是希特勒,也不是牛顿和爱因斯坦,但他注定是一只鲜活的蝴蝶——任何人都注定是这样一只蝴蝶,蝴蝶悠然地扇动翅膀,谁知道他在"随后的历史"中都引发过什么呢?——当然,这得请你自己去考查。如果查都查不清楚,那我跟你说吧:你改变个屁!

因而,克隆是从一开始就已经作废的游戏。你说你要克隆谁吧。只要你克隆,你就得知道他——你的样本——是谁,可不管他是谁,他当然都有他的历史,而他的历史必然与所有的历史相关,于是你就得克隆出纵横几万里、上下数千年,而且分分秒秒都在发生着无数事端的一切。可你是上帝吗?所以你拉倒吧!

历史是一张多维之网,每个人都是这网上的一个结,而每一个人或每一个网结,都以其特定的角度来观察这张网、参与这张网——

> 从而我们走进这
> 　相互交叠的宇宙

继而仰望那

万法归一的神（诗歌《不实之真》）

我说过我不大信任历史，那是指人写的历史，不是我们从中走来的那些历史，或前人不谋而合给我们留下的那一团乱麻。我敬畏后一种历史，它把千丝万缕的断线兜头盖脸地甩过来，要我们接着编织。

但这条条网线是怎样搭建的呢？或是说，我们这一个个网结是靠什么连接起来而成为一张网的呢？各种各样的消息吗？还是无处不在的时空？都对。但归根结蒂，我想了很久，是意义！是意义把我们连接起来的，连接成可歌可泣的历史和荒诞不经的历史，连接成满怀希望的未来或望而生畏的未来。不然的话，消息只促成族群的繁衍，时间则不被察觉。

比如说"现在"是多久？一分钟，一秒钟，还是更长或者更短？我想来想去，什么现在呀，当下呀，瞬间呀，刹那呀……都没有固定的长短，所有这类时间概念都不过是说：构成一种意义所需要的最短过程。

据说，爱因斯坦的狭义相对论已然"摒弃了绝对时间概念，取而代之的是每一位观察者所特有的时空概念，以至于宇宙空间内'现在'的概念再也没有任何意义"。但"现在"对于人——对于每一位观察者——却是有意义的，或其实，恰是意义造就了现在、过去和未来，从而造就了时间。

……人在一条永恒行进的路途上，意义是其坐标；设若没有这样的坐标，你说"当下"是多久？（书信《理想的危险》）

是意义创造了时间。对于不求意义的物种，本无所谓时间，无所谓现在也无所谓将来，当然也就无所谓历史。没有历史，那才真叫"万法皆空"呢，否则我们还是难免于责任和压力。可"万法皆空"仍然是一种意见,仍逃不脱是一条连接起历史的网线。——有人说是诡辩,也有人觉其意蕴深厚,我属后者。但不管是什么吧,说有说无,说空说在,它都悄然抑或张扬地编织进了那一张**多维**的历史之网。

何谓"多维"？你这样想：你为什么不能克隆出一个具体的人呢？因为,任何具体的人以及具体的事,都必牵牵连连以至于无边无际。理论可以抽象,生活却总是具体。一旦具体,必陷多维——谁能立于一个抽象的点呢？谁能抓住一条不占有空间的线呢？谁能居于一处脱离开时间的空间呢？以及,谁能够享用一期无论多久但毫无意义的时间呢？

理论崇尚简单、明了,生活却命定地进入复杂。也只有在这个意义上,我同意"文学源于生活"不算一句废话。

> 我这个数学的门外汉,斗胆对哥德尔的"不完备性定理"作如下理解：任何一种认知系统都注定是不完备的,即一切人为的理论,都难于自我指证。比如法律这一人定的规则,其合法性根据终不能是出于人自身。比如洞穴中的观察(柏拉图的意思)、"内部透视"或"人性投射"(尼采的说法),皆必"只因身在此山中"而注定是"不识庐山真面目"。为什么呢？一切有限之在,必因无限的衬比,而显露其自身的不完备。而无限呢,又因其自身的无边无际、无始无终,而永无完备可言。(杂文《门外有问》)

这样一张大网——历史的大网,存在的大网,我的意思是说：你休想逃脱它！你来了你就逃不脱,不管你闹什么情绪。你没来你自然就什么都不闹,当然也就什么都不说。所以,你只有以什么都不闹并什么都不说,来表明或实现你的"万法皆空"。——可这已然又是一种说了,虽然不闹。(那个家喻户晓的石猴,有个意味深长的法名:悟空。因为他很闹吗?)

"万法皆空"也就是"万法归一",我以为是说这世界的本源,而这个世界的现实却是"一生二,二生三,三生万物"。二者的位置一旦颠倒,咱们大家——至少暂时——都要回零。

对于"永恒复返",《尼采六论》一书中提出了这样的疑问:人都是会死的,永恒对个体生命的拯救不过是一种意愿,而意愿并非事实,甚至也不能算是信仰。"个体通过永恒获得意义,永恒却需要个体去意愿",这便是尼采的困境。再说了,就算生活在复返,可我自己怎么能知道这一点呢?"除非我还记得上一次生活,我就不会意识到自己是在第二次过同样的生活。"如果一次次生活之间并无记忆关联,则每一次都仅仅是这一次,"永恒"岂非自我欺骗?

但是,人有两种独具的能力:记忆和联想。人的记忆又分两种:个体记忆和集体记忆。死亡中断了个体记忆,使生命意义面临危机。但集体记忆——文化或文明的积累——使个体生命经由联想而继承和传扬着意义。因而,从来就不是"个体通过(假想的)永恒获得意义",而是:个体通过真确的意义而获得永恒。(杂文《文明:人类集体记忆》)

附:我,或者"我"

我在我里面想:我是什么?

我是我里面的想。我便

飞出我,一次次飞出在

别人的外面想:他是什么?

这一切正在发生
想它时,它已成为过去。
这一切还将发生
想它时,它便构成现在。
仰望一团死去的星云
亿万年前的葬礼,便在
当下举行。于是我听见
未来的,一次次创生。
一次次创生我里面的想
飞出我,创生他外面的问。
一九五一年便下起一九五六年的雪
往日和未来,都刮着今天的风。(诗歌《我在》)

我生于一九五一年,但对我来说,一九五一年却是在一九五六年才发生的。一九五六年的某一天,日历上的字是绿色的,时间对我来说就始于那个周末;此前,一九五一年是一片空白。一九五六年那个夏日的周末,奶奶告诉我:你就生于那片空白中一个飞雪的黎明。我想象那个黎明,于是一九五六年早春的一场大雪便抹杀了随后的那个星期天——那个盛夏的礼拜日,我眼前一直都下着一九五六年的那场大雪——我不得不靠它去理解、去弥补一九五一年隆冬的那个黎明。

然后,一九五八年,我上了小学,从这一年我开始理解了一点儿太阳、月亮和星星的关系。而此前的一九五七年呢,则是在一九六四年的一个雨夜才走进了我的印象,那时我才知道一场反右运动的大致情况,因而一九五七年又下起了一九六四年的雨。

再之后有了公元前,有了石器时代,有了侏罗纪和白垩纪,有了那一次创生宇宙的大爆炸……我听说了,并设想着远古的某些时刻,而其间又混含着对二十一世纪的种种美丽憧憬……

如今我坐在二十一世纪的一台电脑前、一辆轮椅上,回忆着我的设想与憧憬,继续着我的设想和憧憬,远古和未来便在今天交叉,都刮着现在的风。

其实是交叉于我。我,或者"我",是一切的交叉点——没有什么事比这件事更令人诧异的了。我或者"我",但说到底是我而不是"我",是一切的出发点——没有什么事比这件事更令人称奇的了。"我"并不全是我,还有你,和他,是我对你和他所抱有的一种猜度,一种移情,是我的理性的一种展现。我的理性不得不承认,你和他也都有着如我的角度,但我不能确定。我或许有些虚伪——我说我们都是一样的,但我心里并不确定。我的理性说我们是一样的人,可我感到的是你和我永恒的差别——我明明只能是我,而你永远都是你。我不知道你的那个如我的角度,是不是真的跟我一样,或者,其实永远都不一样。这事让我殚精竭虑、抓耳挠腮地想不清楚,更说不清楚,但我心里却很清楚。我清楚我心里清楚什么,也清楚我心里不清楚什么,此外均属猜测、毫无把握。我清楚我已经被我限制在万事万物的一个交叉点上了,此事无可挽回。我清楚,我是我的限制。我永远都不可能突破我,是我所知的这个世界上最不可改变的事。

但是,死却引出了不同的逻辑。我若消失,"我"必也一同消失——死,使我趋同于"我"。然而生生不息,任何一个出生者皆必自称为"我",因之,其中必不可免地就会有一个是我,否则"我"便无从诞生。这样想来,生生不息即是我的生生不息——是"我"的生生不息使我生生不息,反过来,又是我的生生不息使"我"生生不息。

说来说去,我要提醒您的还是那句话:您连生都摆脱不了,又何苦去怕死呢?

但我们并不打算容忍你这一套循环论证,我们要问的是:生生不息的最初之因,是什么?

那我就跟您直说了吧:首先,我不知道。其次,目前还没有人知道。最后,我猜这事永远不会有人知道。但在这三个"不知道"之后,我们都应该不必担心死了,都可以放心大胆于一条无始无终的路了。不过有一点要特别记住:我是我的限制。任何一种可能,都同时是一种限制。

佛祖诞生之时,一手指天,一手指地,说道:"天上地下唯我独尊。"在他辽阔的思悟里,这个"唯我独尊"都指的是什么呢?

但作为个体,被抛到这个广袤无边的世界上来,被置于这个纷繁莫测的人群之中,则注定了"我"的孤单。而这孤单的直接后果,是催生了恐惧。

当我与那史一同张望小街东边的朝阳与西边的落日之时,当那钟声把我们引向天之深处或地之尽头的时候,恐惧正在悄然生长。而这恐惧,才真正是生命的开始。正所谓"困苦使人存在"。

还记得亚当、夏娃走出伊甸园时的神色吗?正是恐惧。还记得他们赤身裸体、一起眺望人间时的心情吗?惊恐,兼着渴盼。恐惧,必然引导着欲望一同袭来。每一个人的出生,或人的每一次出生,都将重演这一传说,或这样的戏剧,重演"走出伊甸"的一幕。

这一幕对于我与史铁生来说,是在一个日期不详的早晨,我们从黑甜之乡懒懒地一同醒来,先是听见窗外一阵阵鸟儿清脆的啼鸣,继而看见窗棂间一方方灿烂的光影……那史打了个小小的哈欠,蜷缩起身体,享受着童年的安恬,享受着四周的宁静……然后喊奶奶:"奶奶,奶奶——"他不可能知道,这一喊将使那无忧无虑的时光永告结束——我们将就此"走出伊甸",踏上一条山重水复的不归路。

奶奶来了:"哟,你醒啦,小人儿?"

奶奶温柔的双手把我举起来:"真好,也没尿炕,真是好孩子!"

我听见外屋有很多人在说话。

"哦,昨儿夜里来了好多叔叔,你叔叔的同学。"

同学?噢,应该是些跟叔叔一样的人吧。

"快穿衣裳,穿上你妈刚给你买的那件新衣裳,有小兔子的那件……"

那史兴奋地跳着脚,不断地指指外屋,发出些"咿咿呀呀"只有奶奶才能听懂的声音。

奶奶说:"叔叔他们出去玩儿,天晚了,没车了,有几个同学回不了家了,就住咱家了。一会儿你要叫叔叔,所有的人你都要叫叔叔……"

然后奶奶就抱起我去外屋。可是她忘了给我穿裤子啦!

奶奶把我放在外屋的炕上,指着好多人让我叫叔叔。可你没给我穿裤子呀奶奶!这让我甚为焦虑,却又不敢声张。

所有的人——七八个吧——都围过来,跟我说话,摸我的头,捏我的脸……我使劲儿把衣襟往下拉,幸好是件新衣裳,大而且长,勉强遮住了某些应该遮住的东西。

"叫叔叔,叫呀,刚才怎么嘱咐你的?"

我愣愣地看着他们,又看看奶奶。我想跟奶奶说我还没穿裤子哪!可又怕这么一来,倒让人注意到某些不应该注意到的东西。

我就那么一直傻愣愣地站在炕上,所有人的脸都没看清,所有人的话都没听见,一心只想着没有穿裤子真可谓是一件极不相宜的事情……不过呢,非常偶然地我发现了一个办法:坐下,小心翼翼地坐下,让宽大的衣襟自然而然地包住某些应该包住的东西——就像女人们对待裙子那样……当然了,那时他还不知道,女人们处心积虑地是想包住什么。

4. 恐惧

> 但我害怕我的幼儿园,害怕
> 一个骨瘦如柴的孩子。一个
> 骨瘦如柴的孩子给所有的孩子
> 排座次;一个骨瘦如柴的孩子
> 让所有的孩子卑躬屈膝……(诗歌《回家的路》)

五岁或六岁时,为了给上小学做准备,母亲送我进了一家私立幼儿园。

母亲带我去报名时天色已晚,幼儿园的大门已闭。母亲敲门时,我从门缝朝里望:一个安静的院子,某一处屋檐下放着两只崭新的木马。两只木马令我心花怒放。母亲问我:"想不想来?"我坚定地点头。开门的是个老太太,她把我们引进一间小屋,小屋里还有一个老太太正在做晚饭。小屋里除两张床之外只放得下一张桌子和一个火炉。母亲让我管胖些并且戴眼镜的那个叫孙老师,管另一个瘦些的叫苏老师。

接待我们的明明是两个老太太,可回到家,母亲却跟奶奶说:"那家幼儿园是两个老姑娘办的。"这事让我疑惑了很久……为什么单要把那两个老太太叫老姑娘。我问母亲:"奶奶为什么不是老姑娘?"母亲说:"没结过婚的女人才是老姑娘,奶奶结过婚。"可我心里并不接受这样的解释。结婚嘛,不过发几块糖给众人吃吃,就能有什么特别的作用?在我想来,女人年轻时都是姑娘,老了就都是老太太,怎么会有"老姑娘"这不伦不类的称呼?我又问母亲:"你给大伙买过糖了吗?"母亲说:"为什么我要给大伙买糖?""那你结过婚吗?"母

亲大笑,揪揪我的耳朵:"我没结过婚就敢有你了吗?"我越糊涂了,怎么又扯上我了呢?(散文《我的幼儿园》)

(提示:对俩老姑娘历史的猜想,可在想象中联系到后边的某革命者——因同果异。否则上两节可删。)

但这幼儿园远不如我的期待。四间北屋甚至还住着一户人家,是房东。南屋空着。只东、西两面是教室,教室里除去一块黑板连桌椅也没有,孩子们每天来时都要自带小板凳。小板凳高高低低,二十几个孩子也是高高低低,大的七岁,小的三岁。上课时大的喊、小的哭,老师呵斥了这个哄那个……上课则永远是讲故事。"上回讲到哪儿啦?"孩子们齐声回答:"大—灰—狼—要—吃—小—山—羊—啦!"通常此刻必有人举手,憋不住尿了,或者其实已经尿完。一个故事断断续续要讲上好几天。"上回讲到哪儿啦?""不—听—话—的—小—山—羊—被—大—灰—狼—吃—掉—啦!"

下了课一窝蜂都去抢那两只木马,你推我搡,没有谁能真正骑上去。大些的孩子于是发明出另一种游戏,"骑马打仗":一个背上一个,冲呀杀呀喊声震天,人仰马翻者为败。两个老太太——还是按我的理解叫吧——心惊胆战,满院子里追着喊:"不兴这样,可不兴这样啊,看摔坏了!看把刘奶奶的花踩了!"刘奶奶,即房东,想不懂她怎么能容忍在自家院子里办幼儿园。但"骑马打仗"正是热火朝天,这边战火方歇,那边烽烟又起。这本来很好玩,可不知怎么一来,又有了惩罚战俘的规则。落马者仅被视为败军之将岂不太便宜了?所以还要被敲脑蹦儿,或者连人带马归顺敌方。这样就又有了叛徒,以及对叛徒的更为严厉的惩罚。叛徒一旦被捉回,就由两个人押着,倒背双手"游街示众",一路被人揪头发、拧耳朵。天知道为什么这惩罚竟至比骑马打仗本身更具诱惑了,到后来,无须骑马打仗,直接就玩起这惩罚的游戏。可谁是被惩罚者呢?便涌现出一两个头领,由他们说了算,他们说谁是叛徒谁就是叛徒,谁是叛徒谁当然就要受到惩罚。于是,人性,在那时就已暴露:为了免遭惩罚,大家纷纷去效忠那一两个头领,阿谀,谄媚,唯比成年人来得直率。可是!可是这游戏要玩下去总是得有被惩罚者呀。可怕的日子终于到了。可怕的日子就像增长着的年龄一样,必然来临。

做叛徒要比做俘虏可怕多了。俘虏尚可表现忠勇,希望未来,叛徒则是彻底无望,忽然间大家都把你抛弃了。五岁或者六岁,我已经见到了人间这一种最无助的处境。这时你唯一的祈祷就是那两个老太太快来吧,快来结束这荒唐的游戏吧。但你终会发现,这惩罚并不随着她们的制止而结束,这惩罚扩散进所有的时间,扩散到所有孩子的脸上和心里。轻轻的然而是严酷的拒斥,像一种季风,细密无声地从白昼吹入夜梦,无从逃脱,无处诉告,且不知其由来,直到它忽然转向,如同莫测的天气,莫测的命运,忽然间放开你,掉头去捉弄另一个孩子。

我不再想去幼儿园。我害怕早晨,盼望傍晚。我开始装病,开始想尽办法留在家里跟着奶奶,想出种种理由不去幼儿园。直到现在,我一看见那些哭喊着不要去幼儿园的孩子,心就发抖,设想他们的幼儿园里也有同样可怕的游戏,响晴白日也觉有鬼魅徘徊。(散文《我的幼儿园》)

(提示:△这儿要先加一节:写幼儿园里那可怕的消息将要漫漶到我的小学。△然后写小学和那个可怕的孩子(若干节)。△再然后写:这种可怕的消息还将扩展到人间的一切领域,长成为两个最可怕也最能显露人性之虚伪的两个词:流氓和叛徒。△故当分为三个标题来写:①我的幼儿园 ②我的小学 ③永恒的恐惧,即:为什么"流氓"与"叛徒"有着同样的

根源——防范。△此后接写欲望,即:渴望他人,渴望心魂的团聚——所谓爱情,以及性爱的意义。2010-12-29)

未来那史(铁生)将懂得,这个世界上最可怕也是最能显露人性之虚伪的,是两个词:叛徒和流氓。什么意思呢?一,这是两个永世不得翻身的罪名,连神明也不予怜悯。二,这是两个仅仅因为疏忽大意即可踏入的泥淖,或深渊。第三,这两宗罪行的种子,无一例外地深藏于所有人的心中。所以——

好人,你应当感恩
感恩于你凑巧没有惹上
秘密,没有惹上誓言以及
敌人,和敌人的敌人(诗歌《好人》)

让我来试着解释。解释要从第三点开始,尤其要从"秘密"二字开始。所谓秘密,一是说确凿有某事物或某念头存在;二是说这些事物或念头切不可让外人——尤其是敌人——知道。

可是,谁没有秘密呢?自从赤裸的亚当、夏娃穿起了衣裳,走出伊甸园,人间就有了秘密。什么秘密呢?你遮蔽起了什么,什么就是秘密。所以,最初的秘密,就是亚当、夏娃一出伊甸园就想到要遮蔽起来的东西。什么呢?欲望!准确说就是:性欲。

谁没有性欲呢?即便是专制时代,即便禁欲之风盛行,人们也是默认这一点的。但是你要加倍小心,你可以保持它却不可以公开它,你可以保持你的欲望直至新婚之夜,切不可胡乱泄露你的秘密。问题是人,人绝不情愿与一匹配种站里的马行径雷同,人倾向于自主的婚姻,而非指定的交配。这便意味着选择。选择又意味着什么呢?意味着**多**——多中选一,意味着**众**——"众里寻她千百度"。这样,"流氓"的种子就埋藏于每一个人的心中了——因为"流氓"即指滥用这一秘密,而滥用是可能的。好了,剩下的问题就只有一个了:你要小心,要自我约束,看管好你那火种直到新婚之夜。不不不，我只是说在那样一种夜晚你可以放心大胆地燃烧，甚至于胆大妄为也无不可，但绝不是说其后就可以放任你的火势，就可以蔓延向**众多**。

事实上只要你坚决控制火势，使之局限于一，最多是历时性的二或三，你的火焰就称得上美丽与高贵，就毫不流氓，尤其是看起来就好像从无那样的欲望。但这是一个误解。或幸而是个误解。因为你如果对**众多**丧失了感受，致使谬种流传，则难免优选中断，贻害于**类**的前途。

这样就总结出了一个真理：世上本没有流氓，火势失控，才有了流氓。就好比自焚并不能算是火灾。所以"流氓"二字万难自立门户，唯冠以动词"耍"，方才顺理成章。也就是说，流氓是耍出来的。

"耍"的关键，在于涉及他人。同样，叛徒的罪行也在于涉及了他人，尤其是**殃**及了他人，否则这世界上本没有叛徒。一个人改变了自己的初衷，改变了以往的观点或立场，就好像荷尔蒙悄然改变了一个少年的容貌，怎么能算叛徒呢？倒是可以算弃暗投明。人在其漫长一生中，基于知识的积累和阅历的增加，如果进步，如果发展，如果改变，都可以看作是弃暗投明——至少这是初衷，是自然的造化。只有当你的改变殃及了他人，"叛徒"一词方才脱颖而出。然而，改变，难道不是每一个人与生俱来的可能性、必然性，甚至必要性吗？当然，这是自然的改变。自然的改变可以算主动的背叛吗？但主动的背叛并不就是原初意义上的叛徒，平心而论，当属成长。只有被动的背叛才是真正意义上的背叛。

迫人背叛的手段很多，《三国》《水浒》和《红岩》中都有介绍。但还是少举例吧，人们大多害怕去想那些悲惨之事。好百姓理当少知少想那些悲惨并下流之事。好百姓有权安安稳稳了其一生——而伟人之伟，莫过行其大义于此。不过，"叛徒"的全部逻辑确乎不见天日久矣。

"叛徒比敌人还要可恨"——这话差不多没人会反对。可是为什么呢?"因为叛徒比敌人更加危险"——原地踏步,仍然需要问:为什么呢?你信不信,仅此两问,即可置大多数人于无言以对和面面相觑的地位?

其实,潜意识里没人不知道答案,只是不敢触动它的全部逻辑——

所有憎恨叛徒的人都知道,叛徒的处境是怎样的可怕。所以才有"叛徒"这个最为耻辱的词被创造出来,才有这种永生的惩罚被创造出来……对,主要不是因为叛徒背叛了什么信仰……主要是**殃及**!就是说,叛徒,会使得憎恨叛徒的人也走进叛徒曾经面临的那种处境……疼痛、死亡、屈辱、亲人无辜地受苦、被扯碎的血肉和被扯碎的心……人们深知这处境的可怕,便创造出一个更为可怕的惩罚——"叛徒",来警告已经掉进了那可怕处境中的人,警告他们不要殃及我们,不要把我们也带进那可怕的处境。"叛徒"一词就是这样被创造出来的,作为警告,作为惩罚,作为被殃及时的报复,作为预防被殃及而发出的威胁,作为"英雄"们的一条既能躲避危难又可推卸责任的逃路,被创造出来了。

不是这样吗?如果不是,为什么谁也不愿意走到叛徒的位置上去,把他们替换下来?你知道那处境太可怕了,是呀我们都知道,所以,但愿那个被敌人抓去的人不要说出你也不要说出我,千万不要说出我们,不要殃及我们。那可怕的处境,就让他/她一个人去承担吧。

我们是如此地害怕殃及,因为我们心里还有个秘密:我们也有可能经受不住敌人的折磨,因而也有可能成为叛徒而遭受永生永世的惩罚——这是那可怕处境中最为可怕的背景。

否则我们就无须这么害怕殃及……否则也就无所谓殃及了。让软弱的人滚开,让坚强的人站出来——如果我们确信经受得住那一切折磨……那就不仅不是殃及,反倒是一个光荣的机会了……是呀是呀,如果敌人的折磨不那么可怕,我们去做英雄就是了。如果成不了英雄的后果不是更加可怕,敌人的折磨也就没那么可怕了,实在受不住时我们投降就是了。但是,当"叛徒"这个永生的惩罚被创造出来之后,那处境就是完全的绝望了。一个人只要被敌人抓住——也可能仅仅是因为一次疏忽大意,他就完了,他就死了,或者,作为人的生命和心魂就已经结束了。多么滑稽,我们为了预防被殃及而发出的威胁,也威胁了我们自己……(长篇小说《务虚笔记·葵林故事》)

多么滑稽,比敌人更可怕的竟然是我们自己。比敌人"更要可恨"和"更加危险"的,竟然都是曾经的"自己人"。

"不,这不对!"他站起来,向着暮色沉重的葵林喊,"那是为了事业,对,是为了整个事业不再遭受损失!"

血红色的葵林随风起伏、摇荡。暮鸦成群地飞来,黑色的鸟群飞过葵林上空。

什么事业?惩罚的事业吗?

不,那是任何事业都不可避免的牺牲。

那,为什么你可以避免,她却不可避免?

这样的算法不对,不是我一个,被殃及的可能是成百上千我们的同志。

为什么不能,比如说在你一个那儿就打住呢,就像你们希望在她一个人那儿打住一样?或者,为什么不能在成千上万我们的同志中的任何一个人那儿打住呢?成千上万的英雄为什么没有一个站到她的那个位置上去,把这个懦夫换下来,让殃及,在一个英雄那儿打住?

如果有人愿意站到她的位置上去,那就谈不上什么殃及。如果没有人愿意这样,一个叛徒的耻辱,不过是众多叛徒的替身,不过是众多"英雄"的合谋。

不对不对!她已经被抓去了,就应该在她那儿打住,不能再多损失一个人。

噢,别说了,那只是因为你比她跑得快,或者只是她比你"成熟"得晚。真的,真的别说了。也许我们马上就要称称同志们的体重了,看看谁去能够少损失些斤两。就像一场赌博,看看是谁抓到那一手坏牌。

可是,可是不这样又怎么办?一个殃及一个,这样下去可还有个完吗?(长篇小说《务虚笔记·葵林故事》)

那么,不管是为了什么事业,这样的惩罚可有个完吗?

当年,在幼儿园里头一回做了叛徒的时候,我大概五岁,或者六岁,说真的我已然感到了那两个字的可怕。我只是不可能想到,那两个字,或那样的消息,还要从幼儿园里漫溢进整个世界,还要从一群孩子的游戏中,漫溢到人世间所有的领域。你不信吗?那消息最先就漫溢进了我的小学。

我的小学,校园原本是一座老庙,准确说是一座大庙的一部分。大庙叫柏林寺,里面有很多合抱粗的老柏树。有风的时候,老柏树浓密而深沉的响声一浪一浪,传遍校园,传进教室,使吵闹的孩子也不由得安静下来,使琅琅的读书声时而飞扬,时而沉落,使得上课和下课的铃声飘忽或悠扬。

摇铃的老头,据说曾经就是这庙中的和尚,庙既改作学校,他便还俗做了这儿的看门人,看门而兼摇铃。老头极和蔼,随你怎样摸他的红鼻头和光脑袋他都不恼,看见你不快活他甚至会低下头来给你:"想摸摸吗?"孩子们都愿意到传达室去玩,挤在他的床上,没大没小地跟他说笑。上课或下课的时间到了,他摇起铜铃,不紧不慢地在所有的窗廊下走过,目不旁顾,一路都不改变姿势。"叮当,叮当——叮当,叮当——",铃声在风中飘摇,在校园里回荡,在阳光里漫散开去,在所有孩子的心中留下难以磨灭的记忆。那铃声,上课时摇得紧张,下课时摇得舒畅,但无论紧张还是舒畅都比后来的电铃有味道,浪漫、多情,仿佛知道你的惧怕和盼望。

但有一天那铃声忽然消失,摇铃的老人也不见了,听说是回他的农村老家去了。为什么呢?

据说是因为他仍在悄悄地烧香念佛,而一个崭新的时代应该是无神论的国度。孩子们再走进校门时,看见那铜铃还在窗前,但物是人非,传达室里端坐着一名严厉的老太太,老太太可不让孩子们在她的办公重地胡闹。上课和下课,老太太只在按钮上轻轻一点,电铃于是"哇,哇——"地乱喊,不分青红皂白,整个校园都吓得像要昏过去。在那近乎残酷的声音里,孩子们懂得了怀念:以往的铃声到哪儿去了?唯有一点是确定的,它随着记忆走进了未来。在它飘逝多年之后,在梦中,我常常又听见它,听见它的飘忽与悠扬,看见那摇铃老人沉着的步伐,在他一无改变的面容中惊醒。那铃声中是否早已埋藏下未来,早已知道了以后的许多事情呢?(散文《有关庙的回忆》)

整理者注:长篇作品《回忆与随想:我在史铁生》为未完成稿,第一至第三部分相对完整,文中两处"提示"说明第四部分明显有待修改和继续。

此 Word 文档在电脑中显示的最后修改时间:2010 年 12 月 30 日,9:35:58。

恋　人

　　八十岁,老吴住进了医院的病危室。一步登天的那间小屋里,一道屏风隔开两张病床,谁料那边床上躺的老太太竟是他的小学同桌。怎么知道的?护士叫到老吴时,就听那边有人一字一喘地问道:"这老爷子,小时候可是上的幸福里三小吗?"老吴说:"您哪位?""我是布欢儿呀,不记得了?"若非这名字特别,谁还会记得。

　　"五年级时就听说你搬家到外地去了,到底是哪儿呀?"

　　"没有的事,"老吴说,"我们家一直都在北京。"

　　屏风那边沉寂半响,而后一声长叹。

　　布欢儿只来得及跟老吴说了三件事。一是她从九岁就爱上老吴了。二是她命不好,一辈子连累得好多人都跟着她倒霉。布欢儿感叹说,没想到临了临了,还能亲自把这些事告诉老吴。

　　哪些事呢?小学毕业,再没见到老吴,布欢儿相信来日方长。中学毕业了,还是没有老吴的消息,不然的话,布欢儿是想跟老吴报考同一所大学的。直到大学毕业,到了谈婚论嫁的年纪,老吴仍如泥牛入海,布欢儿却是痴心未改,对老吴一往情深。一年年过去,一次次地错过姻缘,布欢儿到了三十岁。偏有个小伙子跟她一样痴情,布欢儿等老吴一年,他就等布欢儿一年。谁料,三十七岁时布欢儿却嫁给了另一个人,只因那人长相酷似老吴——从他少年时的照片上看。

　　"这人,还好吧?"

　　"他就不算个人!"

为啥不算个人布欢儿也没说,只是说,否则母亲也不会被气死。

那人之后布欢儿心灰意冷,很快就跟第一时间向她求婚的人登了记。婚后才发现,这人还是长得像老吴——从少年老吴的发展趋势看。

"怎么样,你们过得?"

"过是过了几年。可后来才知道,咱是二奶!"

"这怎么说的!"

怎么说?布欢儿一跺脚,离婚,出国,嫁个洋人,再把女儿接出去上学……一晃就是二十年。有一天接到个电话,是当年那个一直等她的小伙子打来的。

"过得还好吗,你?"

"还是一个人,我。"

"咋还不结婚呢,你?"

"第一回我被淘汰。第二回我晚了一步。第三回嘛,这不,刚打听到你住哪儿。"

"唉,你这个人哪!"

"我这个人性子慢。你呢,又太急。"

约好了来家见面,布欢儿自信已有充分的心理准备,可门一开她还是惊倒在沙发里:进来一个完全不认识的小老头儿……

老吴回普通病房之前,拄着拐棍儿到屏风那边去看了看他的同桌。

四目相对,布欢儿惊叫道:"老天,他才真是像你呀!"

"你是说哪一个?"

"等了我一辈子的那个呀……"

这是布欢儿告诉老吴的第三件事。

2010年11月12日

猴群逸事

群山幽谷之间,地势陡然舒缓,密林流溪,野兽出没。父辈们于此掘沟竖网,铺路架桥,建起一座野生动物园。若干年后,阿迪承其父业,在这里照看猴群。

某年围网失修,走漏了猴王麦。群猴不可一日无主,阿迪忧心忡忡。麦未走时,年轻的闪与雷既已各怀雄心,如今天赐良机岂可坐视?于是"烽烟"顿起。优胜劣汰,天经地义,阿迪暗喜。

谁料二猴势均力敌,久战难分胜负。猴群遂分两派,各拥其主,相互厮杀,恰所谓"战斗正未有穷期"。阿迪转喜为忧,深知一山难容二虎,否则两败俱伤事小,猴群的长治久安才是重中之重。

久观战事,见闪每占上风却不足胜雷,阿迪心生一计:移雷别养。

闪称王,猴群治。

雷呢?虽是阶下囚,却如座上宾——住单间,吃小灶,可谓万事无忧。怎奈猴群的吵闹声不时隔山入耳,又不免心烦气躁。阿迪深感对它不住,常来探望。雷或怒目圆睁,或掉头面壁。阿迪走后,雷绝一回食,发一顿狠,听听猴群那边依旧歌舞升平,也只好睡吧——"梦里不知身是客"。

雷的精神日渐委顿,胃口亦趋低迷。阿迪不忍,偶尔放他出来过过风。一日放风归来,阿迪有意无意地忘记锁门,回身再看时,雷已风行于崇山峻岭之间。阿迪欷歔半晌,喜忧参半。喜的是,雷已重获自由;忧的是,它会不会养精蓄锐再来争王?

所幸雷一去不归,反惹得阿迪时有牵挂。

数年后阿迪进山采药,途遇一孤身老猴,或前或后地总是跟着他。疑为雷。投食引之,不理不睬。挥拳驱之,不惊不媚。开怀迎之,那猴似笑非笑,作揖顿首,而后款款离去,隐于深山。

2010 年 11 月 17 日

借你一次午睡

　　苏苏午睡醒来,发现邻居邝婶坐在窗前看报纸。苏苏说,邝婶您怎么在这儿?邝婶说蒙蒙你做啥梦啦,一股劲儿笑?苏苏一愣,再看四周,怎么不是自己家呢?邝婶也忽有所悟似的,说好好好,苏苏你醒过来就好,我叫你妈去。

　　这是哪儿呢?我怎么跑这儿来了?墙上的照片都是谁?噢,有邝婶。苏苏明白了,这是邝婶家。

　　这时候喊喊喳喳地来了不少人,围定苏苏,大气不出地看着她。

　　"苏苏,是你吗?"阿婆带着哭腔扑过来。

　　这下众人才都敢问了:苏苏是你吗?苏苏你到底怎么回事呀?苏苏你啥感觉……甚至还有人说:这些日子上哪儿啦你,苏苏?

　　苏苏有点儿蒙:窗外怎么下着雪呢?人们怎么都穿了棉衣呢?莫非到冬天了?可午睡前还是夏天呀?

　　"怎么回事呀,妈妈?"苏苏有些怕了。

　　妈妈搂紧她说:"苏苏你别怕。你还记得吗,去年暑假的一天中午,一觉醒来,你忽然说起蒙蒙的话来?"

　　"蒙蒙?谁是蒙蒙?"

　　"蒙蒙是你邝婶的大女儿。"

　　"邝婶还有个大女儿?"

　　"唉!"邝婶叹道,"她走的时候还没有你呢。"

　　妈妈说:"那个中午以后,你除了长得还是自己,可说话、做事、一颦一笑全都像蒙蒙了,而且非要住到邝婶家来不可,管邝婶叫妈,管我倒叫开阿姨了……"

邻居们说是呀是呀,苏苏你简直就变成蒙蒙了,没人不相信你就是邝婶的亲闺女的,对邝婶那叫一个好……

苏苏心里有些头绪了。那个中午很热,游泳回来倒在床上正要睡,进来个姑娘把她摇醒,说苏苏帮我个忙吧,说着拉起她就走,直走进一个大花园。姑娘说苏苏你就在这儿看花吧,我就回来。苏苏先是觉得好无道理,后便让那铺天盖地的牡丹花给迷住了,孩子脸似的花朵,五颜六色,争奇斗艳……不一会儿那姑娘回来了,说行了,苏苏你回吧。苏苏正要走,姑娘又拉住她,说我可怎么谢你呢?苏苏说不用。姑娘想了一会儿,说我有件真丝手绣的旗袍你穿上肯定合适,这样吧,回去你朝我妈要……

苏苏把这梦说给众人。邝婶翻箱倒柜,果然找出了一件蒙蒙生前的旗袍;苏苏穿上,无比的合身。

2010 年 12 月 3 日

给王安忆的信

安忆:你好!

电话实在不是一种好的交流工具,还是写信吧。

从你的意见中我感到,你期待于《丁一》的是美好理想,或爱情升华,所以你认为写到"戏剧乌托邦"就够了。但我的着眼点更在于理想的继续,或理想的疑难。

再美好的理想,若一旦付诸实现便要倒塌,人们就会放弃对它的信任。比如爱情,时髦的意见是说压根就没有那回事,有的只是婚姻或性。怎么会这样?就因为,爱情,作为理想自有千般妙境,而一入实际则难免疑难种种。疑难的根本在于:①没有哪种理想是不希望实现的。②但理想是很难自然而然、原原本本地实现的,尤其是关涉到他人。③因此,常要借助权力来推行或维系。④结果无非两种:一是理想实现,推行和维系者功成身退;一种是权力壮大,而理想衰亡。

因此可以说:理想的难点并不在于它的诞生,而在于它的继续。事实上,已没有什么不同于先人的理想可供诞生了,所有美好的愿望都在历史中屡屡有过,但屡屡的结果常不如愿;尤其,美好的理想竟可以导致惨痛的现实。

所谓美好理想,可由一个"爱"字概括,即无论什么信仰终归都要落在对他者(别人)的态度上。作为他者之一的自然力量,说到底是人力所不能改变的,人能够期求改善的从来都只是人与人的关系,或人对其类的态度。爱所以是一种理想,而不止于性。

作为理想,爱注定要指向普遍。然而,爱若真能普遍,爱即消失。或许应该感恩:也正因为爱难于普遍,这理想才不会耗散。做点浪漫的猜想吧:也许,性爱,正是上帝的一片苦心——把爱的种子,保存于两性之间。上帝把人分两半,让人在最小的单位(个体)上亦不得独自完整,这很像是为人类预制了一个绝难违背的命令——亲和,或爱的趋向。事实正也是这样:人不可能不向往他者。

所以我说,性爱是一切人类理想的源头,或征兆——亚当与夏娃的头一宗愿望就是相互寻找。但这源头或许还算不得理想,唯当人的眺望更加辽阔、期待这一美好情感能够扩展到更大单位(比如说种群、国家、人类)之时,理想才算诞生。然而,大凡理想没有不希望它实现的,而且这不是错误,虽然它非常可能引出歧途,甚至于导致悲惨的现实。

话于是就说回来了:①这理想好不好?(丁问)②好,但不等于行。(娥说)③为什么不行?(对此依有所答)④就算三个人行,再扩大些怎么样?(秦汉语)⑤接下来的问题必然是:那么理想还要不要有(假设是好的)? 要的话,应该放在怎样的位置上?(《丁》文的回答是:戏剧!)⑥戏剧的本质,所以是梦想可以实现的地方,而不单是模仿已在之物的场所。戏剧是心与心的约定,梦与梦的沟通,是于现实之外的另一次生命实现。⑦因而戏剧还包含了一个隐喻:理想虽不都可以实现,但理想仍要保存,仍要倡导。唯有戏剧(泛指艺术)才是超越时空的可能,而非来世。来世不过是前世的今生,生命的处境不会在那儿有质的改变(对此,丁一与那"老魂"有过探讨),唯不屈于现实的梦愿才可超越现实之维的束缚(所以离开丁一,我仍要追寻,尽管这追寻未必不会再次败于某丁)。因而可以说,爱的意义或理想的本质,更在追寻。(所以,"因为我的寻找,夏娃她必定在着"。)⑧但人毕竟难逃现实。就算丁、娥、萨成功了又怎样呢? 一个巨大的白昼(所谓"正常生活")仍在四周——这不是上帝的错误,但理想的位置并未解决。所以,我以为我并不是在写一个"三人恋"或"一夫多妻"。⑨"世界大舞台"与"舞台小世界"的区别(秦汉语)常被忽略。实现理想的诱惑,是人难以抵挡的(蛇看得清楚:人想当神,其实又当不成神)。而一旦要把那个"戏剧乌托邦"做成现实,毫不妥协地推行或维系,强权也就很现实了。强权未必都有一个丑恶的出发点。

以上是与你第二次通话之前写的,大概陈述了我写《丁一》的初衷与思路。我知道,我们要想互相说服是一件很困难的事。但我既然写了(因为"透析"和来人,用了好几天),就还是给你看看吧。我不是会说感谢之词的人,但我还是得说,你、肖元敏和陈村对我一向的爱护我是太知道了——我希望你怀疑什么也别怀疑这一点。我是个固执的人,这毫无疑问。其实我看重的事就那么几件;现在,其中的两件有了矛盾。想想挺有意思:我们的"乌托邦"中发生了意见不一,幸好我们不会像丁一那样(我毕竟不止于他的皮囊),我们明确理想的位置。

你说"理想不对现实负责",其实这也是我的意思。丁一和"丹青岛"的失败,正是要从反面来表达此意,即不管多么真诚、美好的愿望,一旦要靠权力来维系,便面临着一种危险。无论是在历史中,还是在爱情中,对此危险的警惕远远少于对理想的畅想。

我执意要引入"丹青岛",主要两个原因。一个:我不想让丁一行凶,尤其是当他与娥有了那么美好的"戏剧",以及对爱情有了那么深的理解之后。另一个:美好的理想却又是可能导致惨烈悲剧的;或者说,恨怨是可能在一瞬间酿造那样的悲剧的;或用佛门的说法是:恨怨,即已动了杀机。所以我想让这两种可能(结局)并列。说真的,我一直相信顾城绝不是谋杀,而是一时性起没管住他的那只野兽,虽然与他的心性不无关系。

我以为,"丹青岛"不等于顾城的那个岛,后者只是从前者中抽出来的一个理想因素,加一个惨烈结果,再无其他。当然,读者肯定会想到顾城的事,想到就想到吧,多想想也好。

我并不认识顾城,但我不认为他那是纯粹的"一夫多妻"。"一夫多妻",或是由社会法权所认可,或是由个人强权所建立,丁与顾曾经都不是这样。只说丁一吧,其"乌托邦"的建立,并没有权力的参与,而恰是出于自由,和为了自由。只是当统一发生破裂,如果他要用权力来维系,那便与"一夫多妻"没啥两样了。由一个自由的理想出发,竟又走回到权力或权力的边缘,这正是我想写的。

理想的危险在于,现实中的绝大多数人——尤其是男人社会所造就的,男人或男人意识——都有着权力倾向,或几千年权力文化留下的权力沉积。甚至,这竟是从动物阶段就存留下来的东西:基因。所以,基因是属于肉身(皮囊,丁一)的,而期求超越它的是灵魂(我,即人类自古的心魂取向;而非史铁生)。

那部电影的事就不说了。我又看了一遍,没有它,下边不好写。

就写到这儿吧。无论好坏,我也没力气再改了。就像跑马拉松,如果不知不觉多跑了两千米大概也能跑下来,但要是撞了线裁判又说还有两千米,我估计还能再跑的人就不多。

让大伙跟着忙活了老半天,只好请各位多多原谅了。只好向各位多多致歉了。

祝一切好!问候李章!

史铁生

2005 年 8 月 30 日

整理者注:信中所提《丁一》为史铁生长篇小说《我的丁一之旅》。

给小水的三封信

孤　独

孤独不好,孤独意味着自我封闭和满足。孤独**感**却非坏事,它意味着希望敞开与沟通,是向往他者的动能。以我的经验看,想象力更强、艺术感觉更敏锐的人,青春期的孤独感尤其会强烈;原因是他对未来有着更丰富的描绘与期待。

记得我在中学期间,孤独感也很强烈,但自己不知其名,社会与家人也多漠视,便只有忍耐。其实连忍耐也不意识,但确乎是有些惶然的心情无以诉说。但随着年龄增长,不知自何日始,却已不再恐慌。很可能是因为,渐渐了解了社会的本来面目,并有了应对经验——但这是次要的,根本是在于逐渐建立起了信念——无论是对自己所做之事,还是对生活本身。

那时我还不像你,对学习有着足够的兴趣,只是被动地完成着功课。所以,课余常就不知该干什么。有时去去阅览室,胡乱翻翻而已。美术老师倒挺看重我,去了几回美术组,还得到夸奖,却不知为什么后来也就不去。见别人兴致勃勃地去了田径队、军乐队、话剧队……心中颇有向往,但也不主动参加。申请参加,似乎是件不大好意思的事,但也不愿承认是不好意思,可到底是因为什么也不深问。然而心里的烦恼还在,于是,更多时候便只在清华园里转转。若有几个同学一块儿转还好,只是自己时,便觉心中、周围,乃至阴云下或阳光里都是空空落落,于是很想回家。可真要回到家,又觉无聊,家人也不懂你,反为家人的无辜又添歉意。其实自己也弄不懂自己,虽终日似有所盼,但具体是什么也不清楚。

到了"文革",先是害怕(因为出身),后是逍遥(实为无所事事),心情依旧。同学都在读闲书,并津津乐道,我便也跟着读一些,但对经典还不理解,对历史或单纯的故事又没兴趣,觉得生活好生地没头没脑。

那时我家住在林学院,见院里一些跟我差不多大的孩子在打篮球,很想参加进去,但就是不敢跟人家说"也算我一个",深恐自己技不如人(其实也未必),便只旁观。人家以为我不会,也就没人邀请我。没人邀请,看一会儿我就回家了。时间一长,就更加不敢申请加入。甚至到食堂去买饭我都发憷。我妈让我先去买好,等她下班来一起吃,我却捏着饭票在食堂门前转,等她来了再一块去买。真不知是为什么,现在也不知道,完全是一种莫名的恐惧。

十六到十八岁,此状尤甚。记得我妈带着你妈——那时她才三四岁——到邻居家玩去了,喊我去,我也不去——可能是因为,觉得跟些妇女一块混很不体面。她们都以为我在读书,其实我是独自闲待;在一间十几平米的屋子里,一会坐,一会卧,一会想入非非,一会茫然张望窗外;仍不知这是怎么回事。烦恼,不过是后来的总结,当时也就那么稀里糊涂地过。

现在回想,我的第一本能是好胡思乱想,常独自想些浪漫且缥缈的事,想罢,现实还是现实,按部就班地过着。对这状态最恰当的形容是:心性尚属蒙昧未开——既觉无聊,又不知那就叫无聊;既觉烦恼,又不知烦恼何由;既觉想象之事物的美好,又不知如何实现,甚至不知那是可能实现的。至于未来,则想也没想过。现在才懂,那就叫"成长的烦恼"。身体在长大,情感在长大,想象与思考的能力都在长大,但还没能大到——比如说像弈棋高手那样——一眼看出许多步去,所以就会觉得眼前迷茫,心中躁动。就好比一个问题出现了,却还不能解答;就好像种子发芽了,但还不知能长成什么树;或就像刚刚走出家门,不知外界的条条道路都是通向哪儿,以及跟陌生的人群怎样相处;烦恼就是必然。如果只是棵树,也就容易,随遇而安呗。如果压根是块石头,大约也就无从烦恼,宇宙原本就是无边的寂寞。但是人,尤其还是个注重精神、富于想象的人,这世间便有了烦恼。人即烦恼——人出现了,才谈得上烦恼。佛家说"烦恼即菩提",意思是:倘无烦恼,一切美好事物也就无从诞生。

想象力越是丰富、理想越是远大的人,烦恼必定越要深重。这便证明了理想与现实的冲突。现实注定是残缺的,理想注定是趋向完美。现实是常数,理想是变数。因而,没有冲突只能意味着没有理想,冲突越小意味着理想越低、越弱,冲突越强,说明理想越趋丰富、完美。善思考,多想象,是你的强项;问题是要摆清楚务虚与务实的位置,尤其要分清楚什么是你想做也能做的,什么是你想做却没有条件做的,什么是你不想做但必须得做的。只要处理得当,这——现实与理想的——冲突超强,创造力就超强。

所以,我看你从事艺术或思想方面的工作也许更合适。但不急,自始至终都是一条笔直而无废步的路是没有的。路是蹚出来的,得敢于去蹚。但话说回来,对每一步都认真、努力的人来说,是没有废步的,一时看不出作用,积累起来则指不定什么时候就有用,甚至有大用。况且,一切学习与思考的目的,并不都是为了可用,更是为了心灵的自我完善。

我能给你的建议只是:直面烦恼,认清孤独,而不是躲避它、拖延它。内心丰富的人,一生都要与之打交道;而对之过多的恐惧,只是青春期的特有现象。就像你,考试之前紧张,一进考场反倒镇静下来了。就像亚当、夏娃,刚出伊甸园,恐惧尤甚,一旦上路则别有洞天。要紧的是果敢地迈出第一步,对与错先都不管,自古就没有把一切都设计好再开步的事。记得有位大学问家说过这样的意思:别想把一切都弄清楚,再去走路;比如路上有很多障碍,将其清理到你能走过去就好,无须全部清除干净。鲁莽者要学会思考,善思者要克服的是犹豫。目的可求完美,举步之际则无须周全。就像潘多拉盒子,每一答案都包含更多疑问;走路也如是,一步之后方见更多条路。更多条路,又只能选其一条,又是不可能先把每条都探清后再决定走哪一条。永远都是这样,所以过程重于目的。当然,目的不可没有,但真正的目的在于人自身的完善。而完善,唯可于过程中求得。譬如《命若琴弦》。

舅舅
2007 年 10 月 18 日

恐　惧

孤独源于恐惧,还是恐惧源于孤独?从现实中看好像是互为因果,但从根上说,应该是恐惧源于孤独。就是说,人最初的处境是孤独,因为人都是以个体身份来到群体之中。你只能知道自己的愿望,却不知别人都在想什么,所以恐惧。恐惧,即因对他者的不知,比如一条从未走过的路,一座从未上过的山,一个或一群不相识的人。这恐惧的必然在于,无论是谁,都必然是以自己而面对他人,以知而面对不知,以有限而面对无限。可以断定,无此恐惧的倒是傻瓜。反过来说,这样的恐惧越深,说明想象越是丰富,关切越趋全面。比如说,把路想象得越是坎坷就越是害怕,把山想象得越是险峻就越会胆怯,把别人想象得越是优秀就越是不敢去接近。惯于这样想象的人,是天生谦卑的人。

谦卑,其实是一种美德。有位大哲说过:信仰的天赋是谦卑。谦卑而又善思的人,一定会想到"压根"和"终于"这两个词——我们**压根**是从哪儿来,我们**终于**能到哪儿去?换句话说:人生原本是为了什么?人又最终能够得到什么?——只有谦卑的人才可能这样问,自以为是的人只重眼前,通常是想不起这类问题的。甚至可以说,谦卑是一切美德的根本。唯有谦卑,可让人清醒地看待这个世界;唯有谦卑可通向信仰;唯有谦卑能够让人懂得,为什么尼采说爱命运者才是伟大的人。(关于"爱命运"的问题,以后再慢慢说。)

电视剧《士兵突击》你看了吗?士兵许三多总是说"人要做有意义的事"。人们问他什么是有意义?他说"有意义就是要好好活"。人们又问他,怎样才算是好好活呢?他说"好好活就是要做有意义的事"。看似可笑,循环论证,但他绝对是说出了一个根本真理——人最初的愿望一定是"要好好活",而最终所能实现的,一定是由自己所确认的"有意义"。为什么?因为,以人之有限的智能,是不可能把世间一切都安排得尽善尽美的,而只可能向着尽善尽美的方向走。所以,只要是在走向你认为的"有意义",就是"好好活"了,就是活好了;反过来说,为了活好,就要做自己确认是"有意义"的事。此外,还能怎样好好活呢?

不妨把许三多的话翻译得再仔细一点儿:事实上,没有谁不想好好活,然而,却非人人都能为自己树立一种意义,确信它,并不屈不挠地走向它。原因是,人常把**外在**的成功——比如名利——视为"有意义"。可是,首先,面对**无限的外在**,走到哪一步才算是成功了呢?其次,外在的成功,也可以靠不良手段去获取,但这还能算是"好好活"吗?

其实，从根本上说，什么是好，什么是善、是美，乃是一个自明的真理，不用教，谁心里都清楚。否则也就不能教，不能讨论，因为，倘无一个共同的坐标系——即善与恶、好与坏、美与丑的基本标准，人与人之间是根本没法儿说话的。有人以此来证明神的存在。

所以，只有内在的成功，才真正是"有意义"。何为内在的成功？我想，只要人确信自己是在努力地"好好活"，不断地完善自己，就是内在的成功。至于外在的成就有多大都无所谓，至于跟别人比是高还是低都可以忽略。你发现没有，一跟别人比，你就跑到外在去了？一怕外在，恐惧就来了，意义就值得怀疑了，脚下就乱了，不知道怎样才算是"好好活"了。

《士》中那个班长，让许三多做一个单杠动作，许三多总是数着数儿做，三十个已觉不易，便掉下杠来。班长说你数个屁数儿呀，只想着做动作！结果他做了三百三十三个。

佛家和道家都讲，要心无旁骛——即不受他人、他物，总之是一切外在因素的影响。啥意思？说的也就是：要抱紧自己心中的"好好活"，那本身就是"有意义"；要一心走向自己确认的"有意义"，这本身就是"好好活"。所以，许三多的话绝非循环论证，而是一个完美的自恰系统——你只有靠内在成功来确保意义，你只有在自己确认的意义中才能获取成功。

但是，谦卑的敌人是胆怯。不过呢，谦卑与胆怯常又是双胞胎。如何能够既保持住谦卑，又克服掉胆怯呢？真是挺难。但只有细想，你就会发现，**谦卑又是内在的**，从不跟别人比，而胆怯必定是因为又跑到外在去了——惧怕他者。爬山怕山高，走路恨路长，而面对他人则害怕被看不起——岂不是又跑到外在去了？所以，千万要保持住自我——这并非是说称王称霸或轻视他人，而是说，一切事，都以完善自我为目的。帮助他人也是为了完善自己，向别人讨教也是为了完善自己,爬山、行路、做题、交友,一切事都是为了完善自己,即便是遭人嘲笑,也一样能够从中完善自己。一旦太要面子,就又跑到外在去了——是以别人的目光在看自己。很多应该做的事,不想做,不敢做,这时只要想想我是为了完善自己,事情就好办多了。完善自己,当然不是为了满足虚荣,而是就像老财迷敛钱那样,一点一滴地壮大自己心灵、品德——如此,何怕之有?

其实,你的一切问题,都在于胆怯。其实我也是,一上讲台,看台下黑压压的全是人,脑袋里立刻一片空白。细究其因,还是因为跑到外在去了,生怕讲不好,落个名不符实的名声。有几次坐在台上,我忽然想到了这一点,心说去他妈的,只要讲的是我真心所想就行,于是立刻回归内在,便也滔滔不绝起来。交友也是一样,一怕,准就是想到了别人的目光和评价。我知道这事改起来难。本性总是比理性强大。但这不说明不应该去试试。为什么要试呢?为了自我完善:看看我能不能放下虚荣,不怕嘲笑(也未必就会遭到嘲笑),看看我的胆量,看看在我通常的弱项上能否有所改善。是呀,完全不怕几乎是不可能的;但是,怕着,也要去试试,视之为历练自己的一个步骤、完善自己的一步行动——我的经验,只要一这样想,就不那么害怕了,就什么都是可能的了。事后,果然有人嘲笑你的话,是自己错了自己长见识(又完善一步),是别人错了却还嘲笑你——你慢慢体会吧,这其实并不太难过。

舅舅
2007 年 11 月 8 日

最有用的事

以我的经验看,不管对什么人来说,也无论在什么局面下,有三件事是最重要的。第一是分析处境,做到"知己知彼"。所谓知己,即清楚自己想干什么,能干什么;知彼呢,就是要弄清楚外部条件允许你干什么,和要求你必须干什么。前者是估计了你的能力,而后设定的理想或愿望。后者则包括:你想干,或者也能干,但阻碍巨大到希望非常渺茫的事;以及你不想干,但必须干的事。也可以说,前者是目标,后者是为达到目标而铺路。

想干什么,直接就能干什么,世界上几乎没有这样的事;除非是在极偶然的情况下,运气又是出奇地好。好运气来了,当然要抓住它,但任何时候都不要指望它。任何时候都要立足于自己的清醒、决断和行动。

这就说到了第二件最重要的事:决断。即在"知己知彼"之后,要为自己做出决定。决定的要点在于,一旦确认方向,就不要再犹豫。正所谓"用人不疑,疑人不用",决定也是这样,作决定时要谨慎、周全,一旦决定就不再怀疑,做到心无旁骛,切勿浅尝辄止。人们常说:成功就在"再坚持一下"之中。

第三件事叫作:开始。前两件事完成之后,就要立刻开始,万万不可拖延。拖延的最大坏处还不是耽误,而是会使自己变得犹豫,甚至丧失信心。不管什么事,决定了,就立刻去做,这本身就能使人生气勃勃,保持一种主动和快乐的心情。

总而言之是三件事,或三个步骤:知己知彼→做出决定→立即行动。这三件事或三个步骤,不单对一时一事是最有用的,在人的一生中都是最有用的。

舅舅

2007 年 11 月 22 日

给王朔的信

一

王朔兄:好!

譬如生死、灵魂,譬如有与无,有些事要么不说,一说就哲。其实我未必够得上哲,只是忍不住想——有人说是思辨,有人说是诡辩。是什么无所谓,但问题明摆着在那儿。

1."绝对的无是有的",这话自相矛盾。所以矛盾,就因为不管什么,要么不知(不能说也不能想),一知(一说一想)就有了。所以,这句话,躲闪不开地暗示了一个前提:有!或有对无(以及"绝对的无")的感知与确认。——可是这样来看,绝对的无,其实就不可能有。

2."到达了无限",这话还是矛盾。不可到达的,才是无限。无限,只能趋近,或眺望。但这就又暗示了一个趋近者或眺望者的位置。所谓"无极即太极",我想就是说的这个意思。所以我总不相信"人皆可以成佛",除非把这个"成"字注明为进行态,而非完成时。

3.那就不说"到达",说"就是"——我,就是无限!行不行?

还是不行。我,意味着他和你,当然是有限,有限不能就是无限。

那就连"我"也去掉,也不说,一切主语都不要——你们这些咬文嚼字的人!——只说无限本身,行吗?无限本身是存在的,这总没问题了吧?是,没问题了(暂不追究"无限"谈不谈得上"本身")。不仅没问题了,什么也就都没了,绝对地无了——但发现这一点的,肯定不是无限本身。"天地无言",无限本身是从来不说话的。岂止不说话,它根本就是无知无觉,既不表达,也无感受,更不对种种感受之后的意见有所赞成与反对。唯有限可以谈论它、感受它、表达它,唯有限看出它是无限本身。无限是如何与如何的,怎样并怎样的——这不是别的,这正是有限(譬如人)对它的猜想,或描画。

那就再换句话,这样说:既然无限是存在的,这无限,不可以自称为"我"吗?是的,不可以,也不可能。无外无他才可谓无限,无外无他谈何"我"哉?

4.你说这是纠缠词句,是限于人的位置,在折磨逻辑。而你是亲历其境,实际地体验了它,进入了它,成为了它。虽然我不怀疑你说的是实话,但你注意到没有:实际上你还是在一个有限的位置上(此岸),描述着与无限相遇的感受,猜想着那种状态之无限延续的可能。实际上是,有那么一阵子,你进入了一种非常状态,即与素常束缚于人体(心智)的感受迥然不同的感受。但问题是:实际上,你不能证明那样的状态已是无外无他,你不能用短暂的状态证明终点,证明永恒;相反,倒是那状态的短暂,表明了它实际并不无限,表明了仍有一种对立状态在实际地牵制——即有限的牵制,有限之此岸向无限之彼岸的短暂眺望。其实,有很多途径可以体验无限,进入无限,但你还是不能说:我就是它,我成为了它。

5.当然,你那"短暂状态"是如此地不同寻常,完全不同于寻常的想象、眺望和猜想,以至于谁也没法说它不是真的,不是实际——如果这还不是真的,不是实际,那就不知道"真的"和"实际"到底是要指什么了。

没问题,我绝不怀疑这是真的,因为刨去感受(感知),"真"就丧失根据。但我倾向于把"真"与"实"区分开;比如梦,便是真而不实,因为它终于要醒来,醒入"实"。这么说吧:无论多么玄虚短暂的感受,都可堂堂正正地称真,但一入实,则必有后续——接下来是什么?然后呢,怎样?看不到然后,就会真、实混淆,那是梦游状态、艺术或精神病状态——我不是说这不好,我只是说:真,可以不实;实,也可以不真,比如说实际中有多少误认。——这不是道德判断,更没有价值褒贬。

不实之真不仅可能,而且通常是"实"的引导,譬如梦想是现实的方向。但我要说的还是:不能没有实,不能停留在梦里。不能没有实,和不能停留在梦里,并不是指人不得不干点务实性工作,而是说生活(世界、存在、一切)都是从不停留的,不可能没有后续,因而无论人还是什么,都在无始无终的过程中,没有终点,不可到达——而这就是实,实在,或实际。这么说吧:感受是真,感受的永无止境是实,加起来叫作:真实。中国信仰,说也总是说着"迁流不住"、"不可执着",但盼望的还是一处终止性天堂,并不真信一切都在无限的行走与眺望中。

6. 我有时想:一缕狗魂,设若一天忽离狗体而入人身,怎样呢?它一定会在刹那间扩展了的自由中惊喜欲狂,一时不知(或来不及知)人身的限制何在,而以为这就是无限了,就是神。(恕此话有点像骂人,实在我是选了一种最可爱的动物来作比喻。)那么,人与超人——借用尼采一个说法——的关系,是否也就这样?(所以尼采的"超人",使惯于作等级理解的国人备受刺激,其实呢,他是强调着超越的永无止境。)

当然，你可以设想那短暂状态的无限延长。而我当然就不应该强词夺理，说那毕竟只是设想。因为设想也是真，也是存在之一种，正如梦和梦想是存在之一种，甚至是更为重要、更为辽阔并巨大的存在。（那正是"超人"的方向吧？）超人之"超"，意味了距离，意味了两端。所以，我如果说"那毕竟是设想"，也只是指：无论"超"到什么程度，仍也离不开有限一端的牵制。

7. 在我理解，你的意思之最简明的表达是：因那短暂的亲历，已足够证明那非凡状态的确有，足够证明无限的存在！既如此，无限可以在彼，为什么不可以在此？它可以就是无限，为什么我不可以就是无限？我曾经不是它，为什么我不可能终于是它？（插一句：佛徒的所谓"往生"，大致就是这样的期求。）

而我的意思之最简明的表达是：我当然相信那短暂状态的确有，相信无限的存在，这是前提——条条大路通罗马，绝不止一法可以通向它。我的不同意见（其实只是补充意见）是，无限的确在，不仅不能证明有限的消灭，而且恰恰证明了此岸的永恒。彼岸的确有，缘于此岸的眺望：无限的存在，系于有限的感知。反过来也一样。其实我对你那亲历毫不怀疑，我想说的只是一点：两岸之永恒地不可以脱离！因为，缺一必致全无。全无就算有，必也是音信全无，那是上帝创造（宇宙大爆炸）之前就曾达到过的，想必也是上帝没收（或人类玩响一场核战）之后仍可以达到的——只是当真如此，有限与无限就一同毁灭。

8. 我记得那天的话题是从身魂分离开始的。在我想，你那非凡状态，正是身魂殊为明显的一次（或一种）分离。曾有哲人说：超越生死，唯身魂分离之一径。——不细说，细说没头儿。

只说分离。又有哲人说：上帝的创造，即在分离——分离开天地、昼夜、万物。于是乎无中生有！无中生有，实为无奈之词，姑且之说。因为即便高瞻远瞩如老子者,也还是在有限之维,也难寻遍存在之无限的维度,也只好称那猜想中的无边无际为"混沌",为"道"。而这"道"字,正是指"无极即太极"吧,正是指永恒的行走与眺望吧?我看这不是某人或某维的局限,这是存在的本质,失此而为不在。存在既始于分离,就意味着对立,唯对立中才有距离——空间、时间,乃至思维之漫漫——才是存在。对立消失,一切归零,即成不在。而虚无不言,虚无一言便又是对立的呈现——即"存在"对"虚无"的言说(眺望、感受、描画)。而对立的极致,便是有限与无限的两端。

我的意思还是:那老子不可言传之物(之在,之态),谁也不可能就是它,谁也不可能弃绝有限而永为无限,谁也只能是以有限的位置做无限的行走与眺望。虽然超越常人之维的所在多有(别有洞天),可在不同于人之身心的限制中享有异乎于人的自由,但仍不可以是绝对、无限和永恒,因为一极之失,必致全面回零——虽然这其实办不到。

(多说一句:神在,一种是由亲眼目睹来证明;一种是由"调查属实"来证明,比如神迹;还有一种,即以有限证明无限,以人的残缺证明圆满,而圆满即是神在。后一种证明,也许是不期然地有了一个好处:人与神既有着绝对距离,所以在这样的信仰地,造人为神的事就难于得逞。)

9. 我有时想,宇宙的多维,多就多在观察的无限可能性。一观,即一维。(譬如高僧的"六根"清静,其实还是观,也许就观到了五维、六维。)但脱离观察,不能存在,更谈何维?

物理学中有一说,叫作"人择原理",意思是:人类常惊讶地问,世界何以如此(利于人类生存),而非如彼(那样的话就少了全部的麻烦)?回答是,正因为世界如此,才诞生了人类,人类才能对世界作如此之观与问,如此之观与问便使世界呈现为如此。

这样看,我们的一切感受与表达,不过是如此世界的如此消息。简单说,世界有消息发散,因故有人。所以我猜,一维一世界,各有其消息要发散,故各有其类人之物(之心、之思、之魂)存在。只是,比如人与人之间的难于沟通,维与维之间就更难逾越。一旦逾越,便是一种全新境界(譬如初恋时,世界忽儿扩展,有如不曾发现的一维),新得你无言以对(譬如初恋之喜悦,妙不可言),新得你来不及看清那一维的边缘或限制,以为无限(譬如说落入情网的疯狂,看其他都是狗屁不如)。所以我又猜,恰恰是无极孤苦,无从表达——限制消失,找不着自我,没边没沿的话可怎么说?没边没沿的感可怎么受?正如无限是无限个有限的连接,多维之每一维都是面对无限,唯无限面对有限。串维的事很少发生。一旦发生,人即称之为"成仙""得道""特异功能",并沾沾然以为一限既破,无限料必可及。

10. 好吧,就算对立永恒,但对立不可能是这样吗:张三你在此岸,李四我(先甭管用什么妙法)去了彼岸?

我看还是不可能。要是李四说他到达了更多自由的境界(他维),我还信,但他要是说到了彼岸,我就没法信。彼岸一到,莫说"彼岸"已成此岸,只问:这"彼岸"可还有没有彼岸?倘其没有,就又归零。——我猜,其实这零,绝死也是可以归的,绝傻也是可以到的。

我猜,灭绝一端,甚至神也不能。比如,神若失去人的追求,就很像人失去狗的跟随。又比如,人为狗主,神为人主(我主)。又比如,狗跟随着主人跑,正如神指引人的道路。又比如狗虽然追着人跑,只是看重人给的一些好处,只是看人活得比它富足,却看不见人的无限追求,以为人的日子真是极乐,所以,人若也只是贪图着神给些好处,而不把神看作是一条无限的善路,神也就成了人(中国的神多是如此,造人为神的勾当亦多是这样的思路),人呢,看不见无限也就成了狗。

11. 其实,这样的寻求,正是典型的中国信仰。所以,中国式信仰,多是信一处实际的终点——即终止性天堂,或称:极乐世界。而另外一种信仰,把神看作是人不可企及的善好境界,则一定是看清了"无极即太极",所以相信神不在终点,而在无极之路。

《圣经》上说,"看不见而信的人有福了"。无极的路是看不见头的。看不见,才谈得上信(信仰或信心)。到达了,是实得(当然是得种种好处),不是信。实得不是因信称义,是因利称福,故有贪污犯们铁"信"。说看见了头的,是期望并欣喜于实得之可及(如各类教主的许诺),当然也非"信"之本义,是物利尚未实得同志仍需努力。所以中国信仰多是无实利则不信的。所以,以实际的到达为信仰的依据,一开始就走了板,不过是贪欲的变相,或"升华"。

12. 不过,说来说去这一切还不都是人说?还不都是拘于三、四维之人类的逻辑?而另外的存在,又岂是人维可以说得明白、想得透彻的?以三、四维之人心人智,度无限之神思神在,岂不像"子非鱼,安知鱼之乐乎"?

这样说,当然了,我一定理屈词穷。但是,这样说,实在是等于什么都没说,等于什么都不能说,等于什么都可以说,或怎么说都行。怎么说都行的东西不如不说。怎么说都行的东西,最可能孕育霸道——怎么摆布你怎么是。比如,跟着怎么说都行的教主或领袖走,他说什么是什么,你还不能辩。这让我想起某些气功师的治病,治好了,证明他的伟大;治不好,证明你还没有完全相信他的伟大;治死了怎么说?说你已经在他伟大的指引下圆满去了。这可能是中国信仰的沉疴痼疾。

"信仰"二字,意味着非理性,但不是无理性。无理性就是怎么说都行。非理性是指理性的不可及处。恰恰是理性的欲及而不及,使人听见绝对的命令,比如生的权利就不需要证明;比如追求幸福的权利,天道当然也不需要证明。但,倘若谁说"跟我走,就到天堂",那你得拿出证明,拿不出来就是诈骗。

13. 总而言之,我是想说:"到达"式的天堂观,是中国式信仰的无理性基础,故易生贪、争、贿赂与霸道。"道路"式的天堂观,无始无终地行走与眺望,想当然就会倾向于真善美,相信爱才是意义。

再有,人不可以说的,不知道谁可以说。神可以说吗?可自古至今哪一条神说不由人传?想来只一条:有限与无限的对立,残缺如人与圆满如神的永恒距离。唯此一条是原版的神说,因其无须人传,传也是它,不传也是它。绝对的命令就听见了。

14. 有个问题总想不透:基督教认为"人与神有着绝对的距离",而佛教相信"人皆可以成佛"——这两种完全相悖的态度难道是偶然?曾有朋友跟我说,基督信仰很可能目睹过天外智能的降临,所以《圣经》中的神从不具人形,只是西奈山上的一团光耀。今天你又跟我说佛家、道家很可能也是亲历过那种神奇状态。两种猜想都很美妙,或也都确实。因而现在我想:说不定这正是东西方文化之所以截然不同的根源。由于"对初始原因的敏感依赖",演变至今,便有了如此巨大的差别:一个以"道路"为天堂,一个以"实得"为善果。

15. 这两天再看《西藏生死之书》,其中的"中阴"呀、"地光明"呀,确实跟你说的那种感受一样。所以我对我以上的想法也有怀疑;很可能如你所说,我们在人的位置上是永远不可能理解那种状态的。但我又发现:所有那些感觉或处境,还都是相对着人的感觉或处境而言的(或而有的)。所以我总想象不出:一种感觉,若不相对着另一种感觉,怎么能成为一种感觉?或一种处境,若不相对着另一种处境,你将怎样描画(或界定)这种处境?换句话说:我不能想象一种无边无际的感觉怎么能够还在感觉中,或一种无边无际的处境,怎么还可以认定是一种处境?无论是"言说使人存在",还是"痛苦使人存在",其实说的都是:有限使人存在,有限使无限存在,或对立使存在成为可能。

有兴趣,再聊。我这人好较真儿,别在意。于此残身熬过半百,不由得对下场考虑多些。
　　祝　尽量地好!
史铁生
2003年6月25日

　　小记:数天前赴一聚会,到会者:张洁、余韶文、赵为民、王朔、姜文、李健鸣、海岩、希米与我。王朔先说起一些神秘经历,有些事我与他各执一词互相不能说服,归来成此信。

二

王朔:好!
　　信和经都收到了,经真是译得妙。
　　看来是我有点弄拧了,没明白你原本是想说什么。死的事其实都是猜测,所以怎么猜都不能说错。在无限可猜的状态中信其一种为真,因此活得踏实,生与死都有谱了,说真的就行了。所谓乐观不可能再是别的。所以我同意你说的——"死,实在是件很私密的事"。再说多少也一样,终归是猜测,是信不信的问题。要是那天我没把你的意思南辕北辙想远了,说到这应该就完了,话到"私密"其实当下就结束了。信,在任何一步猜想上停下来都是正当,只要自洽就没毛病。

　　当然,愿意多想的话还是有些另外的角度值得玩味,意图不过是:进一步、退一步,或者变个角度猜,是否还可以信?既是"连金刚那样坚固都能破开",想必也是经历了种种刁问的。

　　说起这类事,我容易招人烦,七七八八又想到不少。先说这些,表明我对"私密"的赞成和维护,绝非那类要求统一的人。然后,更多的话,有兴趣再慢慢说。

铁生
2003年7月11日

　　以上几天前写。还有些另外的想法,干脆一块都传给你吧。

　　理论(或理性)一词,已然有许多歧义。比如,一种是说某种固定的思维模式、框架。这有时就难免不切实际(但这不是它的错,是它的限)。另一种是说逻辑。白天说话,这是逃脱不了的。还有一种其实是说思想。"思想"一词被伟人们炒玄了,说白了就是思虑和猜想,或者是对猜想的思虑——就算庸人自扰吧,也还是希望那猜想自己看着先可信。

　　我好些年没看佛经了。现在看这本《北京话金刚经》,跟我读那本古文时所得印象接近。"大明白人"说来说去,我总结就一句话:别把什么事儿真当个事儿(顶多民之生计能算个事儿),踏踏实实该怎么活着怎么活着甭老胡思乱想,早晚我带你们走出生命那福气可就大了,大得你们没法想。——不知我这体会有无大错?早年我读到这就一愣:这不是树吗!那还是说活着,死了呢,不就是石头吗!往大里说,不就是山吗!再不够,就是天、是地!总之,不就是无知无觉吗(佛认为是大觉)!现在我还是摆脱不了这一读后感。实在,我真是想有谁能帮我摆脱,或干脆告诉我:你就是那种压根儿摆脱不了——难觉难悟——的人!那我也就死心了,踏踏实实把事儿还当个事儿去,保证还不能嫉妒别人把事儿不当个事儿。

我的倾向已经大白。我说过我这人好较真儿,现在又来了。不开玩笑,我真是怕你不耐烦。烦了,下面的你就不看,放心,没事。

你说耶稣有点吹牛逼,可我倒是觉着佛的话才真是大。是佛把人的愿望归总成无苦而极乐,然后说:"行嘞,听我的,这事儿我就给你们办了!"而耶稣说的是:"想一点麻烦都没有吗?这事儿我办不了(办得了他也不至于上十字架了),我只能给你们指条道儿。"——这样的话当然佛经和圣经里都没有,但从佛祖得其不坏之金身和耶稣唯落得一个横死看,这话也就隐含着都说了。

有个真实故事:某东人笑某西人:"你们那神就差着份呢,连自己儿子的事都管不了!"

刘小枫有篇文章,或可消除人们对耶稣及上帝的错解。奥斯维辛之后,人们发现很多死囚写下的祈求,比如:"主啊,我不要求你别的,只求你让我死在外面的阳光下吧!"可就连这样的祈求主也未予应答。那么上帝,你到底算什么东西?文章说:事实是,基督的神不同于原始诸神,说白了,他不是那种万能的、有求必应的神。相反,基督的神是苦弱的神,除了派他的儿子与这苦难之世同在,从而倡导一个爱字之外,他也没别的辙。

可佛的话我老是听着玄(悬)。他说你跟着我走我就带你去极乐去圆满,可极乐啥样他不说,为啥能那样他也不说。可能是人不该问。问题是,他要只是说"听我的不得了,老这么问东问西的咱这事儿可就瞎了"——老实说,这语式让我想起共产主义。当然佛肯定全是好意,那我也嘀咕:这法子不会被贼人利用吗?

你说"中国民间的迷信把佛糟蹋得不成样子",是否跟这法子给他们留了空有关?若信"人和神有永恒的距离",愚昧崇拜就会少得多。人不崇拜人,问题就不大。人崇拜自然,崇拜最初的那个"有生于无"和"三生万物"有什么不好?

耶稣和摩西都不是神,顶多算个领头的。基督的神从无人格,完全可以把他理解成创造之始,存在之初(如宇宙大爆炸)。而在这不由分说的创造中,隐含着无穷的可能,无穷的处境与道路,并不对人类有特殊的优惠(比如无苦而极乐)。但是,如果你能从这无穷的可能中听见某种可能,认出某条道路,你就能在这不由分说的处境中不再惊慌,不再抱怨,享受爱意(中国人老说爱是奉献,其实爱才是享受)。所以耶稣和摩西等人的跪拜,在我看,一是对这不由分说的处境心存敬畏,一是为那爱意之福的可能心存感激,一是对寻找那条道路抱着虔诚与思虑。

你说佛也是指了一条路,这我当然赞成。不过,我赞成不是说我认为佛(或佛徒们)底根儿就这意思,而是说我赞成这样去理解(前信我说过,但愿"成佛"二字是进行态而非完成时)。有一条路是为了取,有一条路是为了行。显然,有头的路是指向取,没头的路你只好去行。以行为取,随时随地,一路贯穿。到终点去取的,半道上钩心斗角就属正常。路一有头,心就都放在头上了。再说了,有头的路还算是路吗?到了头怎办?所以我看佛还不是指的路,还是指的果。当然佛也是多次强调行的,那么,这个果的引诱也许是更高一招的考验?

还有,路上的享受——爱意之福唯靠人行——都是明说的,而终点的福气一向还是个谜,得到头儿再看。有件事我常不解:科学干出了那么多神奇的事可人们不说它神奇,气功之类稍显手段人们就要崇拜,到底比事儿呢还是比招儿?是比招儿,弄不明白的事儿最抓人。尤其这弄不明白的事要是有个人连自己都不知道怎么就办到了(比如猛不丁就蹿到另一维去了),他说什么大伙就容易信什么了。中国人尤重眼见为实。其实呢,他能办到的也不过九牛一毛,剩下的毛他也找不着,这人们就不计较。但凡全能和宣称全能的,我都听着邪乎。

什么是神?把守着,甚至是炫耀着神秘之门的是一种,这一种不大可能不要人去信仰,去崇拜——各类坛主,各类造人为神的事,多属此种。明说了,光得好儿的地方这儿没有,这儿只有走不完的路,走不完的路上能不能有享不完的福那得瞧你自个儿的——这样冷冰冰不近人情的神,我看倒像没别的企图。

神,没有统一的定义,所以"有神论"和"无神论"都得看他到底怎么回事。

我可能又有点离谱了。咱还是说对死后的猜测吧。

其实人活着活着忽然见着死了,都会有个猜想。很多人不过是怕,一天天地拖着不想。一想,就得用理智了,要么用感情(比如一厢情愿)。我曾经就是一厢情愿,这儿那儿全身像似没好地方了,我想不如死吧,死了就什么痛苦都没了(想死的人恐怕都这么想)。然后因为点别的事耽搁了,一下没死成,有工夫就又想:什么痛苦都没了是什么样呢?真是笨,想了好些年,有天终于眼前头蹦出句话:什么痛苦都没了,除非是什么都没了呗。是呀,要使痛苦无从产生,最可信可靠的办法就是什么都别让它有!我先是窃喜,紧跟着沮丧:咳,想了半天不就是小时候大人告诉我的那句话吗?——死了,就什么都没有了。

可什么都没有了,既让人不痛快,又让人想不通。就像你说的:"目前的迹象很乐观,我们死后还会以另一种方式存在。"对呀,还会存在,所以乐观。要是什么都没有了呢?当然也就什么都甭说了。所以我想,必须得把未来猜在有上!什么都可以没有,"有"却不能没有!先得让它有,一切事才好说,一切美好之物才能成立——老子真是说对了!可是这么一来,就不大好想象光有快乐没有痛苦是怎么个状态了,就算那不是人,是神,也还是说服不了谁。

当然我们可以谁也不说服,谁爱信不信。所以剩下的还是一个猜想。这猜想恐怕就要永恒了。但猜想是正当的。但猜想又是无限的。就是说:谁,怎么猜,都行。为自己猜多半是猜天堂,即那无苦而极乐之地。为别人(比如坏人)猜,地狱就诞生了。为自己猜而猜成地狱的,就有点不凡("我不下地狱谁下地狱?")。为别人猜也都猜成天堂的,更是菩萨心肠(普度众生)。但有一点是一样的,这猜的根据还在人间;比如痛苦,比如快乐,当然跑不出去还是人的经验。又因为,谁也不知天堂什么样,那一种存在是像孩子那样地惊喜,还是像老人那样终于也看出破绽?所以猜测也就有了无限的自由——谁怎么猜都行,怎么信都对。

所以猜想都是正当的,信(不说仰)是自足的,用不着科学来鉴定,更用不着理论来说三道四。明显的一个理由是:信是自足的,理论却不是,科学却要证明,而一旦证明起来谁也靠不了谱。明摆着:灵魂之在以及怎样在,压根儿不可证实与证伪。所以有这么一句话等着你就够了:你说到哪儿去也还是人的思与想,而那儿——死后状态——完全是人的思与想所不及的。

所以这种事只能是私密的猜想,说给人听也还是私密的猜想,甭想谋取公认。

不过,我倒觉着多想想也不坏。要是天堂肯定就在那边儿等着,多想想也不至于就丢了。要是本来没那么码事呢,礼多人不怪,多几手准备也好。

我生来是个缺乏自信的人,手拿把攥的事儿常还是担心。比如说,天堂是一种猜测,地狱也是一种猜测,二者等值,没理由说哪个胜过哪个。万一哥儿们不幸错过了天堂可咋办?有备无患,此生我就像是走错了地儿,下回再不敢莽撞。就算天堂是一定的,多个心眼也没什么不好,顶多瞎操心呗。

要是不幸你真看到了这儿,那就当是一块吃了顿饭吧,没找好地儿,又贵又不好。下回咱吃别的。祝一家子都好!

铁生
2003 年 7 月 15 日

史铁生